真夜中の散歩道

赤川次郎

GENTOSHA NOVELS

真夜中の散歩道*目次

カバーデザイン　平川彰（幻冬舎デザイン室）
カバーイラスト　染谷かおり
ブックデザイン　高橋雅之

1　深夜の目覚め

「寝ないぞ！」

と、彼は言った。「俺は今夜寝ない！　絶対に寝ない！」

その力強い宣言を聞いている人間は一人もいなかった。何しろ、エレベーターの中で言っていたのだから。

エレベーターは、マンションが多少古いせいもあって、いささか苛々《いらいら》するような、のんびりしたスピードで上っていた。

とはいえ、何十階もの高層マンションというわけではない。彼の部屋のある八階まで二十秒ほどで到着した。

しかし、その間に、彼はエレベーターの隅にもたれかかって眠っていたのである。

それでも扉が開く音でハッと目が覚め、

「うん！　大丈夫だ。――俺は眠っていない」

と、またひとり言を言いつつ、エレベーターを降りた。

廊下をフラフラと右左へよろけつつ歩いているさまは、どう見ても酔っ払いにしか見えなかったろう。しかし、彼は酔っ払っているわけではなかった。

やっと自分の部屋の前まで辿《たど》り着いたが、念のため、表札を確かめる。

〈一色大吾《いっしきだいご》〉

いつも、自分の名前が文字で出ているのを見る度に、「大げさな名だなあ」と思う。

親父も、もう少し洒落《しゃれ》た、粋な名を付けてくれりゃ良かった……。

何とか鍵を開けると、彼、一色大吾は中へ入ったが、鍵をかけるのを忘れて、靴を脱ぎ捨て、上っていた。

「眠らねえぞ……。でも、横にはなってもいいよな」

と、フラフラと寝室へ入って行くと、ベッドの上へそのままドサッと倒れ込んだ。

そしてアッという間に——いや、正しくは倒れたときには眠り込んでいたのである。

——一色大吾はTVのニュースキャスターである。メインキャスターではなく、アシスタント風の扱いだったが、ともかく毎週TVの画面に顔を出してはいた。

メインの女性キャスターは、毎日局へ来て、彼の集めたネタを次から次へと見ては、

「これはこの前やったでしょ。——こんなの面白くないわ。何かもっとましなのはないの?」

と、文句をつけるのである。

おかげで、こうして時には丸二日も寝ないで取材するというはめになるのだった……。

本当なら、あと数時間したら起きて、TV局へ行かなくてはならない。

しかし、この有様では、放っておけば半日眠っているだろう。——局からの電話で目を覚まして、あわてて飛んで行くことになりそうだったが……。

「うーん……」

と、ベッドで寝返りを打って、「あのラーメンだ……。いや、チャーシューはたっぷり……」

食い気満々の三十才。寝言はとても人に聞かせられない。

だが——寝過すという心配は、不要になったのである。

寝入ってから一時間。——鍵をかけ忘れた玄関のドアが開き、誰かが入って来た。

その「誰か」は、寝室から聞こえる盛大ないびき、

に導かれるように……。

寝室に人の気配があった。

一色大吾はうっすらと目を開けた。

誰だろう？　ぼんやりとした視界に、人影らしいものが見えている。――一人ではない？　二人か三人か……。

やがて視界がはっきりすると、一色大吾は目を疑った。――ここは間違いなく自分の寝室だ。

そこに男たちが三人――いや四人もいて、寝室の中を歩き回っているのだ。

人の部屋へ勝手に入り込んで、どういうことだ！

大吾は起き上ると、

「何だ、君たちは！」

と、怒鳴った。「ここは僕の部屋だぞ！　どうして勝手に入って来たんだ！」

だが――男たちは何も返事をしなかった。大吾の言葉を全く無視している。

男たちの一人が、大吾にカメラを向けて写真を撮った。フラッシュがまぶしく、目をそむけると、

「おい！　君らは一体何者だ？」

と、大吾はもう一度怒鳴った。

すると、コートをはおった若い男が寝室へ入って来て、一番年長らしい小太りな男へ、声をかけたのだ。

「分りましたよ」

と、その若い男は言った。「一色大吾。TVのニュースキャスターです」

「TVか！　それで、どこかで見たことがあると思ったんだな」

その年長の男は、大吾の方へとやって来た。

「一色大吾だったらどうだっていうんだ？」

と、大吾はにらみつけてやった。

すると、写真を撮っていた男が、

「警部、もういいですか」

と言ったのである。

警部？――こいつらは警察の人間なのか？

「待ってくれ！　どういうことなんだ？」

と、大吾は立ち上った。

次の瞬間、信じられないようなことが起った。

パッと立ち上った大吾は、そのままフワリと宙へ浮かび上り、天井に向って舞い上った。

「ワッ！　おい！　助けてくれ！」

まるで自分がシャボン玉にでもなったようだった。

天井に当って止ると、大吾は天井に貼り付いたようになって、寝室を見下ろしていたのだ。

真下にはベッドがあり、そこに誰かが寝ていた。

いや――寝ているのは大吾自身だった。

これは……夢か？

「検視官はまだか？」

と、年長の男が言った。

検視官？　そのとき、気付いた。ベッドで寝ている大吾の胸には、ナイフが深々と刺さっていた。

――それは大吾自身の死体だったのである。

俺は――俺は死んだのか？

大吾は気を失った。

幽霊が気を失うとどうなるのか、そこは大吾自身にも分らなかった……。

2　端っこの女

「ここ？」

と、神崎茜《かんざきあかね》は言った。「ここですか？」

「ええ」

と、ホテルの宴会係の女性は冷ややかに、「これでも無理に入れたんですよ」

「はあ……」

文句は言えない。神崎茜はペコンと頭を下げて、

「よろしくお願いします」

と言った。

「じゃ、明日の朝十時には開いているようにね」

と言って、ホテルの女性はさっさと行ってしまった。

「――かしこまりました」

どうせ聞こえないので、茜はわざとていねいに言って、舌を出してやった。

「ま、しょうがないか」

と、肩をすくめ、仕度にかかる。

ホテルの宴会場フロア。

今日は十二月三十日である。明日大晦日から、ホテルは〈正月宿泊プラン〉に入る。

このフロアも、子供の遊び場やゲームセンター、イベント会場と化すのである。

そしてロビーには、いくつか仕切られたコーナーができ、〈占いの王国〉という看板が立つ。

タロットカード、手相、人相に始まって、星占いやら花占い……。ズラッとその類《たぐい》の占い師が並ぶのだ。

このホテルが、お正月用にこういうイベントをやっていると知ったのは、アルバイトとして働いてい

るスナックに、このホテルの宴会係の男性がやって来たからだった。

「暮れから正月にかけちゃ大変なんだ」

と、飲みながら、茜にこぼした。

「でも、年末年始って、宴会なんてないでしょ？結婚式もないだろうし」

と、茜が言うと、

「君、知らないんだね」

松下《まつした》というその四十男は苦笑して、「〈正月プラン〉ってのがあってね。家族でホテルの中だけで正月を過せるように、あらゆることをやってるんだ」

「へえ……」

話を聞いて、茜はびっくりした。獅子舞《ししまい》、落語から、ディナーショー、ビンゴ大会、書き初め、似顔絵……。

初詣《はつもうで》に行くのが面倒だという客のために、近くの神社がホテルへ出張して来るというのには目を丸くした。

そのイベントの中に、〈占いの王国〉というコーナーがあると聞いて、茜の目が輝いたのである。

「ね、今夜は私のおごりですから！」

と、松下を捕まえて、Nホテルの〈占いの王国〉に、「私も参加させて！」

と頼んだのである。

松下は大分酔っていて、

「一晩付合うなら考えてもいい……」

と言ったが、

「乙女の純潔を汚すと、た、た、たたりがありますよ！」

と、逆に脅してやった。

松下はむくれて、

「この酒、いくらだ？　この五、六杯でそんなことまで？」

「人助けです！　きっと後で報われますよ！」

と、茜は押しの一手。

「しかし……君、何の占いをやるんだ？　同じ種類のがあるとだめだぜ」

「私のは、正確に言うと占いじゃないんです」

「じゃ、何なの？」


——茜は、手書きのポスターを広げて、さて、どこへ貼ろうかと見回した。

〈奇跡の霊媒！　三代目神崎茜先生〉

お世辞にも上手いとは言いかねる字である。自分で書いたので、少し遠慮して〈先生〉は小さくした。

神崎茜は本名で、つまり二代目も三代目もないのだが、〈三代目〉と付けると何となく本物らしく見えるだろうというので、少し前から名のっている。

いや、決して茜はインチキではない。ちゃんと、本物の〈霊媒〉として有名な師匠に弟子入りしたのだったが……。

ホテルが貸してくれたのは、テーブルと椅子二つだけ。——仕方なく、自宅のベッドのシーツをはがして持って来て、テーブルにかけた。

他の占い師のコーナーは、それぞれカラフルに飾って、客にアピールしようとしている。だが——茜が与えられた場所は、そのコーナーの一番端。それも観葉植物の大きな鉢があるので、他の占い師とは離れてポツンと置かれることになった。

しかも、すぐそばが〈女性化粧室〉。まるで化粧室の番人である。

「仕方ないか……」

ともかく、テーブルを挟んで、椅子を一つずつ置いて、これ以上はどうしようもない。

「これじゃ、人、来ないよね……」

と、やる前から諦《あきら》めかけている茜であった。

ケータイを見ると、もう夜の十時。

「お腹空いた……」

ホテルにこうして出店するんだから、食事くらい

付くのかと思ったら、

「食事は現金で払ってね」

と言われてしまった。

冗談じゃない！　ホテルのレストランなんか高くて食べられやしない。

「近くのコンビニ、捜そう」

と、茜は伸びをした。

明日の朝、九時ごろに来て、係の女性に挨拶《あいさつ》し、十時からはただじっと座って、客を待つ。

今日、三十日から泊る客もいるのだが、大半は明日大晦日にチェックインする。客があるとしても、明日の夕方からだろう。

「アパートへ帰るか」

と呟《つぶや》いて、バッグを肩からさげると、

「へえ。こんな風になってるんだ」

と、声がした。

このフロアへ、エスカレーターで上って来たのは、一見してシャネルのスーツと分るいでたちの女性で、白髪の紳士と連れ立って見物に来たらしい。

紳士はどう見ても六十代後半か、七十になっているかもしれない。女の方は三十代。

夫婦なのか、それともパトロンと愛人という仲か……。

「あら、占いだって」

と、女は愉快そうに、「全部やってみて、誰が当るか比べてみるのも面白いわね」

「占いなんて、みんなインチキさ」

と、紳士が言った。「新聞や雑誌の占いなんて、みんなバラバラだ」

「そりゃあそうよ。信じる信じないは個人の勝手」

――茜は、その女の声に何だか聞き憶《おぼ》えがあった。

誰だろう？

その二人はぶらぶらと歩いて来て、茜は女と目が合った。その女が目を見開いて、

「――茜ちゃん？」

と言った。「茜ちゃんじゃないの？」

「はあ……」

茜がポカンとしていると、

「やっぱりそうよね！」

と、その女、茜の肩をポンと叩いた。「私のこと、忘れた？　ひどいじゃないの。まだ何年もたってないよ」

そのポンポンと投げつけるような口調で、茜にもやっと分った。

「麻美《あさみ》さん！」

「そうよ。まあ、あなた……」

と、その女、化粧室の脇に貼られた〈奇跡の霊媒！〉の貼り紙を見て、「――まだやってたんだ、こんなこと」

「ええ、まあ……」

と、茜は曖昧《あいまい》に言って、「麻美さん、どこにいたんですか？」

「私？　私は結婚してたの」

「結婚？」

「ええ。この人、私の亭主」

と、白髪の紳士の腕を取って、「いい人なのよ！　少し年令《とし》は違うけどね」

「それは……おめでとうございます」

茜は会釈して、「じゃ、私――まだ食事してないので、これで」

「あら、これから？　私たちも、これからのんびり食べるとこ。今夜からこのホテルに五泊するの」

五泊もしたら、たぶん百万円近くかかるだろう。

――茜はただ、

「そうですか」

と言うばかりだった。

「一緒に食べましょうよ。ね、あなた、構わないでしょ？」

「ああ、もちろん」

「じゃ、一番上のフロアのバーへ行きましょ。食事もとれるの」

「でも……」

「この人のおごりよ！　この人、お金持なの」

こうアッサリ言われると、嫌味にもならない。茜は苦笑して、

「じゃ、お言葉に甘えて。お金ないんで」

と言った。

天竜宗之助《てんりゅうそうのすけ》。

茜が弟子入りした師匠はそういう名前だった。しかも本名！

その一人娘が麻美だったのである。

「――茜ちゃんには悪いことしたと思ってるわ」

東京の夜景を見下ろすバーの奥まったテーブルで、えらく場違いなカツ丼など食べながら、茜は、

「どうしてですか？」

と訊《き》いた。

「だって、あの親父をあんたに押し付けちゃってさ。弟子ができたのを幸い、私はさっさと家を出ちゃって」

「師匠の面倒をみるのは弟子の役目ですもの」

と、茜は言った。「でも連絡取れないんで困りましたよ、師匠が亡くなったとき」

「ごめんなさい。人伝てに聞いたのは三か月も後でね。でも、茜ちゃんが、お葬式もきちんと出してくれたって聞いて、手を合せてたのよ」

麻美の夫、渡部謙介《わたべけんすけ》は今七十才ということだった。白髪ではあるが、こうして近くにいると、まだまだエネルギッシュだ。

「――茜君というのか」

と、渡部謙介はローストビーフサンドイッチをつまみながら（高かった！）、「今、いくつだね」

「は？　私ですか。二十六です」

「なかなか可愛いじゃないか。うちの店で働かないか」

「あなた、だめよ！」

と、麻美は夫をにらんだ。「この人ね、六本木や銀座にクラブを何軒も持ってるの。道楽みたいなもんだけどね」

「そういう商売は、私向きじゃないです」

と、茜は微笑《ほほえ》んだ。「でもスナックでバイトしてますけど」

「そうよね。今どき霊媒じゃ食べてけないわよね」

「霊媒ってのは、修業すりゃなれるもんなのかい？」

と、渡部が訊いた。

「そんなもんじゃないわ。もともと、そういう素質のある人が修業して、初めて一人前の霊媒になれるの」

「ふーん。すると、茜君は霊媒の素質があるというわけか」

「大したこと、できませんけど」

「でも、父はほとんど弟子なんか取ったことなかったのよ。それが、茜ちゃんが訪ねて来て、『弟子にして下さい』って言ったとき、一目で『よし』って引き受けたの。茜ちゃんにはやっぱり才能があったのよ」

茜は何も言わずにカツ丼を食べていた。

——麻美は確か今三十五、六のはずだ。

二十才になったばかりの茜が、天竜宗之助に弟子入りしたとき、麻美は三十くらいで、父と娘は毎日喧嘩《けんか》ばかりしていた。

麻美にとっては、茜が住み込みの弟子になったのが、いいチャンスだったのだ。一緒に暮したのは三か月ほどで、麻美はある日突然出て行ってしまった……。

それまでも、毎晩酔い潰れるほど酒を飲んでいた天竜は、娘が家を出て行ってから、ますます酒量が増え、昼間から飲むようになったのだった。

「——茜ちゃん、今どうしてるの？」

と、麻美がカクテルを飲みながら言った。

「私ですか？　一人でアパート住いです」

「じゃ、独身？」

「ええ。デートなんてしてる余裕ないですよ。半分失業者みたいなもんですから」

至って素直に、茜は言った。

カツ丼とコーヒーという、風変りな夕食を済ませ、茜は、

「ごちそうになってすみません。私、明日から朝早いんで」

「しっかりね。あ、ケータイ、持ってる？」

万一、連絡を取りたいときのために、互いのケータイの番号とアドレスを交換して、茜は立ち上った。

「じゃ頑張って」

と、麻美は言った。

「はい、ありがとうございます」

「覗《のぞ》きに行くわ」

「お客さん、来るといいんですけど」

「しっかりね」

渡部が差し出した手を、茜は握った。

その瞬間、何かの映像が茜の頭の中に浮かび上って、すぐに消えた。

「失礼します」

茜は、バーを出て行った。

——バーに残った渡部と麻美は、しばらく黙っていた。

「なかなかいい子じゃないか」

と、渡部は言った。「見返す目に力がある。苦労したんだろう」

「そりゃ、父の所にいたんですもの」

と、麻美はグラスを手にして言った。「でも、まさか今でもあんなことやってるとは思わなかったわ」

「素質があるんだろ？　さっきお前がそう言ったじゃないか」

「まさか」

と、麻美が笑って、「父があの子を弟子にしたのは、ただ可愛かったからよ。女遊びの絶えない人だったから」

「すると、あの子も？」

「当然でしょ。私が出てって、家には父と茜ちゃんだけ。男と女が二人きりで、何もなかったら、その方がどうかしてるわ」

「ふーん。そんな風にも見えなかったがな」

「だめよ、あの子に手を出しちゃ」

と、麻美は渡部をにらんだ。「理由はともかく、父を最期までみてくれたことには感謝してるんだから」

「理由はともかく、ってのはどういう意味だ？」

「およそ財産なんてなかった父だけど、あの古ぼけた家と土地は父のものだったから。死んだ後、どうしたのか私は知らない」

「あの子がどうにかしたっていうのか」

「他に身寄りなんかいなかったから。でも、今さら訊くのも変でしょ」

「そうか……」

渡部は何やら考えている様子だった。

「茜ちゃんのことはもういいでしょ」

麻美は夫にもたれかかって、「――今夜は一緒にお風呂に入りましょうよ。ね？」

3　幻　影

翌朝、ホテルへやって来た茜は面食らった。

化粧室のそばのテーブルがなくなっていて、その代り、他の占い師たちと並べて、〈霊媒師・神崎茜〉というコーナーが作られていたのだ。

呆気《あっけ》に取られていると、

「やあ」

と、やって来たのは、スナックの客、松下だった。

「おはようございます。あの……」

「うん、ゆうべ遅くに渡部様から電話があってね」

「渡部――謙介さん？」

「うちの大事なお客様なんだ。会社で宴会にも使って下さるしね。君、知り合いなのか」

「いえ……。奥様と、以前ちょっと」

「ともかく、『トイレの脇じゃひど過ぎる。何とかしろ』と言われてね。今朝早く、鉢を持って行ってもらって、場所を作ったんだ」

「そうですか。――ありがとう」

「礼なら渡部さんに言ってくれ。ま、しっかりやれよ」

松下は茜の肩をポンと叩いて、忙しそうに行ってしまった。

「ともかく、少しはましね……」

渡部が見に来てくれたらお礼を言おう、と茜は思った。

その内、他の占い師も次々にやって来て、お互い顔見知りなのだろう、にぎやかにおしゃべりしている。

もちろん、茜はその輪には入れなかった。

「あれ、誰？」

と、茜の方を見て首をかしげたりしていたが、〈霊媒師〉とあるのを見て、

「何だかいやね。お正月にふさわしくないわ」

「どうせ誰も来ないわよ」

と、聞こえよがしにしゃべっていた。

茜はもう慣れっこで、聞き流している。

――お昼を過ぎると、ポツポツとこのフロアにも客が姿を見せ始めた。

しかし、〈占いの王国〉には一向に人が来ない。

チェックインの三時を過ぎると、さすがに子供連れの泊り客が大勢、ゲームコーナーやキッズルームへやって来た。

それでも〈占いの王国〉の前に足を止める人はさっぱりなくて……。

その内、占い師の中でもかなりの年輩の女性が立ち上って茜の所へやって来ると、

「ちょっとあんた」

と、腕組みして、「あんたのせいでお客が逃げてんのよ」

「は？」

「とぼけないで。こんなおめでたいときに霊媒だなんて、縁起でもない！」

八つ当りもいいところだが、何しろ、どう見ても七十近いのに、可愛いピンクのドレスなど着て、髪を真赤に染めたりしているので、怒ってもさまにならない。

「霊媒のどこがいけないんですか？」

と、茜は訊き返した。「それより、お席に戻られた方が。お客が大勢みえますよ」

「何ですって？」

「でも、かなり苦労されそうですけどね」

と、茜が言ったとたん、ロビーが急ににぎやかになった。

ワッとやって来た団体客は、東南アジアのどこか

からしく、英語でしゃべっている。そのおばさんたち、一人が〈占いの王国〉に目をとめて何か言うと、たちまち占い師たちの前に群らがった。

茜に文句を言いに来た占い師も、

「大変だわ！」

と、あわてて自分の席へと駆け戻って行く。

こっちへも回って来るかしら、と茜が待っていると、

「――ちょっと、あんた、あんた！」

さっきの占い師がまたやって来た。

「何ですか？」

「あんた、若いんだから少しは英語分るでしょ？　手伝ってよ！　何訊かれてんだか、さっぱり分んない！」

「でも――」

「いいから、早く！」

手をつかまれ、無理に引張って行かれる。

仕方ない。――茜はアメリカにホームステイしていたことがあって、少しは話せるので、とりあえず占ってほしいこと、その結果を通訳した。

そうしたら、

「あんた、こっちも頼むわ！」

「次はこっち！」

と、あちこちへ引張られ、通訳するはめになってしまった……。

その団体客相手に一時間近くも通訳をやらされ、やっと落ちつくと、

「アホらしい」

自分の席に戻って息をつく。――これじゃさっぱり商売にならない。

すると、

「ね、コーヒー、どう？」

さっきの占い師が、紙コップのコーヒーを持って来たのである。

「あ、でも……」

「お礼のしるし。ね？」

コーヒー一杯？——ま、いいか。

「ありがとうございます」

と言っておいて、一口飲んだ。

ああ……。甘くておいしい。

湯気がフワッと立ち上って、茜は湯気の向うにロビーの風景を眺めた。

すると——背広姿の男が一人、じっとこっちを眺めているのが目に入った。

誰だろう？　その男ははっきり茜を見つめている。

湯気が薄れると、男の顔が分る。

あれ？　どこかで見たような……。

首をかしげていると、

「どう、調子は？」

と、松下が声をかけて来た。

「どうも……。松下さん、あの男の人、誰ですか？」

「どの人？」

「あそこに——」

と、手で示しかけて、男の姿がなくなっているので、「おかしいな。あそこに立ってたんだけど……」

「知り合い？」

「いえ、たぶんTVで……」

と言いかけて、「——ああ、思い出した。ニュースキャスターですよ。どこかの番組の。そう、一色何とかいう……」

「一色？　一色大吾？」

「あ、そうそう。そんな名前でしたね」

「おい、やめてくれよ」

と、松下が苦笑して、「いくら〈霊媒〉でも、そんなジョークは」

「え？」

「一色大吾は死んだよ」

茜がポカンとしていると、

「知らないのか？　自分のマンションで殺されたんだ」

「殺された？　本当に？」

「ああ。ＴＶで騒いでたよ。見なかった？　おっとごめん」

　ケータイが鳴って、松下はあわてて行ってしまった。

　茜は、またあの男がいつの間にかロビーに立っているのを見た。

　男は茜を見て、いささか照れたように笑みを浮かべて立っていた……。

　まさか……。

　本当に？　本当にあれは死者なんだろうか？

　神崎茜は、〈占いの王国〉の一番端のコーナーに座って、今日何人目かのお客をこなしていた。

　ロビーに立っていた〈一色大吾〉は、またすぐ見えなくなっていた。

「おばあ様と、とても仲良くされてたんですね……」

　と、茜は客の主婦に言った。「おばあ様も、とても感謝されていますわ」

「そうかしら」

「スイカがお好きでした？」

　茜の言葉に、相手はちょっとびっくりして、

「ええ。――どうして分るの？」

「一応、霊媒ですから」

　と、茜はニッコリ笑った。

　あんまりズバズバ当てると、客は気味悪がってしまう。適当に「いい加減」でないと、洒落にならない。

「ともかく、ご命日には、スイカをおそなえしてさし上げて下さい」

「そうするわ」

と、主婦は立ち上って、「ありがとう」

「いいえ。――はい、どうも」

と、料金を受け取って、「お子さん方にも、時々お墓参りさせてあげると、おばあ様、お喜びですよ」

「そうね……。どうも」

何だか、そそくさと行ってしまう。

茜はもらったお金を財布へしまった。

思っていたよりは客が来ていた。〈霊媒〉と聞いても、むろん本気にはしない。

中には、

「何を冷やすの？」

と、〈冷媒〉と間違えて訊いてくる人もいた。

わざと、死んでもいない恋人のことを、

「呼び出して」

と頼んでくる女性がいたりして、茜は内心腹を立てるのだが――出まかせを言っているのは、態度で分る――そこは商売。

しばらく悩むふりをして、

「おかしいですね。きっと他の女性とあちらで親しくなっておられるんですよ」

と、真面目くさって言ってやった。

その内、「閉店時間」になる。

「じゃあ、また明日」

「いいお年を」

「あ、本当だ」

と、笑い合いながら、他の占い師たちは引き上げて行く。

「占い師が、『いいお年を』って、何か変だわね」

と呟いて、茜は立ち上った。

松下から、このホテルで使える食券をもらっていたので、レストランへ行ってみたが、宿泊客で一杯。

「十時過ぎれば空く」

と言われ、少し迷ったが、せっかくタダで食べられるのを、むだにしてなるものか、と決心し、一旦アパートへ帰ってから出直すことにした。

――再びホテルへやって来たのは、十時を少し回ったあたり。確かに、レストランも空いていた。ロビーでは、元旦のための飾りつけが行われていて、従業員は休む間もないらしい。

レストランで食券を出すと、決った定食が出て来た。むろん、いつもの夕食に比べれば豪華そのものの!

「腹へった……」

思わずそう呟いていた。

いささか自分でも呆《あき》れるくらいのスピードで食べてしまう。一応今日は稼いだので、

「ケーキとコーヒー」

を追加で注文。

ともかく、正月を挟んで、毎日仕事があるというのがありがたい。バイトをしているスナックも、年末年始は休みなので、たいてい正月はアパートで寝ているのだ。

「やあ」

と、声がして、松下がやって来た。

「あ、どうも。ごちそうになってます」

「良かった。――こんな時間まで、何してたんだ?」

茜が一旦帰ってから出直して来た、と言うと、松下は笑って、

「そいつはご苦労さま。――ああ、こいつも僕が払っとくよ」

「客は来たかい?」

コーヒーとケーキもタダ!

「ええ。思ったよりずっと」

「そいつは結構」

松下はコーヒーだけ飲んで、「――そういやあ、

例の一色何とかは出たのかい？」

「松下さん……。他人の空似ですよ」

「それじゃつまらないじゃないか。さっき、TVのニュースで、一色が女性タレントにもててた、って言ってたぞ」

「そうですか。じゃ、ますます私の所になんか来ないですよ」

「分らないぜ。死んで趣味が変ったのかもしれない」

「それってどういう意味ですか」

　ケーキを食べている内に、十一時を回っていた。

「さて、今年もあと五十分と少々か」

「もう休めるんですか？」

「とんでもない！　十一時から、宴会場で年越しそばが出る。食べてっちゃどうだ？」

「至れり尽くせりですね。でも……」

「泊り客向けだから、タダだ」

「じゃ、いただきます」

　即座に答えた茜であった……。


　年越しそば！

　そんなものがあることさえ忘れていた。

　十一時半を回っていたが、広い宴会場にはかなりの人が来て、そばをすすっていた。

「十一時四十五分になると、もっと混む」

　と、松下が言った。

「どうしてですか？」

「〈紅白歌合戦〉が終るだろ」

「あ、そうか」

　食べている内に四十五分になり、本当にワッとお客が増えたので、茜は早々に宴会場を出た。何しろ、泊り客でもないのにタダで年越しそばを食べてしまったので、やはり少々後ろめたい。

　ホテルを出ようとして、茜はふと足を止め、振り返った。

誰かが自分を見ているような気がした。

まさか……。

もう一度、ロビーを玄関へと歩き出して、再び足を止める。

それは茜に向ってはっきりと「呼びかけて」いた。

茜は、もう停って明りも消えたエスカレーターを上って行った。

宴会場のフロア。〈占いの王国〉も、今は薄明りの中にぼんやりと浮んでいるだけだ。

茜はゆっくりと歩いて行った。

怖くはない。しかし、滅多に感じたことのない緊張があった。

〈奇跡の霊媒！　三代目神崎茜先生〉

の文字がやっと見えるくらいの暗さ。

肩からさげていたバッグを、机の上に置いた。

「ありがとう」

と、声がして、茜は振り向いた。

背広にネクタイの男が立っていた。

「来てくれて嬉しいよ」

茜は真直ぐに向い合って立つと、

「一色大吾……さん？」

「知っててくれたか」

「今、ニュースで……」

「うん」

その「死者」は、別に幽霊のように青白くもなかったし、足もあった。むろん、「あった」といっても、見えるだけだろうが。

「私に何の用ですか」

と、茜は言った。

「そりゃあ……生きてる人間と話せるのが嬉しい。分るだろ？」

「分りますけど……」

「君は本物の霊媒なんだね」

「自分じゃよく分りませんよ」

「でも、僕が見える」

「確かに。でも、本当なら、死者の霊が乗り移って、私の口を使って話すんですよ」

「色々あっていいんじゃないか」

「気軽に言わないで下さい」

そのとき、館内に、時報を打つ音が流された。

「午前〇時をお知らせします」

ピッピッ……。そして時報が鳴った。

「――明けましておめでとう」

と、一色大吾は言った。

4　誘　い

「茜ちゃん！」

麻美の声だ。

足を止めて振り返ると、渡部謙介と麻美が手を振っている。

茜は歩み寄って、

「お気づかいいただいて、ありがとうございました」

と、渡部へ礼を言ってから、「明けましておめでとうございます」

「おめでとう」

と、麻美は笑顔で、「これから朝食。おせち料理が出るのよ。一緒にどう？」

「でも――」

「時間あるでしょ？」

広い宴会場の一つを朝食の場所にして、おせち料理が出される。お雑煮も付いていた。

「――おいしいですね」

と、茜はため息をついて、「師匠も、お正月とか、こだわっておられましたけど、おせちはコンビニで買ってました」

「そうね。そういうことにはやかましかった。茜ちゃんが来るまでは、私、おせちなんか用意しなかったもん」

「そういえば、麻美さん」

と、お茶を飲んで、「おととい お話ししませんでしたけど、あのお宅のこと」

「ああ。処分した？」

「ええ」

「それでいいのよ」

「借金の抵当に入ってました」

「え?」

麻美がびっくりして、食べる手を止めた。

「家も土地もです。亡くなって、すぐに銀行が来て差し押えてしまいました」

「まあ……。そんなに借金があったの?」

「ご存知なかったんですか?」

「全然。――いくらぐらいの借金?」

「大体三千万円くらいだそうです」

「三千万……。どうしてそんなお金、借りたのかしら」

「分りません。借りたのは、麻美さんが出て行った後です」

「茜ちゃんも気が付かなかったのね?」

「ええ。――銀行の人に話を聞いたんですけど、銀行の人を呼んだりした日は、どうもわざと私をおつかいに出していたみたいなんです」

「その借りたお金は?」

「一度も口座へ入ることなく、使われたみたいです」

「まあ……」

麻美はお茶を飲んで、「――じゃあ、茜ちゃんに、父は何も遺さなかったのね?」

「修業させていただきましたから、それで充分です」

と、茜は微笑んで、「ただ、すぐ出て行かなきゃならなかったんで、大変でしたけど」

「そうだったの……」

と、麻美は肯《うなず》いて、「でも、三千万円も、何に使ったのかしら」

「さあ。ともかく、亡くなってしまったんですから」

と、茜は言って、「――おいしかった!」

と、ため息をついた。

「今日も一日、あそこ？」

「もちろんです。三日までは」

茜は、やや気がひけて、「ここのお支払いは……」

「いいのよ。頑張ってね」

「ありがとうございました」

渡部の方へ礼を言って、茜は行きかけたが、

「君」

と、渡部に呼び止められた。「今夜、晩飯を一緒にどうかね？」

「お気持はありがたいんですが……」

「何か用事が？」

「一応、お正月ですし、ちょっと行く所がありまして」

「そうか。それなら――。また会おう」

「失礼します」

茜は、もう一度、ていねいに頭を下げて、宴会場を出た。


「――どうやら、一文なしに近いらしいじゃないか」

と、渡部が言った。

「そうね。びっくりしたわ」

と、麻美は言った。「ただ――三千万円の行方が……」

「ところで、今日はどこに行くんだ？」

と、渡部は訊いた。


元日はさすがに客も多く、茜の所にも途切れずやって来た。

「――そろそろ店閉いね」

と、並んだ占い師が伸びをして、「結構稼いだわ。あんたはどう？」

「おかげさまで」

と、茜は言った。

夕食の時刻になると、〈占いの王国〉は店閉いだ。

――茜は少しゆっくりと片付けて、他の占い師たちが、

「じゃ、また明日ね」

と帰って行くのを見送った。

フロアの明りが落ちて、薄暗くなると、「最後の客」がやって来る。

「どこかにいるんですか？」

と、茜が声をかけると、

「ここに」

と、客の椅子にかけた一色大吾が言った。

「長話は困りますよ。私、お昼抜きでお腹ぺこぺこなんですから」

「冷たいね。今日はずいぶん繁盛してたみたいじゃないか」

「大して収入になりませんけどね」

と、茜は言った。「あなたは一文も払わないんでしょ」

「仕方ないよ。幽霊なんだから」

と、一色は言った。

「私に相談されても困ります」

「しかし、他に話を聞いてくれる人がいないんだから」

「あなたの殺人事件は、ちゃんと警察が調べてるでしょ」

「まるで手掛りがなくて、このままだと迷宮入りだ」

「お気の毒です。でも、それって、私のせいじゃありません」

「分ってるよ。だけど、僕もこのままじゃ成仏できない」

「私にどうしろって言うんです？」

「ともかく――一人、会ってほしい人がいるんだ」

「私が会って、どうするんですか？」

「いや、僕は今のところ君の近くにしかいられない。

つまり君が会いに行ってくれないと、僕も会いに行けないんだ」

「面倒ですね。――でも、私も大変なんですよ」

「分ってる。できるだけ迷惑はかけないから」

――茜としても、こんなにはっきりと死人と話をすることは初めての経験で、好奇心もあった。

「誰に会うんですか？」

「ともかく出かけよう。一緒について行くからさ」

「でも、その前に食事させて下さい！」

「あ、そうか。生きてる人間は不便だな」

と、一色大吾は言った……。


今日は結構稼いだので、茜はホテルのコーヒーハウスで夕食をとることにした。

「ハンバーグのセット」

と、安めのものをオーダーしたが。

コーヒーを先に出してもらって、一口飲んでホッとしていると、

「あれ？」

突然、一色大吾が向いの席に現われて、茜はびっくりした。

「急に出ないで下さいよ！」

と、文句を言ったが、周りの客には茜一人しか見えていないわけで、あまり大きな声は出せない。

「彼女だ」

「誰？」

コーヒーハウスに入って来たのは、スーツの上に薄手のコートをはおった女性。

「あの人……。一緒にやってた人じゃないですか？」

と、小声で訊いた。

「うん。僕の出てたワイドショーで、メインキャスターだった有沢《ありさわ》真季《まき》だ」

「道理で。見たことあるなと思いました」

「しかし、こんな正月に何してるんだろう?」

と、大吾は言った。「年末年始は生のワイドショーがないから、キャスターはたいてい休みを取って、どこかへ出かける」

「そんなの、人さまざまでしょ」

「いや、彼女は確か年末年始はハワイに行くと言ってた」

「じゃ、気が変ったんですよ」

と、茜は言った。

「君、冷たいね」

「だって、何か秘密でもあるのなら、こんな所に堂々と現われないでしょ」

確かに、他の客たちも、チラチラと有沢真季を見て、何か話している。

「そりゃそうだけど……」

と、大吾は渋い顔で言った。

「何か、あの人が怪しいとかいう理由でもあるんですか? それとも何か恨みでも?」

「そうじゃないよ」

と、大吾は言った。「ただ——彼女は敵が多い。何しろやり手だからね」

「今、おいくつぐらいなんですか、あの人?」

「確か……三十八だと思うよ。今年誕生日が来れば三十九か」

「じゃ、私とひと回り違うんですね」

有沢真季は、コーヒーだけをとって、スラリとした脚を組み、手にしていた封筒から書類を取り出して読み始めた。

茜はハンバーグが来て、一人さっさと食べ始めた。

——大吾はその様子を眺めていたが、

「若いんだね」

「え?」

「その食べっぷりさ。二十代だよ、やっぱり!」

「変なことで感心しないで」

と、茜は食事を続け、「――お腹は空かないんですか?」

「うん。ただね、殺されたとき、ろくに食事してなくて、腹へってたと思うんだ。そのせいか、ずっと空腹感があって」

「分けてさし上げたいですけど、残念です」

きれいに皿を空にすると、「デザートがつくんだ!」

「楽しそうだね……」

と、大吾はすねたように言った。

茜がデザートを食べ始めると、

「おい!」

と、大吾が身をのり出す。

「何ですか?」

と、あわてて身を引いて、「変なことしないで下さい」

「何考えてるんだ? 彼女だよ」

有沢真季のテーブルに、若い女性がやって来ていた。

スーツ姿で、やや地味な印象だ。

「知ってる人ですか?」

「いや……。どこかで見たな」

と、大吾が考え込む。

「別に怪しい感じじゃないですよ」

茜は構わずデザートを食べていた。

その女性は有沢真季と何やら話し込んでいた。声は低く、内容は聞き取れない。

「誰だったかな……」

と、大吾はまだ考え込んでいる。

「ゆっくり思い出して下さい」

と、茜は小声で言った。

すぐ隣のテーブルに客が来たので、あまり大きな声でしゃべると、「変な人」かと思われそうだったからだ。

「おいしかった……」

茜はデザートを食べ終えて、もう一杯コーヒーをもらおうと、ウェイトレスを呼んだ。

「コーヒーを——」

と言いかけたとたん、

「そうだ！」

と、大吾が突然大声を上げたので、茜は仰天して、

「何よ、いきなり！」

と、つい言ってしまった。

「——どうかなさいましたか？」

ウェイトレスがポカンとしている。

「あ、いえ……。ごめんなさい。何でもないの」

茜は大吾をジロリとにらんだ。

「ごめん」

と、大吾は言った。「やっと思い出したんだ、あの女」

「そうですか……」

隣のテーブルの客が、ふしぎそうにこっちを見ているのが分ったので、茜はほとんど囁《ささや》くように言った。

「あれは丸山《まるやま》の秘書だ」

と、大吾が言った。「知ってるだろ？　丸山和人《かずと》」

「官房長官ですか？」

「そう。今、現職だ。——あの女はその秘書でね」

茜がチラッと目をやると、ちょうどその女性がハンドバッグから封筒を取り出すところだった。

封筒は、有沢真季の手に渡っていた。

「——何だろう？」

と、大吾は眉を寄せて言った。「まさか、現金じゃ……」

「まさか。そんなもの、こんな所で渡すもんですか」

「そりゃそうだ。それに有沢さんがまさか金を受け取ったりしないよな」

「知るもんですか」

と、茜は肩をすくめて言った。

すると——隣のテーブルの客が、ウェイトレスを呼んで、

「ちょっと——席を替っていいか」

と、小声で言った。

「——ほら、気味悪がって向うへ行っちゃったじゃないですか」

と、茜は大吾をにらんで、熱いコーヒーを一口飲んだ。

「ちっとは同情しろよ。こっちは殺人の被害者だぜ」

「私、別に加害者じゃないですもん」

有沢真季に封筒を渡すと、その若い女性は席を立ち、小さく会釈して帰って行った。

「しかし、TV局のニュースキャスターが、官房長官の秘書と会ってるってのは、うまくないな」

と、大吾は言った。「君、有沢さんに忠告して来てくれないか?」

「いやですよ。どうして私が——」

と言いかけてから、「あなた、有沢さんの目には見えないんでしょ? だったら、あのテーブルのそばに行って、二人の話を聞いてりゃ良かったじゃありませんか」

「そうか!——しまった! 思い付かなかった」

と、大吾は額を叩いて、「君、もっと早く言ってくれよ」

「私、幽霊になったことないんで」

と、茜は言い返した。

「しかし、ともかく僕は君のそばにしかいられないんだ。迷惑かもしれないが、よろしく」

茜は何とも言いようがなかった。

すると——有沢真季が立ち上った。

「出るんだ。ね、後をついて行って!」

「え？　どうして――」

「頼むよ！」

コーヒーをあわてて半分ほど飲むと、茜は渋々立ち上った……。

しかし、「尾行」はアッという間に終ることになった。

有沢真季がホテルを出てタクシーに乗り込んだからである。

「君、タクシーで後をつけて！」

と、大吾は言ったが、

「いやです」

と、茜ははねつけた。「タクシーに乗るなんてぜいたく、私にはできません」

「――分った」

大吾も諦めたように、「そこまでは頼めないな」

「じゃ、私は地下鉄で帰ります」

と、茜は歩き出した。

大吾が一緒について来る。

「何でそこにいるんですか？」

「他にいられない。それにやっぱり幽霊って夜でないと出にくいみたいなんだ」

「ずっとついて来ないで下さいよ。女の子の一人暮しなんですから」

「分ってる。お風呂を覗いたりしないよ」

「当り前でしょ。――あ、ごめんなさい！」

ホテルの地下駐車場の入口辺り、照明がなくて薄暗かったので、危うく誰かとぶつかりそうになったのだ。

相手はスッと茜をよけて、駐車場の中へと入って行ったが……。

「今の、有沢さんですね」

と、茜は言った。

「そうだ。――びっくりしたな」

「でも、タクシーに乗って……」

「きっと、『忘れ物をした』とか言って、すぐ降りたんだ。人目につかないようにホテルの中へ戻るつもりだ」

「何かわけがあるんですね」

と、茜が行きかける。

「待ってくれ！　お願いだ。有沢さんの後をつけてくれ」

「だって――プライバシーってものがあるでしょ、誰だって」

「どうしても気になる！　お願いだ！」

と、手を合せる。

幽霊の方が合掌するというのも珍しいが、茜は仕方なく、駐車場へ入って行った。

柱のかげから覗くと、ホテル直通エレベーターの前で、有沢真季が立っている。

車が入って来た。茜はあわてて駐車してあったバンのかげに身を潜めた。

ライトが頭上をかすめ、車は停った。

降りて来た背広姿の男は、足早に有沢真季へと歩み寄り、

「待った？」

「いいえ、今来たところよ」

二人の姿がエレベーターへ消える。――扉が閉るとき、二人が唇を触れ合うのが一瞬見えた。

茜も大吾も、しばらく黙っていた。

「――見た？」

「ええ」

「あれは……丸山官房長官だ」

「みたいですね」

と、茜は言った……。

5　通夜

正月三が日はアッという間に過ぎた。

もちろん、冷やかし客ばかりとはいえ、茜のコーナーにも結構客が来て、この商売（？）を始めて以来といってもいい収入があった。

「――ありがとうございました」

茜は、ちゃんと自分の席の片付けまで手伝ってから、世話してくれた松下の所へ礼を言いに行った。

「客は一杯来た？　そりゃ良かった」

「また私の所へ来て下さるってお客様もいらして」

「そのときは、本当に霊を呼ぶの？」

「もちろんです。霊媒ですもの」

「そうか。――ま、お疲れさん。僕らはこれからが大変だよ。〈正月プラン〉の片付けをして、それから飾りつけも変えないとね」

「徹夜ですか？」

「うん。毎年のことで、慣れてるよ」

松下は欠伸《あくび》をした。

「じゃ、これで失礼します」

「うん。あ、そうそう。例の一色大吾は出たかい？」

「からかわないで下さい」

本当は「出た」どころじゃないのだが。

「今夜お通夜だそうだよ」

と、松下が言った。

「え？　どうして知ってるんですか？」

「うん、ほら、ニュースキャスターの有沢真季さんっているだろ」

「ええ」

「このホテル、よく食事にみえるんで、知ってるのさ。今日会ったら黒いスーツでね。で、訊いたら、『一色君のお通夜なの』って」

「そうですか」

明日が告別式か。三が日を避けたのだろう。

茜は少し迷ったが、

「お通夜って、どこでやってるんでしょう?」

と訊いた。


真新しい斎場だった。

一見したらホテルかと思うほど明るくきれいだ。

「もう終ってるかな……」

と、呟きながら茜は中へ入った。

いくつも式場が並び、見て行くと、〈一色大吾〉の名があった。

もう受付は片付け始めていたが、

「すみません。ご焼香させていただいても?」

と訊くと、

「どうぞ。お入り下さい」

と、黒いスーツの女性が言った。

「こんな格好ですみません」

「いえ、TV関係の方は、みんな仕事を抜け出して来られてますから」

どうやら、茜もTV局のスタッフと思われたらしい。記帳して中へ入ると、正面に、にこやかに笑った一色大吾のカラー写真。

棺《ひつぎ》は花に囲まれている。

やはりTV関係者は夜が遅いのか、何人か椅子にかけて、小声で話をしていた。

茜が入って行くと、みんな一斉に振り向いた。その揃《そろ》い方が普通でなくて、ギクリとしたが、ともかく真直ぐに進んで、焼香した。

手を合せながら、

「どこに行ってるのよ……」

と、小声で呟く。

有沢真季が官房長官の丸山と会っていたときから、夜になっても大吾は姿を見せていなかったのだ。

茜としては別に「出てほしい」わけではなかったが……。

目を閉じて合掌し、さて、遺族の方へ一礼して――と思ったが、茜はびっくりした。

遺族の席には、セーラー服の女の子が一人座っているだけだったのだ。

他にいないのかしら？

ともかく気を取り直して進み出ると、一礼した。

「ありがとうございました」

少女はしっかりした声で言った。

両手にハンカチをつかんで、目は少し赤いが、泣いてはいなかった。

茜がそのまま行こうとすると、

「あの――」

と、少女が呼びかけた。「もしよろしかったら、少し残っていていただけませんか」

「ええ……」

「妹のゆかりです」

妹か。――確かに、眉の形や口もとが大吾に似ていなくもない。

「分りました。じゃ、座っています」

茜は、端の方の椅子にかけたが……。

何だか落ちつかない。

他の人々の視線が、明らかに茜の方へしばしば向いて来るのである。

「――では、本日はこれをもちまして」

と、葬儀社の人間らしい男性がマイクを通して言いかけたとき、

「あの――有沢さんがみえました！」

と、受付の女性が駆け込んで来た。

茜が振り向くと、黒いスーツの有沢真季が入って来た。

有沢真季は別にスターというわけではない。身分はTV局の社員に過ぎない。

TVのニュースキャスターとはいえ、

それでも、彼女にはパッと人の目をひきつける雰囲気があった。

一色大吾のお通夜の席へやって来た有沢真季は、左右の客へちょっと会釈して、正面へと進んだ。

焼香しようとすると、

「有沢さん! ちょっと待って下さい!」

と、駆け込んで来たのは、TV局のカメラマン。

「撮りますから」

「じゃ、急いで」

真季もTV局の人間だ。こういうことには慣れているのだろう。

「そっちから撮った方がいいわよ」

などと指示している。

「――はい、どうぞ」

カメラが回ると、真季はゆっくりと焼香した。カメラは真季からパンして、大吾の遺影を捉《とら》えた。

見ていて、神崎茜は苦笑した。きっと明日のワイドショーで、

「一色大吾さんのお通夜が――」

と、報告されるのだろう。

そこにも「演出」がある。

カメラマンは、

「ちょっと待って下さい」

と、移動して、「遺族」である大吾の妹、一色ゆかりと真季を画面に収める位置に立った。

「――どうぞ」

真季は、一色ゆかりの前へ進むと、

「お兄様は気の毒だったわね」

と、声をかけた。「スタッフとして、よく頑張ってくれたわ」

ゆかりは固い表情で、

と微笑んで見せると、「じゃ、しっかりね。明日はお仕事があって来られないけど」

真季はそのままさっさと出て行こうとしたが——。

前の方に座っていた背広姿の男が立ち上って、真季に何か話しかけた。小声なので聞き取れないが、二人が茜の方を見ているのは明らかだった。

——何で私を？　茜は首をかしげた。

真季は出口へと向ったが、足を止めると、

「——失礼だけど」

と、茜の方へやって来た。「一色大吾とはどういうお知り合い？」

人を見下すような口調に、茜はいささか面白くなかった。

「ちょっとしたことです」

とだけ言うと、

「お名前は？」

茜は真季を見上げて、

「ありがとうございます」

と答えた。

見ていて、茜にはゆかりが有沢真季のことをあまり良く思っていないと分った。じっと目を伏せたままで、目を合そうとしない。

「力を落とさないで。何か困ったことがあったら、いつでも相談に来てちょうだい」

と、真季は言ったが、とても「本心から言っている」とは聞こえなかった。

ゆかりもそう感じたのだろう。

「私、もう子供ではありませんから、一人で何とか生きて行きます」

と、きっぱり言った。

真季は少しムッとした様子だったが、顔に出すほど馬鹿ではない。

「しっかりしてるわね。さすがは大吾君の妹さんだわ」

「人に名前を訊くのなら、ご自分が先に名のって下さい」

と言ってやった。

「あら失礼。私のことはもちろんご存知だと思ってたので」

と、名刺を出し、「有沢真季よ」

「私は――」

と、茜も名刺を出した。

「〈神崎茜〉。――〈霊媒〉って？」

「それが仕事です」

「へえ……。大吾君とはどこで？」

「プライベートなことですから」

「そう。――ありがとう。面白いお仕事ね」

と言うと、「またお会いしましょ」

と、足早に出て行く。

茜は、居合せた人々が一人残らず自分を眺めていることに気付いた。いささか照れくさかったが、あえて無視することにして、正面の大吾の写真を見つめていた……。

6　妹

「ありがとうございました」

一色ゆかりが、受付をしていた女性たちにていねいに礼を言っている。

「じゃ、明日も来るから」

「あなたも気を落とさないでね」

と、口々にゆかりへ言葉をかけているところを見ると、ゆかりを好いているのだろう。

茜は外の目立たない所に立っていたが、何しろ寒い。

「あら」

引き上げて行く女性たちの一人が茜に気付いた。

「――ねえ、あなた」

と、茜の方へやって来る。

「何でしょう？」

「帰るんでしょ？　一緒に車に乗って行かない？」

「いえ、私、ちょっと……」

「私たち、ＴＶ局の者よ。会社のマイクロバスで来てるの。これから食事に行くことになってるのよ。一緒にいかが？」

一緒に食事！――ＴＶ局はお金がある。きっとおごってもらえるんだ、と思うと心が動いたが、

「私、ちょっと用がありますので」

と、辞退した。

「そう。――私、北条《ほうじょう》まなみ。一色大吾さんの下で取材の手伝いをしてたの」

明るい、人なつっこい感じの女性である。

「神崎茜です」

「あなた、いい度胸してるわ」

「え？」

「有沢さんに向って、人に名前訊くなら自分で名のれ、なんて、なかなか言えるもんじゃないわよ」

茜は苦笑して、

「私、別にTVに出てるわけじゃありませんし」

と言った。

「〈霊媒〉だって、本当?」

「はあ……。一応は」

「へえ! そういう仕事があるのね」

「食べていけませんけど、〈霊媒〉だけでは」

と、正直に言った。「北条さん――でしたっけ。一つ訊いていいですか?」

「ええ、どうぞ」

「どうして皆さんが私のことを珍しそうに見ていたんですか?」

北条まなみの方が今度は笑って、

「そんなの決ってるじゃない。あなたのことを、一色さんの彼女だと思ったからよ」

「彼女――ですか」

と、呆れて、「彼女が、こんな格好でお通夜に来ますか?」

「そうね。でも――TV界は変った人が多いから」

と、北条まなみは言って、「でも、それじゃどうして知り合ったの?」

まさか本当のことも言えず、

「やっぱり私の仕事を珍しがって……」

と答えておく。

「そうよね。〈霊媒〉か。――うまく使うと面白いかも」

「何がです?」

「あなたが一色さんの霊を呼び出したりして……。どう?」

「どう、って言われても」

と、茜は困惑していた。

「スタジオの生中継で、一色さんを『呼び出して』

もらえない？　そこで犯人を明かす、とか」

　いかにもTV局らしい発想である。

「残念ですけど、そう都合よく霊は下りて来てくれません」

　と、茜は言った。

「そんなの、適当でいいのよ。TV見てる人だって、どうせやらせだと思ってるわ」

「そういうタイプじゃないんです、私」

「でも考えといて。考えるくらいならいいでしょ？」

　北条まなみは、名刺を出して茜に渡すと、

「連絡ちょうだいね。明日も来る？」

「告別式ですか？　別に……」

「私、また受付にいるから！　じゃ、明日また会いましょ」

　茜が呆気に取られている間に、さっさと行ってしまう。


「忙しいのね……」

　と、茜は思わず呟いた。

「――すみません！」

　一色ゆかりが小走りにやって来て、「こんな寒い所で。中で待っていただけば良かったんですけど」

「いえ、暖かい格好してるから」

　と、茜は言って、「中はもういいの？」

「ええ。明日また朝早く来ます」

「じゃあ、どこかでお茶でも――」

　と、茜が言いかけると、

「私、お腹ぺこぺこ！」

　と、ゆかりは言った。「近くのファミレスで食事しましょう！」

　その声の若さに、茜はホッとした……。

「ああ！」

　と、ゆかりは言った。

兄、大吾の死を悲しんで嘆息したのではない。アッという間にカツカレーを平らげて一息ついたのである。

茜もラーメンを食べて体を暖めた。

しかし、茜としては悩むところである。

ゆかりに、大吾との関係を訊かれたら、どう答えればいいのか。まさか、

「お兄さんの幽霊と会って」

とも言えない。

「――残ってもらって、すみませんでした」

と、ゆかりは言った。

「それはいいんだけど……」

と、茜はためらって、「でもね、私、あなたのお兄さんとはただの知り合いで、恋人とか、そんなんじゃなかったのよ」

すると、意外なことにゆかりは、

「はい。分ってます」

と言ったのである。

「そうなの？　じゃあ……」

「私も、兄の彼女が誰なのか知りません。でも神崎さんじゃないことは分ります」

「それはどうして？　もちろん、私にそんな魅力がないってことは分るけど」

「そんなことないです。茜さん、凄くすてきですよ。――茜さんって呼んでいいですか？」

「ええ、どうぞ」

と、茜は笑って、「それじゃどうして――」

「兄から聞いてました。『付合ってる相手が世間に知れると大変だ』って」

「つまり――有名人、ってこと？」

「たぶん芸能人なんだと思います」

と、ゆかりは言った。「そう訊いたとき、否定しなかったから」

「へえ……」

あいつ！　黙ってたな。

「茜さん、兄とはどこで知り合ったんですか？」

ほら来た。

「私の〈霊媒〉って仕事を珍しがって、話を聞きに来たの」

「じゃ、取材で？」

「でも、あんまりつまらないんで、話題として取り上げるの、やめたんでしょ」

「〈霊媒〉か！　いいなあ。死んだ人と話ができるんでしょ？」

「いつも、ってわけじゃないのよ。それに私、まだ修業中だから」

「何だ。でも、呼び出せるかもしれないですよね」

「まあ……結果は分らないけど」

「ぜひ、やってみて！」

「ゆかりさん……」

と、茜は言った。「お兄さんのことが本当に好きだったのね」

「そうじゃないの。銀行の通帳はあったけど、ハンコがどこにあるか分んなくて困ってるの。それ、訊かないと」

茜は何と言っていいか分らなかった……。

そのとき、レストランの中が、何となくざわついた。

「——飯田《いいだ》あかりだ」

という声が聞こえて、入口の方を見ると、サングラスをかけた女の子が、女性に付き添われて入って来ていた。

「——本当だ」

と、ゆかりが言った。

飯田あかりは、今TVで見ない日はないくらいの売れっ子のアイドル歌手である。

TVで見るより、ずっと小柄で色白だ。

「こんな時間に……」

と言いかけた茜は、「――まさか」

「お兄ちゃんと?」

大吾の通夜に出ようとして遅れたのだろうか?

「でも――飯田あかりって、いくつ?」

と、茜は小声で言った。

「確か……十六、七?」

「少し若過ぎない?」

「お兄ちゃん――そういう好みだったのかな」

ゆかりが本気で考え込んでいる。

飯田あかりと、たぶんマネージャーらしい女性は、少し離れた席についた。

そして、サングラスを外すと、静かにレストランの中を見回した……。

もちろん、自分が見られていることは承知しているのだろう。

飯田あかりは、ちょっと気取った手つきでメニューを手に取ると、開いて眺めている。

「――やっぱり本物は可愛い」

と、ゆかりは感心している様子。

「スターらしさっていうのかしらね」

茜が肯いて言った。「――何か甘いものでも食べる?」

「ぜひ!」

ゆかりは明るく言った。

茜はウェイトレスを呼んで、ケーキとコーヒーを頼んだ。ゆかりは、

「この〈スペシャルパフェ〉っていうの」

と、茜など写真を見ただけで胸やけしそうな、山盛りのパフェを頼んでいる。

「――でも、お兄ちゃんが本当にいなくなったような気がしないの」

と、ゆかりは息をついて、「だから悲しくもない。――その辺で、きっと私のこと、見てると思ってる

の」

「そうかもしれないわね」

と、茜は肯いた。

ちょっと！　たまには出て来たら？

茜はレストランの中を見回したが、一色大吾の姿は見えなかった……。

「――こっちを見てる」

と、茜が言うと、ゆかりはチラッと目をやって、

「本当だ。――茜さん、飯田あかりと知り合い？」

「まさか」

ところが、オーダーを済ますと、飯田あかりは立ち上って、他の客が見ている中、茜たちのテーブルへとやって来たのである。

「失礼ですが」

と、アイドルはていねいな口調で言った。「一色ゆかりさんですね」

ゆかりはびっくりして、

「そうですけど……」

「飯田あかりです」

「――知ってます」

「ちょっとお話ししたいことがあって……」

と、飯田あかりがチラッと茜を見て、「プライベートなことで」

茜は腰を浮かして、

「私、向うの席に行ってるわ」

と言ったが、ゆかりが茜の手をつかんで、

「ここにいて」

と言った。「あかりさん。この人、私のお姉さん代りの、とっても親しい人なんです。どんな話でも、聞いてもらって大丈夫ですから」

この言葉には茜も面食らったが、飯田あかりは少し迷った後、

「――分りました」

と言って微笑んだ。「そんな人がいるって、羨《うらやま》し

い」

茜はゆかりの隣の席に移り、飯田あかりと向い合って座った。

プライベートなこと、と言っても、何しろこのファミレスの客はみんなあかりの方へ注意を向けている。

「お兄さんのお通夜に間に合わなくて、すみませんでした」

と、あかりは言った。

「いえ……。兄のことを……」

つい、二人とも小声になる。

茜はふと思い付いて、自分のケータイを取り出すと、テーブルの上に置いた。

ゆかりとあかりがそれを見てから目が合って、

「ああ！」

「それって、いいかも」

二人はケータイを取り出し、互いのメールアドレスを交換すると、

「じゃ、私から」

と、あかりが目の前のゆかりにメールを送る。

メールで「秘密の会話」を交わすことにしたのだ。

――何といっても十代の二人、メールのやりとりの速いこと。

それは正に「対話」と呼んでもいいものだった……。

〈私の飯田あかりっていう名前は本名です。飯田はお母さんの姓。お父さんは、一色宗春《むねはる》です〉

〈え！　それって、私のお父さんのこと？〉

〈ええ。お母さんは一色宗春の秘書をしていました。びっくりするでしょうけど、私、あなたの腹違いの妹です〉

〈びっくり！　お父さんもお母さんも死んじゃったけど、あなたのお母さんは？〉

〈やっぱり二年前に。お母さんは自分で働いて私を

育ててくれましたけど、年に、二、三度はお父さんもうちに来てくれました。私がタレントになるとき、お母さんから初めてきちんと事情を聞いたんです〉

〈そうだったの！　じゃ、お兄ちゃんもあなたのことは知らなかったの？〉

〈たぶん。いつか話そうと思ってる内に、こんなことになっちゃって〉

茜は、覗き見する気はなかった。たとえ恋人のケータイでも、メールを見たりするのは日記やプライベートな手紙を勝手に開けるのと同じだと思っているからである。

しかし、ゆかりが見て、と言うように茜の方へ見せるので、仕方なく読んでびっくりした。

あんた、知らなかったでしょ！

茜は周囲を見回した。――しかし、大吾はいない。

〈じゃあ、私がお姉さん、ってわけだ〉

〈はい。呼んでいいですか？　お姉ちゃん、って〉

〈どうぞ〉

あかりがケータイを閉じて、

「お姉ちゃん」

と小声でひと言、言った。

「何か変だ」

と、ゆかりは笑って、「一人ぼっちになったと思ってた……」

「よろしく」

「こちらこそ」

二人は互いに頭を下げた。

「――あ、グラタンが来た」

「うん。明日は……」

と、あかりは言った。「じゃ、これで」

「告別式には必ず」

二人は何となく手を差しのべて、軽く握手すると、別れた。あかりが席へ戻って行ったのである。

――しばし、茜とゆかりは黙っていた。

やっと口を開いた茜は、

「何か飲む？」

と訊いたのだった……。


飯田あかりとマネージャーは、早々と食べて出て行った。

「――突然妹ができるって、どんな気分？」

と、茜は言った。

「びっくり」

「そりゃそうよね」

ゆかりは少し考え込んでいた。茜が、

「やっぱり悩んでる？」

「そうじゃないけど……」

「じゃ、何？」

「どうして可愛いとこが似なかったんだろうと思って……」

結構本気らしい。

「そんなことない。可愛いわよ、あなただって」

そう言われても、ゆかりは難しい顔で座っていたが、

「――鏡、見てくる」

と、化粧室へと立って行った。

「女心は微妙ね」

と呟いて、コーヒーを一口飲むと、

「僕もびっくりだ」

目の前に、大吾が座っていた。茜はむせて、

「――もう！　急に出て来て！」

「いや、話は聞いてたんだ」

「どこに行ってたのよ？　自分のお通夜なのに」

「色々手続があったんだ」

「手続？」

「あの世に行くのも結構面倒でね」

「へえ……。パスポートとか？」

「そんなものないけど、やっぱり人間、生きてると

きが大事だよ」

大吾は真面目くさって言った。

「なるほどね。——生前に色々悪いことしたんで、入れてくれなかったんでしょ」

「悪いことなんかしてない！」

と、大吾は仏頂面《ぶっちょうづら》になって、「——少ししか」

「ほらね。——ゆかりちゃんが言ってたけど、あなたの恋人、芸能人だって？」

「恋人ってほどの女性はいなかったよ。ただ、話し相手にいいらしいんだ、僕は」

と言った。「戻って来た。また後で」

「ゆかりちゃんとは話せないの？」

「あの子は君と違って普通の人間だ」

「ちょっと、それ……」

大吾はまた姿を消してしまった。

「あーあ」

と、ゆかりが戻って来て、「やっぱり、どう見ても似てない」

「でも、あなたに妹ができたら、お兄さんもきっと喜ぶわよ」

「そうかなあ」

と、ゆかりは言った。「もちろん、あんな可愛い子が妹だって分ったら喜ぶだろうけど……」

よっぽど「美少女趣味」だと思われてたのね、と茜はおかしくなった……。

7　煙と客

いかに貧乏暮しでも、一応黒のスーツぐらいは持っている。茜も、翌日の一色大吾の告別式には、ちゃんと黒のスーツで出かけて行った。

少し早く斎場に着くと、受付を作っているところだった。

ロビーで時間を潰していると、ケータイが鳴った。

「――はい、神崎です」

「麻美よ」

「どうも、色々ありがとうございました」

「ね、今朝のＴＶにあなた、映ってたわよ！」

「え？」

「今朝のワイドショー。一色大吾のお通夜に行ってたでしょ」

「ええ……。ちょっと知っていたので」

「知ってただけ？」

「――どういう意味ですか？」

「スポーツ新聞の芸能欄に、〈人気キャスターと謎の美女の関係は？〉って載ってたのよ」

「あの――もしかして、〈謎の美女〉って、私のことですか？」

「そうらしいわよ」

と、麻美は言った。「ま、私もちょっと無理あるな、とは思ったけど、ああいう記事は若くて十人並なら、たいてい〈美女〉って書くのよね」

言いたいこと言って！　さすがに少々ムッとしたが、

「今日も告別式に〈謎の美女〉は来てます」

「あら、そう。私も行けば良かった」

「そんなに暇なんですか」

と、一応言い返してやった。

通話を切って、ほぼ仕度の終った受付を眺める。

――ゆうべ、茜に声をかけて来た女性、何といったっけ？

北条まなみ。そう、そんな名だった。

今日はまだ受付に姿が見えない。もちろん時間が早いし、ゆかりも来ていないのだから……。

茜は、眠気覚ましもあって、冷たい風の吹く表へ出た。

欠伸をして、思い切り手を空へ向って上げていると、

「元気ね」

振り向くと、北条まなみが黒スーツで立っている。

「ゆうべはどうも……」

「ゆうべの話だけど」

と、北条まなみは言った。「勝手なこと言ってごめんなさいね」

「いえ……」

「TVの人間って、自分の理屈だけでものを言っちゃうところがあるの。忘れてちょうだい」

茜が少々戸惑うほど、北条まなみの言い方は謙虚だった。

「――でも面白いお仕事ね、〈霊媒〉って」

「そうでしょうか……」

「そうよ。ぜひ続けて」

と、ニッコリ笑う。「あ、もう行かないと」

せかせかと行ってしまうのを見送って、

「やっぱりTVの人はせっかちだわ」

と、茜は呟いた。

今日も、ゆかりは一人、遺族の席に座っていた。

告別式が始まる直前、茜のところへ、葬儀社の男がやって来て、

「恐れ入りますが、ご遺族のお席の方へ」

と言われてびっくり。

「でも——」

「一色ゆかりさんが、ぜひにとおっしゃっています」

そう言われると、むげに断るわけにもいかないが……。ただでさえ、「謎の美女」なのに、ゆかりと並んで座っていたら、どう思われるか。

「ま、いいか」

どう思われても、大したことはない。

ゆかりが少し照れたように、茜を迎えて、

「ごめんなさい！　一人じゃ寂しくって」

「私でお役に立つなら」

と、茜はゆかりの隣に座った。

「ありがとう」

「まさか、『新しい妹』を座らせるわけにもいかないしね」

と、茜は言った。

「まだ何だか夢見てたようで……。でも、ゆうべのこと、本当だったのね」

「私が証人」

「飯田あかりが妹か！——悪い気はしないな」

と言ってから、「あ、そうだ！　茜さん、銀行のハンコ、見付けた」

「良かったわね。お兄さんが出て来て、教えてくれた？」

「だと良かったんだけど、別の物捜してて見付けたの。助かったわ！　飢え死にしちゃうとこだった」

ゆかりの明るい生命力が、茜にはまぶしく見えた。

——やがてお坊さんが来て、読経《どきよう》が始まる。香の匂いが立ちこめて、ＴＶ局の関係者らしい人たちが、大勢やって来た。

前の方に座った、女性社員が、

「ね、北条さん、来てないわね」

と、隣の女性に言っているのが聞こえて、茜は、首をかしげた。

北条まなみなら、さっき会ったのに。それとも他の北条さんだろうか？

「――もうじきね」

と、ゆかりがポツリと言った。

「え？」

「お兄ちゃん、煙になって消えちゃうんだ」

「ああ……。そうね」

「ビデオや写真は残るけど……。もう話ができないんだって思うと、もっと色々話しとけば良かったなって……。生きてるときは、話しかけられても、うるさいとしか思わなかったのに……」

遺影を見上げるゆかりの眼に、涙が光っていた。

「――私が、代りにお兄さんと話してあげられるといいけどね」

と、茜は言った。

「本当だ！　ぜひ呼び出してね」

二人は微笑んだ。

「――飯田あかりだわ」

という声がした。

黒いワンピースのあかりが入って来て、空いた席に腰をおろした。

そろそろ焼香が始まるというとき、
受付の女性がやって来て、「神崎さんですね」

「すみません」

「はい」

「ちょっと受付の方へ」

茜は立ってその女性について行った。

受付にチラッと目をやると、北条まなみが後ろの方に立っていた。

「何だ、いるじゃないの」

と呟く。

「あの方がご用で」

「はあ……」

どう見ても、焼香しに来たわけではなさそうな、コートをはおった中年の男だった。

「――ご用でしょうか」

と、声をかけると、

「神崎茜さん――ですか？」

と、ちょっと意外そう。

「そうですが」

「いや、お若いんですな。〈霊媒〉というから、もっと恐ろしいばあさんかと思ってました」

「あなたは？」

「N署の松木《まつき》といいます」

「刑事さん？」

「そうです。――こんな所にお邪魔して申し訳ないが、ちょっと伺いたいことが」

「何でしょう？」

松木という四十前後かと見える刑事は手帳を開くと、

「北条まなみさんという人をご存知ですか？」

茜は面食らって、

「え……。ええ。ゆうべお通夜でお会いして」

「どういうご関係で？」

「ちょっと立ち話をしただけですけど」

「そうですか」

「あの――北条さんが何か？」

「実は、ゆうべ自宅で殺されたんです」

茜は呆気に取られて、

「――それって、何かの間違いじゃ？」

「どうしてです？」

「だって、北条さんは――」

と、受付の方を振り返った茜は、北条まなみがいなくなっているのを見た。

これって……。まさか！

「あの――刑事さん、確かに殺されたのは北条まなみさんなんですか？」

と、つい念を押してしまった。

「今朝発見され、マンションの住人が通報したんです。ご家族が確認しました」

「そんな……」

茜は愕然《がくぜん》とした。

では、さっき話した北条まなみは——幽霊だったのか？

どうして急に、二人も幽霊を見ることになってしまったのだろう！

「北条まなみさんの手帳に、あなたの名前がメモしてあって、今日のこの告別式の予定が書かれていたんです」

と、松木刑事は言った。「で、何かご存知じゃないかと思いまして」

「いえ……。さっぱり……。何しろゆうべ初めてお会いしただけですから」

「そうでしたか。——いや、失礼しました」

と、松木刑事は肯いて、「それにしても〈霊媒〉とは珍しいお仕事ですな」

「はあ……」

茜は突然、寒さが身にしみたのだった。


「どうかした？」

茜が席に戻ると、隣の一色ゆかりが言った。

「顔色良くないけど」

「いえ……。別に」

と、茜は座り直して、背筋を伸した。

北条まなみが殺された？——まあ、そのこと自体は茜と関係ないとしても、幽霊になって茜の前に出て来られては……。

しかも、一色大吾は夜しか出ないというのに、北条まなみはこの昼日中に現われているのだ！

やめてよね……。

茜は、告別式に来ている人々をそっと見渡した。

もしかして、他にも幽霊がいるのだろうか……。

「ではご焼香を」

と促す声で我に返る。

ゆかりが一人、立って行くと、兄の霊前で手を合せ、焼香した。

「どうぞ」

別に親戚というわけでもないのだが、成り行き上、やむを得ない。茜は、ゆかりの次に焼香した。手を合せ、大吾の遺影を見上げると、

「あんたのせいね」

と、口の中で呟いて、にらんでやった……。

――その茜が焼香しているのを、入口近くの席で二人の男が見ていた。

一人はさっき茜が話をした松木刑事。

「いいか」

と、松木は隣の若い男へ、「あれが神崎茜だ。顔をよく見とけ」

「はあ……。でも背中しか見えません」

「後で焼香したら、挨拶するだろ。そのときにじっくり見ろ」

「僕、人の顔、憶えるの苦手で。――ケータイで写真撮っていいですかね」

「向うが変だと思うだろ」

「気付かれないように撮ります」

「お前……。まあいい。好きにしろ」

と、松木はため息をついた。

「あの女が怪しいんですか？」

と訊いたのは、松木の部下で三田山肇《みたやまはじめ》。

「分らんが、ゆうべ通夜で初めて会ったっていうのに、被害者の手帳に名前があった。もっと深い係《かかわ》りがあるかもしれん」

「分りました」

「ちゃんと尾行しろよ」

「はい」

と、三田山は肯いた。

ヒョロリと長身で、少しボーッとしたところのある二十八才。三田山は松木と組んで、まだひと月ほどだった。

「じゃ、後は頼むぞ」

と、松木が席を立った。

「え？　松木さん、焼香してかないんですか？」

「どうして俺がしなきゃいけないんだ？」

「でも、一応ここに座ってるのに……」

「今日は娘の学校で行事があるんだ。娘が劇に出る」

「はあ……」

「セリフが三つもある役だぞ！　これを聞き逃したら、俺は娘の心に生涯残る傷をつける」

松木はポンと三田山の肩を叩いて、さっさと出て行ってしまった。

「何だよ……」

三田山はちょっと口を尖《とが》らした。

セリフが三つもだって？　三つしかないって言う方が正しいんじゃないのか？

「――では、ご焼香を」

と、司会している男が言った。

前の方の席から順に立って焼香する。

三田山はケータイを取り出した。うまく撮れるかな？

前の列の客たちが立ち上る。そのとき、三田山は斜め前の少女に気付いてドキッとした。

「飯田あかりだ！」

間違いない！――そういえば、この告別式はＴＶのキャスターだった男のだ。それで飯田あかりが来ているのか。

三田山は左右の人をチラッと見て、

「失礼」

と、列の外へ出た。

飯田あかりの写真を撮るには、前へ出なくては。

――三田山は、式場の関係者らしく見せながら、壁に沿って前へ出ると、ケータイを構え、素早く写真を撮った。

「やった！」

ついニヤついて、あわてて真顔に戻った。

焼香の列に戻ると、順番を待つ。

「やっとか……」

一色何とかいう男の方は、殺人といっても担当じゃない。パッと手早く手を合せ、ケータイを手の中に隠すように持つ。

二人しか座っていない。――家族や親戚の少ない奴だったんだな。

三田山は神妙な顔で、その二人の方へ進んで行った。

「先生、どうもありがとう」

と、セーラー服の少女が、三田山の前の男に言った。

「相談したいことがあれば言えよ。学校には来るんだぞ」

どうやら学校の先生らしい。

「はい。あさってくらいには行きます」

「よし、待ってるぞ」

その「先生」が行ってしまうと、三田山は一礼して、

「この度はどうも……」

「ありがとうございました」

顔を上げ、セーラー服の少女を見て、三田山は一瞬、動けなくなった。

可愛い！

もともとセーラー服に弱い三田山だが、今はその少し寂しげな少女の顔から目が離せなかった。

「あの……」

と、少女が少し戸惑ったように、「兄とはどうい

う……」

「え？」

三田山はハッと我に返って、「いや、いいんです！」

「は？」

「失礼します！」

あわてて、出口の方へと向った。

外へ出て、冷たい風に当ると、三田山はやっと自分を取り戻した。

「ああ……。しかし、可愛かった！」

あの子、一色何とかの妹なのか。「兄とは」って言ってたもんな。

「待てよ」

三田山は手にしたケータイを見た。――あの子を撮ったかな？

「写ってる！　やった！」

と、ちゃんとブレもせずに写っている少女にしばし見とれていたが――。

「あ、いけね」

肝心の神崎茜を撮るの、忘れた！

松木さんに叱《しか》られる。――まあいいや、どうせ待ってりゃ出て来る。

北風に、三田山は肩をすぼめた。


「何だか変な人だったわね、今の人」

と、茜は隣のゆかりへ言った。

「あの、背の高い、ヒョロッとやせた人のこと？」

「そう。見たことある？」

「全然」

と、ゆかりは首を振った。

「手の中にケータイを隠すように持ってて、あなたの写真、撮ってたわ」

「え？　本当に？」

「ええ、間違いない。誰なんだろ」

と、茜はちょっと眉をひそめて、「ゆかりちゃんの隠れファンなのかもね」

　まさか、それが事実を言い当てているとは茜自身も思っていなかった……。

「――それでは、これをもちまして、故一色大吾様告別式を終らせていただきます」

　今は、仕事の都合もあり、通夜に出る人の方が多いということだが、告別式も思った以上の弔問客が訪れた。

「――今は火葬場も斎場の中にあるのね」

と、茜は言った。

　むろん、お骨になるまで残る人はいなくて、結局、茜とゆかりの二人だった。

　いざ火葬になる、というとき、ゆかりは抑えに抑えていた悲しみが一気に溢《あふ》れたかのように、棺に抱きついて、声を上げて泣いた。

「お兄ちゃん！――お兄ちゃん！　私も連れてって！」

　泣きじゃくるゆかりを、茜は黙って見ていた。一度は思い切り泣くことが必要なのだ。

　茜だって、師の天竜宗之助を見送るとき、ワアワア泣いた。

　カシャ。――え？　今の音。

　茜は、少し離れた所で、ケータイを手に立っているあのヒョロリとした若い男に気付いた。

「ちょっと」

と、大股《おおまた》に歩み寄り、「何を撮ってるの！」

　ところがその男、何と自分ももらい泣きしていて、グスグス言っているばかり。

　茜は呆れて腕組みしているしかなかったのである……。

8　被害者

「刑事？」

と、茜は男の身分証を取り上げると、「三田山肇……。じゃ、あの松木って刑事さんと？」

「――そういうことです」

三田山はハンカチで涙を拭《ぬぐ》った。

斎場の中の控室。といっても、待っているのは一色ゆかりと茜の二人だけなので、ガランとしている。

そして今は刑事の三田山が、茜から尋問（？）を受けているところだった。

「嘘じゃなさそうね」

と、茜は三田山へ身分証を返した。「でも、どうしてこのゆかりちゃんの写真を撮ってたの？」

「あ、いえ……。そうじゃないんです」

「隠したってだめ！　何ならケータイを見せてごらんなさい」

「そういう意味じゃなくて……。確かに写真は撮りました」

「ほら、ごらんなさい」

「間違いだったんです。本当はあなたを撮るつもりで」

「私を？」

「ええ。松木さんから、あなたを尾行するように言いつかってたんですが、僕、人の顔を憶えるのが凄く苦手で。それでケータイで撮っとこうと……」

「でも――あなた、明らかにゆかりちゃんを狙って撮ってたわよ」

「そうなんです。一目見て、あんまり可愛いんで、ついそっちへ向けて――」

聞いていたゆかりが呆れて、

「変な人」

と言った。

「ともかく、それで後から、こいつはまずい、と思いまして、あなたの写真を……」

「じゃあ、私を尾行することになってたの？」

「そうなんです。気付かれないように。――あ、しまった」

こんなときながら、茜は笑い出しそうになった。

「だけど、どうして茜さんを？」

と、ゆかりが訊く。「殺されたTV局の人って、茜さんの知り合いでも何でもないんでしょ？」

「ゆうべ会っただけ」

「いや、そこは松木さんも、一応何かしないといけないわけでして」

と、三田山は言った。「たぶん、色々当れば、他に容疑者が出てくると思うんですけどね」

「いい加減ね、全く！」

「すみません」

「それにしても――北条まなみさんがどうして殺されたのかしら？」

と、茜は首を振って、「ゆうべ話したとき、一色大吾さんとも特別なことがあったとは思えなかったけど」

では何か個人的な恨みか？

茜はそっと周囲を見回した。もしその辺に北条まなみがいたら、誰に殺されたのか訊こうと思ったのだ。それが一番手っとり早い。

しかし、残念ながら北条まなみの姿は見えなかった。

「北条さんは自宅のマンションで殺されたって言ってたわね」

と、茜は言った。

「ええ」

「一人暮しだったの？」

「そのようです」

「恋人と同棲してたとかいうことは？」

「さあ……。そこまではまだ……」

「頼りないのね」

「すみません」

二人の話を聞いていたゆかりは、フフ、と笑って、

「何だか調子狂うな。――でも、おかげでお兄ちゃんが死んだ悲しさを忘れられたわ」

「そうですか。お役に立てれば……」

三田山は大真面目に言った。

「――ね、後で、北条さんのマンションに連れて行って」

と、茜は言った。

「え？」

「いいでしょ。私のことも見張ってられるし」

「でも……」

「私は〈霊媒〉よ。殺人現場に行けば、死者の声が聞こえるかもしれないわ」

適当に言ったのだが、三田山は感心して、

「なるほど！　では早速ご案内しましょう」

「ちょっと待って！」

と、止めたのはゆかりだった。「お兄ちゃんのこと、ちゃんと済ませてからにして！」

「あ、ごめんなさい。もちろんそうよ」

「私も行く！」

と、ゆかりは言った……。


「へえ！」

ゆかりが思わず言った。「TV局って、こんなにお給料いいんだ！　私、絶対TV局に入る」

「いくら何でも……」

茜は、TV局に入ろうとは思わなかったが、それにしても豪華なマンションだった。

「どんなに安くても億ね」

「茜さん、どうして分るの？」

「私、マンションのモデルルームを見て歩くのが趣味なの」

「へえ。面白そう」

「一瞬でも、ソファにゆったり座ったりすると、自分がお金持になったような気がするでしょ」

と、いささかいじましいことを言って、「でも、係の人には、買う気のある客か、ただの冷やかしか、すぐ分るらしくて。たいてい体よく追い払われちゃう」

そのマンションの広々としたロビーで、三人はしきりに感心していた。

――北条まなみのマンション。ここの七階〈703〉が彼女の部屋だった。

「何かご用ですか？」

受付にいた男性が、うさんくさそうに声をかけた。

「警察の者です」

と、三田山が言った。

「あ、これは失礼」

それにしても、怪しげに見られても仕方がない。ゆかりは、大吾のお骨を抱えていたのだから。

「――あんな事件があって、大変だったでしょうね」

と、茜が受付の男に話しかける。

「そうなんですよ」

と、男はため息をついて、「私は管理会社の者なんで、入居してる方のことに、そんなに詳しくないんですけど、何しろ殺人事件ですからね。会社からは私が嫌味を言われて」

「まあ、お気の毒。失礼ですが、お名前は？」

「私ですか？　和田《わだ》といいます」

「和田さん。北条まなみさんのことはよくご存知でした？」

「そりゃあ、TV局の人は派手ですしね。愛想も良くて、感じのいい人でしたよ」

「お客さんも多かったんでしょ？」

「ええ。それも夜中の二時、三時に呼ばれたりしてね」

「そんな時間に？　何の用で？」

「色々です。急にお友だちが泊ることになったから、布団を貸してくれとか……」

「顔を知ってる人——たとえば有沢真季さんとかもみえてました？」

「ええ、一目で分りますよね。サングラスなんかかけてても」

「じゃ、人目をさけて？」

和田という男、ちょっと苦笑して、

「本当に目立ちたくなけりゃ、もっと地味な服装をすりゃいいと思うんですがね。派手な服にサングラスじゃ、目立ちたがってるようにしか見えません」

なかなか面白い男だ、と茜は思った。このマンションに直接雇われているわけではないので、住人と距離を置いていられるのかもしれない。

「夜中もここにいるんですか？」

「交替制です。朝六時まではこの受付の奥の部屋で寝ているんですが、三時でも四時でも、何かと起されるんで、ゆっくり眠っちゃいられません」

「ゆうべはあなたが？」

「いえ、ゆうべは別の者がいました」

三田山が口を挟んで、

「その人には、松木さんが話を訊きに行ってるはずです」

「そうですか。——すみません。色々うるさく訊いて失礼しました」

と、茜は言った。

——三人はエレベーターで〈703〉へと向った。

「——おかしいですよね」

と、エレベーターの中で、茜は言った。「いくら高い給料もらっていても、このマンションは買えません」

「確かに。——どういうことですかね」

「決ってる」

と、ゆかりが言った。「パトロンがいたのよ」

「なるほど」

と、三田山は高校生の言うことに感心している。

「そこまでは考えなかった」

この刑事さん、大丈夫かしら？　いささか心配になる茜だった……。

〈703〉のドアを開け、三人は中へ入った。

三田山はブルッと身震いして、

「冷え切ってますね！　やはり幽霊の現われる前兆でしょうか」

そりゃ真冬で、暖房が入っていないのだから冷え切っているに決っているが、茜はあえてそうは言わず、

「そうかもしれませんね」

と、少し気をもたせた。

2LDKの作り。それほど広いわけではないが、一人住いにはぜいたくな部屋だ。

だが、実際に部屋へ上ると、茜は何かふしぎな印象を受けた。そして「幽霊の前兆」かどうか分らないが、空気に混じる何か暗く淀《よど》んだものを感じていた。

居間、寝室……。とりたてて変ったところはないが……。

「現場はバスルームですね」

と、茜は言った。

「そうです。よく分りますね」

「そりゃあ〈霊媒〉だもん」

と、ゆかりが代りに自慢（？）する。

「〈死〉を感じます」

茜は、短い廊下の奥のドアを開けた。

明るいピンクのバストイレ。洗面台にはズラッと化粧品が並んでいる。

「もちろん調べたんですよね」

と、茜は三田山に訊いた。

「ええ、詳しく、隅々まで」

「化粧品の中に、男性用の物が混っています。もしかすると男性の指紋が」

「なるほど！——どれが男性用？」

「見て分らないんですか？」

「あまりこういう高級品は使わないので」

「このオードトワレ、ヘアトニック。——それに、この小さなビン、薬が入ってるんじゃないですか？」

「ああ、そのようですね」

「中身を調べた方がいいかも」

「なるほど」

三田山はせっせとメモを取っている。


「やっぱり男がいたのね」

と、ゆかりは肯いた。

「まなみさんは——そこで？」

と、茜はバスタブを見て言った。

「そうです。——裸で、バスタブの中に倒れていました」

「死因は？」

「後頭部を殴られたようです。凶器はまだ分っていませんが」

茜はしばらくバスタブを見下ろしていた。

「——茜さん、何か分る？」

「私、超能力者じゃないわ」

と、茜は首を振って、「ただ、亡くなった人の『気』が残ってる。香水の匂いみたいにかすかに漂ってるだけ」

茜たちはバスルームを出た。

「茜さん」

と、ゆかりが言った。「お兄ちゃんが殺されたこととと、何か関係あるのかしら？」

「さあ……。それはこちらが調べて下さるでしょ」

茜は三田山の方を見た。

そのとき――三人は足を止めた。

居間からヒョイと、スーツ姿の若い男が現われたのである。

向うもびっくりした様子で、双方、しばし立ちすくんでいた。

「誰ですか？」

と、三田山が言った。「ここは立入禁止に――」

突然、男は玄関から飛び出して行った。

「おい、待て！」

と、三田山刑事が怒鳴った。

しかし、居間から出て来た若い男はもう廊下へ出ていたので、聞こえなかっただろう。

「待たないと逮捕するぞ！」

と、三田山は続けて怒鳴ったが、男を追いかけて玄関から走り出たのは、なぜか茜だった。

男は足が速く、もうエレベーターのボタンを押していた。扉が開くのが見えて、茜は、

「逃げられる！」

と思った。

だが――。ガツン。

エレベーターはちょうど上って来たところだったのである。で、中から降りようとした男と、逃げていた男とが「正面衝突」したのだった。

相当ひどくぶつけたらしく、二人ともその場に引っくり返って気絶していた……。

「痛い……」

おでこにコブをこしらえて、その男は呻《うめ》いた。

「何もしてないのに……」

「だったら、何で逃げるんだ」

と、三田山が言った。

「びっくりしたんだ」

と、男は言った。「あんな所で、人相の悪い男に出くわしたら……」

「何だと?」

三田山は顔を真赤にして、「俺のどこが人相が悪いって言うんだ!」

「三田山さん」

と、茜がなだめて、「今はそんなことで怒ってるときじゃないでしょ」

「失礼……。ちょっと傷ついて」

「ナイーブなんだ、三田山さん」

と、ゆかりが言った。

その若い男は、身分証を取り出した。

「——僕は、こういう者です」

〈北条秀行《ひでゆき》　N大学大学院研究科〉

「北条って……。じゃ、まなみさんの弟?」

と、茜が訊く。

「そうです」

と、コブをなでながら、「どうして刑事がいるんですか? 姉が何をしたんです」

茜とゆかりは顔を見合せた。

「——お姉さんのこと、知らないの?」

と、ゆかりが言った。

「今、アメリカから帰ったばかりでね」

と、北条秀行は言った。「ロサンゼルスでシンポジウムに出てたんです。成田に着いて、そのまま……。荷物はアパートに置いて来ましたけどね。——で、姉は何をしたんです? 麻薬ですか。それとも不倫トラブル?」

どうやら本当に知らないらしい。

三田山は咳払《せきばら》いして、

「北条まなみさんは……この部屋のバスルームで殺されたんだ」

と言った。

「まさか」

と、秀行は苦笑して、「どっきりカメラですか？」

三人の顔を眺め回して、

「――本当に？　姉が殺された？」

やっと信じる気になったらしい。

「お気の毒ですけど……」

と、茜は言った。「それで、この三田山刑事さんと私たちがこのマンションへ――。北条さん！」

茜は目を丸くした。――北条秀行が気を失ってそのままズルズルと床にのびてしまったのである。

9　夜の対話

「お願い」

　と、一色ゆかりが言った。

　こういう「せつない」眼差《まなざ》しで見つめられると、茜としては抵抗できない。

「赤の他人の私を？」

　と、茜は言った。

「そんな……。茜さん、頼りにしてるんですもの」

　――それはむしろ茜にとってはありがたいことで、一色大吾、ゆかり兄妹の住んでいたマンションに、ぜひ茜も同居してほしい、という頼みだった。

「でも、ゆかりちゃん。私は〈霊媒〉なの。この仕事をやめる気にはなれないし、あなたの面倒をみてあげるわけには……」

　ゆかりは不服そうに、

「私、茜さんを家政婦に雇うつもりじゃありません！」

「そりゃ分ってるけど……」

「こんなかよわい娘を一人にしておいて、心配じゃないんですか？」

　何だか憎めない子だ。――茜は微笑んで、

「分ったわ。当面、事件が解決しないと心配だしね。それまで、そばにいてあげる」

「良かった！　きっとお兄ちゃんも喜ぶわ」

　それは当人に訊いてみましょ、と茜は思った。

　私がここにいれば、大吾も妹の顔を見られるかもしれない、とも茜は思ったのである。

　そして――北条まなみは？

　この調子で次々に幽霊と出会うようになったら大変だ。茜はそれが心配だった。

「ちっとは幽霊じゃない男と出会わないかしら……」

と、茜はそっと口の中で呟いたのだった……。

ゆかりのマンションに越すにしても、今すぐというわけにはいかない。

「じゃ、二、三週の内にね」

と、茜は言って、ゆかりのマンションを後にした。北条まなみの弟、秀行が気絶したりして大騒ぎをしたし、あれやこれやでずいぶん遅くなった。ただ、ゆかりが夕食をおごってくれて、食費が浮いた。

高校生におごってもらうのでは困ったものだが、

「お兄ちゃんの代りにお礼するの」

などとうまいことを言うので、つい甘えてしまった。

「これからはしっかり、家計を分けないとね」

と、夜ふけの道を辿りながら、茜は言った。

人通りの少ない道が、夜中ともなればますます物騒である。

「近道するか……」

もっと寂しい公園を抜ける道だが、アパートまで大分近い。

寒さのせいもあって、茜はその「危い」近道を選んだ。

こういう夜道を無事に通り抜けるには、「たとえ痴漢が待ち構えていても、はね飛ばすくらいの勢いで歩くこと」というのが、茜の信念。

公園の中へ入ると、茜は一段と足取りを速めた。

――そう広いわけではないから、急げばアッという間だ。

一応外灯はあるのだが、木立に隠れて暗くなっている所が多い。

少し息を弾ませながら、あ、もう出口が見えて来た！

と、ホッとしたとき――。

いきなり腕をつかまれ、茜は傍の茂みの中へと引きずり込まれた。

「何するのよ！」

と、叫んだが、

「しっ！　警察の者です！」

と、耳もとで言われて、

「え？」

「本当です！　大声を出さないで下さい」

何とか体を起すと、ポッとライトがつき、身分証を照らした。

「――刑事さん？」

「そうです。びっくりさせてすみません」

と、抑えた声で言う。

「あの……」

「この近くに殺人犯が現われてるんです」

「殺人犯？」

「隣の市で若い女性が襲われて殺されてるの、ご存知ですか？」

「ええ……。もう三人……」

「そうです。今夜、この近くで同じ犯人とみられる男が若い女性を襲ったんですが、ちょうどパトロール中の警官が通りかかったんです」

「じゃ、その犯人を？」

「この付近に隠れている可能性があるので、張り込んでいます。少し辛抱してて下さい」

「――分りました」

茜は地べたに座り込んで、「でも、びっくりした」

「すみません。この辺の方ですか？」

「ええ。近道しようと思って」

「危いですよ。二、三分のことで命を落としたら馬鹿らしいでしょ」

「そうですね……」

なかなか感じのいい刑事だ。

車の音が公園の外で聞こえた。

「パトカーだ。——見付けたかな」

刑事が身構えた。緊張が伝わって来て、茜もバッグをしっかり抱えて、息を殺した。

そのとき、公園の中を小走りに急ぐ足音が近付いて来た。——一人だ。

「動かないで」

と、刑事が囁くと、拳銃を抜いた。

茜はできる限り身を縮めた。

足音が茂みの前を通り過ぎる。刑事が立ち上ると、道へ飛び出して、

「止まれ!」

と言った。

だが、相手の動きの方が素早かった。振り向きざま、拳銃の引金を引いていたのだ。

相手が銃を持っているとは思っていなかったのかもしれない。刑事は太腿《ふともも》を撃ち抜かれて、呻き声を上げて倒れた。

「真面目な奴は困るな」

と、男の声がした。「俺を殺すつもりなら、黙って引金を引きな」

足音が戻って来る。——茜は焦った。

あの刑事が殺されてしまう! 誰か、銃声を聞いて駆けつけて来ればいいのに!

刑事の呻き声がしている。

「痛いか。——楽にしてやるぜ。俺は親切なんだ」

と、男が言った。

そのとき、何と茜のバッグの中で、ケータイが鳴り出したのである。

「誰だ!」

男が銃口を茂みの方へ向ける。

「待って!」

茜は立ち上ると、「私——通りかかっただけなの! 撃たないで!」

「女か」

外灯の明りに、黒いコートを着た大柄な男が浮かび上っていた。マフラーが白く風になびいている。彫りの深い、青白い顔だった。三十代の半ばくらいか。

「若いな。いくつだ」

と、男は訊いた。

「二十……六」

「いい年令《とし》だな。時間がありゃ抱いてやるんだが……」

冷ややかな笑みが浮んだ。

茜は視界の隅に、倒れた刑事が拳銃をつかんで何とか体を起そうとしているのを捉えていた。

「殺さないで！　何でも言うこと聞くから」

男の注意をこっちへ引きつけておかなくては。

「でも、寒いから裸になるのは勘弁して」

「面白い奴だな」

「殺すのなら——せめてお風呂に入ってからにして！　ちゃんとお化粧もしたいし……」

自分でも何を言ってるんだろう、と思った。

「女は素顔がいいんだ。だから俺は化粧の濃い女を見ると腹が立つ。——お前は、化粧っ気がないな」

「貧乏で、化粧品買うお金なくて。エステにも行けないし……」

刑事が必死で起き上った。その物音に気付いて、男が振り向く。その瞬間、刑事が引金を引いた。

男は胸を撃ち抜かれ、ヨロヨロと茂みの方へやって来ると、

「畜生！」

と、ひと言、茜の方へ倒れて来た。

「キャッ！」

男の体をもろに受け止めて、支え切れずに茜は仰向けに引っくり返った。

「どいて！　どいてよ！」

と、押しのけようとしたが、茜に覆いかぶさった男は、喘《あえ》ぐように息をして、

「畜生！」

と、かすれた声で言った。

男の体から力が抜ける。ぐったりとしたその重い体は、少々押し戻しても動かなかった。

「誰か……。誰か来てくれ！」

刑事の声がした。そして、バラバラと駆けて来る足音。

「そこだ！　その茂みに――」

警官たちが茂みへ入って来ると、男の体を引張って持ち上げた。

「ああ……。苦しかった！」

息をついて起き上った茜は、自分の両手を見て、愕然とした。べっとりと血で汚れている。

「けがはありませんか」

あの刑事が、同僚の肩につかまって、やって来た。


「大丈夫……。それよりあなたが……」

「巻き込んでしまってすみませんでした。お宅まで送らせますから」

「はあ……」

茜は、もう近道はよそう、と思った……。

アパートの前でパトカーから降りると、

「どうも」

と、茜は礼を言った。

部屋へ入って、まず手を洗う。血はなかなか落ちなかった。

――武口伸夫《たけぐちのぶお》。あの殺人犯はそういう名だったとパトカーの中で聞いた。

何人か絞り込んでいた容疑者の一人で、今夜もその行動を見張っていたが、まかれてしまったらしい。

あの撃たれた刑事、富田《とみた》というそうだが、茜にとっては命の恩人だ。けがが大したことないといいけ

ど……。

——部屋を暖めてから、お風呂に入った。

遅い時間なので、そっとバスタブに身を沈める。

「ああ……。助かった」

とんでもない目にあった。

茜は、自分の上に覆いかぶさって死んで行った、あの武口という男の最期の息づかいを忘れられなかった。

でも——これで、もうこの辺の若い女性が襲われることもなくなるんだ……。

ホッと息をついて、茜はお湯の中で目を閉じた。

そして……。

「——え?」

目を開いた茜は、呆然《ぼうぜん》として、周りを見回した。

私——お風呂に入ってたのに。

「どういうこと?」

茜は、いつの間にか服を着て、冷たい戸外に立っていたのだ。

しかも、見たこともない場所。

狭苦しい裏通りである。バーや食堂が並ぶ通りの裏手らしい。

どうしてこんな所に……。

「夢でも見てるの?」

わけが分らないままに、茜はともかく明るい通りの方へと歩き出した。

——少し歩くと、広い通りに出る。

車がひっきりなしに走り抜けて行く。信号を見て、ここがどこなのかは分った。

しかし、茜のアパートからはずいぶん遠い。この辺りに来た記憶もない。それなのに、なぜ?

混乱しながらも、動き出した電車に乗ってアパートまで帰った。

「どうしたっていうの?」

アパートの中は、いつもと少しも変りがない。お風呂を覗くと、バスタブにはお湯が入ったままで、もうすっかりぬるくなっていた。

じき朝になる時間だ。

入浴していて、突然見も知らない場所に行ってしまったが、時刻を考えると、大体二時間近くアパートを留守にしていたらしい。

「ああ……」

茜は頭を抱えた。——こんなこと、初めてだ！

また寒い戸外へ出て、体は冷え切っていたが、風呂へ入る気もしない。

茜は、逃げるように小さなベッドへと潜り込んだ。

そして、眠り込むと、昼過ぎまで、ぐっすりと寝てしまった。

目が覚めたとき、茜は至って爽やかな気分だった。

ゆうべの出来事——公園での恐ろしい体験も、お風呂から突然遠くへ行っていたことも、事実には違いない。

しかし、今はごく普通にしていられる自分がいる。

——もう忘れよう。

茜はいつもの日を始めようと、思い切り伸びをした……。

10　空白

　人生、何が幸いするか分らないものだ。

　神崎茜は、TV局のロビーでソファに腰をおろしながら、そう思った。

　約束の時間には少し早い。午後三時になろうとしているのに、まだお昼を食べていない。

　茜も二十六才の若さ。お腹がグーッと鳴るのが自分でも分ったが、といって何か食べに行くほどの時間もなかった。

　茜は有沢真季に呼ばれてここへ来ていたのである。ゆうべ、夜中の一時過ぎにケータイが鳴って、びっくりして出てみると、有沢真季からで、

「明日の午後三時十五分に局のロビーに来て」

と、どこからかけているのか、むやみにやかましい中、一方的にそれだけ言って、切ってしまった。

　こっちの都合も聞かないで、全く……。

　内心文句を言っていた茜だが、まあ「都合がつかない」ほど忙しくないのも確かだ。

　実は、一色大吾の葬儀で、ゆかりと並んで座っていたせいもあるのか、その後、雑誌やTVから、いくつか仕事が来たのである。

　むろん、どれも〈霊媒〉としての仕事というより、ほとんど占い師扱いされていたが、仕事は仕事。生活のためには稼がなくてはならない。

　大吾の葬儀から半月たっていた。

　ゆかりに頼まれて、ゆかりのマンションに引越したが、家賃がいらなくなった代り、居候を決めこむわけにもいかず、

「何かアルバイトでも……」

と思っていたところへ、雑誌から、

「〈霊媒〉というお仕事について、伺いたいのですが」

と言って来た。

ほとんど同時にTVからも取材の依頼が舞い込み、お昼のワイドショーで一分ほど紹介された。

「茜さん、凄い！」

と、ゆかりは喜んでくれた。

何しろ今の子は、「TVに出る」ことが感動の種になるのだ。

そして、有沢真季からの電話……。

その一方、一色大吾を殺した犯人も、北条まなみを殺した人間も見付かっていない。

あの、妙にボーッとした若い三田山刑事も茜を尾行するのはやめたらしく、さっぱり連絡がなかった……。

「どうも」

気が付くと、有沢真季が立っていた。

「あ、どうも……」

「お昼、食べた？　まだ？　私もなの。パッと食べちゃいましょ」

そう言うなり、有沢真季はさっさと歩いて行ってしまった。茜はあわててその後を追いかけなくてはならなかった。

――TV局の食堂に入ると、

「定食でいい？――いいのよ、チケットで払うから」

お盆に、焼魚やご飯などの定食。セルフサービスで奥のテーブルへ運ぶ。

有沢真季は、さすがに顔が売れているのだろう、お盆を手に席へ着くまでの間でも、

「昨日、良かったよ」

「新しいセット、いいじゃないか！」

などと声をかけられていた。

席に着くなり、有沢真季は食べ始めた。

茜も割りばしを取って、

「あの――」

「いいってば。どうせ経費で落としてるから」

別に代金のことを言おうとしたわけではないのだが、茜は、

「すみません……」

と、礼を言った。

私って、やっぱり餓《う》えた顔してるのかしら？

「――ああ、お腹が痛い！」

有沢真季はものの五分で食べてしまうと、息をついた。「急に食べたから……。胃に悪いわよね。分ってるんだけど」

お茶をガブ飲みして、

「神崎さん……だっけ」

「神崎茜です」

「ああ、そうだったわね。じゃ、『茜さん』って呼ぶわ」

「はあ」

「服、それしか持ってないの？」

「は？」

「ま、いいわ。どうせ何か衣裳《いしょう》を捜すから」

「あの――お話というのは？」

「あ、そうか。まだ言ってなかったわね」

と、真季は笑った。「食べてていいわよ」

「はあ……」

「今夜、大吾君のことを十分くらい番組の中で放送するの。まだ犯人も分ってないから、当りさわりのない話しかできないけどね」

と、真季は言った。「何人かのタレントさんにコメントをもらうんだけど、あなたにも加わってもらいたいの」

「私がですか？」

「大吾君の彼女じゃないって言ってたって？」

「違います、私」

「ただの友人でもいいわよ。ただ、タレントだけじ

ゃ面白くないでしょ。他の局にもチラッと出てたって？」

「はあ。本当に『チラッと』ですけど」

「〈霊媒〉って仕事、珍しいでしょ。コメントも、ぜひその線で話してほしいのね」

まさか本当に茜が大吾の霊と話したとは思っていないだろう。

「でも、何を……」

「考えてよ。商売でしょ」

その言い方にはちょっとカチンと来た。

「せっかくのお話ですが、辞退させていただきます」

わざとていねいな口調で言うと、真季が面食らって、

「どういう意味？」

「私の商売は〈霊媒〉です。まだまだ未熟ですけど、出まかせをしゃべることはできません」

真季は、腹を立てるよりも呆気に取られている様子で、

「ＴＶに出て、顔も売れるのよ」

と言った。「どこが気に入らないの？」

「もともと〈霊媒〉の仕事は、世間受けするものじゃありません。お気持はありがたいんですが、私、別にタレントになりたいわけでは……」

「ふーん」

真季はまじまじと茜を眺めて、「あんた、見かけによらず頑固なのね」

「すみません」

と、茜は謝った。「昼食代、お払いしますので」

「分ったわ」

真季は笑みを浮かべて、「私、頑固な人って嫌いじゃないの。それじゃ、こうしましょ。あなたに五分あげる。その間に、大吾君の霊を呼び出して話が聞けたら、ＴＶでしゃべってちょうだい。もし、何

も聞けなかったらそれでもいいわ」

「でも、それじゃ……」

「盛り上げる手は色々あるわ。何とかごまかすから大丈夫」

「はあ」

「いいわね？　じゃ、それ食べ終ったらBスタジオへ来て」

そう言うと、真季は自分の盆を、さっさと〈返却口〉へ持って行き、

「ごちそうさま」

と、中の女性へ声をかけて、足早に出て行った。

ちょっと偉そうにはしているが、こういうことをきちんと自分でやるのはさすがだ、と茜は感心した。

「だけど……。どうしよう」

と、食べながら呟く。

そう都合良く大吾は出て来てくれないだろう。出たら出たで大変だが……。


「ま、いいや」

真季が了解してくれているのだから、

「やっぱりだめでした」

でもいいわけだ。

定食を食べ終えて、お茶を飲んでいると、肩を叩かれた。

「あら」

飯田あかりが立っていた。

「まあ、そうなの？」

「真季さんとの話、聞いちゃった」

「私も出るの、その番組」

と、飯田あかりは隣に腰をおろした。

「へえ、それじゃ――」

「別のコーナーだけど。でも、生放送だから、同じスタジオの中に座ってる」

と、あかりは言った。「だからね、今話を聞いて思ったんだけど……」

「本番五秒前！」

という声がスタジオの中に響いて、居並ぶ出演者たちもさすがに緊張しているようだ。

「じゃ、うまくやってね！」

有沢真季は、ポンと茜の肩を叩いて、司会者の席へ戻って行った。さすがに慣れたものだ。

真季は一応「ニュースキャスター」のはずだが、こういう司会も持っているらしい。

茜は、自分が何をやるのかもよく分っていなかったが、知らない分、却ってあがることもなく、言われた所に、ちょこんと座っていた。

「――今晩は。有沢真季です」

ＴＶで見るにこやかな笑顔になって、「今夜もバラエティ豊かなコーナーを、色々取り揃えております。最後までお付合い下さい……」

――茜は思い出した。

一色大吾と二人で、有沢真季が今の官房長官、丸山和人と手に手を取ってホテルへ入って行くのを見ていたこと……。

番組で、そんなことを「当てて」みせたら大変だろう、と、ちょっと思いもしたが、人にはプライバシーというものがある。いくら相手が気に食わなくても、そこへ踏み込むのはいやだった。

スタジオの中、茜のいる辺りはライトが当っていなくて、薄暗かった。茜はふと、あのふしぎな出来事を思い出した。

前のアパート近くの公園で、殺人犯の武口伸夫という男が刑事に射殺された夜だ。帰って入浴している内、フッと意識がなくなり、気が付くと、まるで知らない場所に立っていた……。

あれは一体何だったのだろう？――気にはなっていたが、あの後は一度も起っていなかったし、いつか忘れかけていた。

今まで、夢遊病という自覚もなかったし、子供のころでも、あんなことはしていない。

まあ、たぶん疲れていたのか……。そう、何でもないのだろう。

番組は進んで行った。TVで見覚えのあるタレントが、入れ代り立ち代りライトを浴びて、コーナーをこなして行く。

有沢真季は、巧みにバランスを取って司会を進めていた。手慣れたものだ。

そして——もっと後なのかと思っていたのだが、

「私の同僚だった、一色大吾が思いがけない形で亡くなって、半月たちました」

と、真季が切り出した。「今も犯人は分っていません。一日も早く、警察が犯人を逮捕してくれるよう願いながら、今夜は彼と特に親しかった方に思い出などを伺います」

茜の知っている歌手、全然知らないお笑いタレント……。三人のコメントを聞いてから、

「さて、もうお一人、珍しい方にコメントをいただきましょう」

と、真季が言うと、茜にライトが当った。

私のこと？——茜は真季が選んだ、ロングドレスを着せられて、恥ずかしかった。

「大変珍しい、〈霊媒〉でいらっしゃる、神崎茜さんです！」

スタジオ内に拍手が響く。居合せたタレントたちも、珍しい動物でも見るような目つきで、茜を眺めていた。

「——一色大吾とは、どういうお知り合いでいらしたんですか？」

と訊かれて、

「一色さんがこの仕事に興味を持たれたそうで、取材にみえまして……」

自分でも、少し声が上ずっているのにびっくりし

た。——私、あがってる？

「今日は、神崎さんの〈霊媒〉としての能力を活かして、ここへ一色大吾の霊を呼び出してみていただけますか？」

「はあ……。必ず呼び出せるとも限らないのですが……」

「でも、やってみて下さい。彼としても、ここは慣れたスタジオですし、気心の知れたスタッフも大勢います」

うまいことを言うもんだ、と感心した。

「では、スタジオ内、静かにしますので、集中して下さい」

「やってみます」

「じゃ、皆さん、お静かに！」

真季が声をかけると、ピタリと話し声が止んだ。

スタジオ内が暗くなり、茜だけにライトが当っている。——うまく行くだろうか？

茜はじっと目を閉じた。

本当に出て来てくれたらいいけど……。

さっぱり現われない一色大吾に、

「何やってるのよ！」

と、文句を言ってやりたかったが、ともかく出て来ないのでは仕方ない。

どうやら、待っていても現われないようだ。

気は進まなかったが、深呼吸して、

「——一色さん？　大吾さんですか？」

と、呼びかけた。

スタジオの中に笑い声が洩れる。どうせインチキだと思っているのだろう。

「——はい。今、ＴＶ局のスタジオに。——ええ、有沢さんもおいでです」

芝居心はないのだが、却って素人《しろうと》くさいところがリアルに聞こえたかもしれない。

「え？——あなたの血縁の方がここにいらっしゃる

んですか？」

　真季が当惑顔でスタッフの方を見ている。

「ええ……。私、よく分りませんけど。――はい。その人なら知ってます。でも、ここに？」

　茜は聞き辛そうにして、「あの――本当に？　よく聞こえません。一色さん。一色さん？」

　茜は目を開けて、ホーッと息をついた。

　スタジオが明るくなると、

「今、一色大吾と話を？」

　と、真季がやって来た。

「はあ……。今、ここに飯田あかりさんは……」

「あかりちゃん？　いますよ。あかりちゃん！」

　飯田あかりが前へ進み出て来る。

「一色さんが、飯田あかりさんのことを、妹だと……」

「あかりちゃんが？　まさか！」

　真季が面食らって、「あかりちゃん、今の話、聞いた？」

「ええ」

　と肯く。

「まさか――一色大吾の妹なんてこと、ないわよね？」

「あの……」

　と、あかりは少し困ったように、「お話しした方がいいのか、迷ってたんですけど、私……一色さんの、腹違いの妹なんです」

　その後のスタジオの騒ぎは、正に「爆発」と呼んでいいものだった……。

11　刑事

「やったね！」

　と、ゆかりが笑顔でオレンジジジュースのグラスを手にした。「乾杯！」

「やめてよ。恥ずかしい」

　と、茜は苦笑した。

「一躍有名人」

「あんなもの、すぐ忘れられるわよ」

　――二人は、マンションの向いにあるファミレスで夕食をとっていた。

　茜がＴＶ局でもらって来たギャラで食事することにしたのである。

「あかりさんのおかげ」

　と、茜はスープを飲みながら、「いずれ、ＴＶで話すつもりだったんですって。それならちょうどいい機会だからって」

「あの有沢真季が目丸くしてたよね」

「二度とごめんだわ、ＴＶは」

「どうして？　宣伝になるじゃない」

「それでお客が来たって、うまく行かなきゃ仕方ないわ」

　と、茜が言うと、

「あの……」

　高校生らしい女の子がやって来て、「ＴＶに出てた〈霊媒〉さんですよね」

「〈霊媒〉って名じゃないけど……」

「すみません！　サインして下さい！」

　と、可愛い手帳を差し出されて、茜は唖然《あぜん》とした……。

「――ＴＶの力って凄いのよ」

と、ゆかりが言った。

「本当ね……」

サインといったって、〈神崎茜・霊媒〉と書いただけだが、女の子は大喜びしていた。

二人でハンバーグ定食を食べていると、

「失礼」

と、男性の声がした。「神崎さんですね」

まさかサインしてくれ、ってわけじゃないだろう、と茜が振り向く。

片足を引きずっているのを見て、すぐに分った。

「あのときの刑事さん！」

「富田です。あの節はご迷惑かけて」

「いいえ。おけがは――」

「まだ走れませんけどね。もう仕事しています」

「良かったわ」

と、茜はホッとして、「よければどうぞ一緒に」

「いいんですか？」

富田刑事は二人のテーブルに加わって、

「同じものを」

と、オーダーすると、「ちょうど良かった。一度お会いしたかったんです」

と言った。


「まだ三十才？」

と、茜はつい口に出していた。

「いや、どうも老け込んで見られるらしくてね」

と、富田刑事は苦笑した。

「いえ、そういう意味じゃ――」

と、茜はあわてて、「あの――とても落ちついてらっしゃるんで、つい……」

「刑事なんて、カッコイイ」

と、ゆかりは大喜びで、「あのね、茜さんは今二十六で独身。富田さん、独り？」

「ゆかりちゃん」

と、茜はゆかりをにらんだ。

「いやいや、刑事なんて、TVで見るようなもんじゃありませんよ」

と、富田は笑って、「僕は女房と娘が一人います」

「何だ、残念」

「ゆかりちゃん！——じゃ、足を撃たれて、奥さん、ご心配だったでしょう」

「そうですね。一生面倒みるのかと心配してたようです。ちゃんと歩けるようになったので、ホッとしていますよ」

「でも、あんな撃ち合いは——」

「あんなことはめったにあるもんじゃないですよ。僕も人を撃ったのは、あのときが初めてでした」

「そうですか」

「射殺しないで済めば良かったんですが……」

「でも、そしたら私が殺されてました」

「確かに。あなたがご無事で良かったですよ」

「あの武口って男は、家族があったんですか？」

と、茜は訊いた。

「いや、一人で方々転々としていたようです。この五、六年、やっと落ちついていたらしいですが」

「でも、女性を襲って……」

「ええ。なじみの女はいたんですが」

と、富田がちょっと眉を寄せて、「可哀そうなことをしました」

「どうしたんですか？」

「いや……。まあ、ともかく食事してしまいましょう」

食事を終えて、コーヒーを飲みながら、富田は言った。

「——女は小田充子《おだみつこ》というホステスでしてね」

「一緒に暮してたんですか？」

「いえ、時々小田充子のアパートに武口が泊るという風だったようです」

「可哀そうなこと、とおっしゃったのは……」

「小田充子は殺されたんです」

「まあ。武口が?」

「そうじゃありません。武口が死んだ後のことです」

「じゃ、犯人は――」

「分らないんですよ。武口がやったのなら分るんですが」

「恨んでいたんですか」

「武口のことを、怪しいと知らせて来たのは小田充子だったんです」

「まあ」

「武口は、女性を襲った後、よく小田充子のアパートに行ったらしいんですね。それが重なって小田充子は、もしかしたら、と思ったそうで。――その通報があって、我々は武口を見張っていたんです」

「武口がそのことを知っていたんですか」

「そうらしいです。小田充子に電話して来て、『お前を生かしちゃおかない』と言ったそうで」

「でも、武口じゃないんですね?」

「あの同じ晩に殺されているんですが、武口が公園で死んだころ、小田充子はまだ店で客の相手をしていました」

「バーで、ということですか」

「ええ。武口の死後、何時間かは、客と話していましたから、武口に殺されたわけじゃない。でも、他に彼女を殺すような人物が浮んで来ないんです」

「せっかく武口から逃れられたのに、気の毒ですね」

「全くです。バーの裏で、刃物で喉《のど》を切られていました。朝になってから発見されたんです」

「へえ、凄い!」

と、ゆかりが言った。

「いや、こんな話はやめましょう」

「バーの裏手……」

　と、茜は呟いた。

「――どうかしましたか？」

「いえ、別に」

　と、茜は首を振った。

「私、ソフトクリーム、食べよう！　茜さんは？」

　と、ゆかりが言った。

「私はもう結構」

　と、茜は苦笑した。

　ゆかりはソフトクリームを注文すると、トイレに立った。――富田はコーヒーを飲みながら、

「TV、拝見しましたよ」

　と言った。

「富田さんまで……。やめて下さい」

「しかし、大したもんですね。本当に、一色大吾と話したんですか？」

「そうじゃないんです」

　茜はザッと事情を説明して、「呆れて軽蔑《けいべつ》なさる？」

「いや、ホッとしました」

「どうして？」

「殺人事件の被害者と話ができるんでしたら、いつも犯人を訊きに行けばいいわけで。我々はクビかもしれませんからね」

「それって、凄い皮肉ですよ」

　と、茜は言った。「食べてかなきゃいけないんです、〈霊媒〉だって」

「あの子が一色大吾の妹さんですか。――北条まなみのこともあなたはご存知だった？」

「殺される前の日に会いました」

「やはり、どこか普通の人間とは違う。ふしぎな縁をお持ちですね」

「からかわないで下さい」

　そこへ、ゆかりが戻って来た。ちょうどソフトク

リームが来て、ゆかりは大喜びで垂れそうになったところをペロリとなめた……。

「先にお風呂に入るね」

と、マンションに帰ると、ゆかりが言った。

「ええ、どうぞ」

茜は、ゆかりがバスルームに入ると、自分の机に向って、パソコンを開いた。

有沢真季からメールが入っていた。

〈茜ちゃんへ！

今日は凄かったわよ！　大反響！

今後のこと、相談したいので、明日局へ来て。お昼前に待ってるわ。

都合悪かったら、ケータイへかけて。

真季〉

待ってる、って――。勝手に決めてしまうのが、有沢真季らしい。

茜は少しの間パソコンの画面を見ていたが……。

「やっぱり見ないと……」

と呟いて、キーボードを叩いた。

ニュースを検索する。

あの、公園で武口伸夫が富田に射殺された日。翌日の朝刊には間に合わず、夕刊に事件のことが載っていた。

そして、茜は同じ夕刊の記事をずっと眺めて行った。

「――あった」

武口が射殺されたことは、ずいぶん大きく掲載されていたが、その恋人だった女――小田充子の件は、小さく載っていた。

殺人の現場を記事で読んだ。

「やっぱり……」

あの夜、突然風呂から見知らぬ場所へ移動していた。我に返ったとき、茜は「バーの裏手」にいたのだった。

記事で現場の住所を見ると、あのときに自分が行っていた場所に違いない。

「どういうこと？」

と、茜は考え込んで、じっとパソコンの画面を見つめていた。

12 秘密

少し、道に迷った。

この前は夜中——というより、明け方前の暗い時刻だった。午前中、早く出た茜は、あの場所を捜してやって来たのである。

足を止めて、

「ここだったかしら……」

と呟いた。

ひしめくようにバーが並んでいる。その一軒のドアに紙が貼ってあった。〈都合により閉店〉とだけ。

それを眺めていると、

「——何かご用？」

と、声をかけられて振り向いた。

まだ若く見える女性が、サンダルばきで立っていた。

「このお店……」

「閉めたの」

「あなたのお店ですか？」

「叔母の店だったの。でも——叔母が死んじゃって」

「叔母さんは——小田充子さんですか」

「ええ。——知り合い？」

「いいえ。ただ……ちょっと気になることがあって」

と、茜は言った。

「あれ？」

と、その女性は首をかしげて、「あなた——TVに出てた〈霊媒〉さんじゃない？」

こんな所で言われるとは思わなかった！

「ちょっと、叔母様が亡くなった場所が見たいんですが」

と、茜は言った。

「ええ、どうぞ。この裏よ」

小田智子《ともこ》というその姪は言った。「こっちから回らないと出られないわ」

茜はその姪の案内で、バーの裏側に出た。

間違いない。あの夜、我に返ったとき、立っていたのはここだ。

「あの晩、智子さんもお店に出てらしたんですか？」

「ええ。でも、犯人らしい人間は見てないわ」

と、智子は言った。「私、てっきりあの男がやったんだと思ってた」

「武口のことですね」

「ええ。前から、叔母に言ってたの。あんな男と付合わない方がいい、って」

「そうですか……」

「武口が死んだのは嬉しいわ。でも、叔母が殺されるより前に死んでたんですってね。私、刑事さんから聞いたとき、『本当ですか？』って、思わず訊き返してた」

「でも、事実なんですよね」

「ええ。――他に叔母を殺す人間なんて思い付かないわ。しかも、あんなひどい殺し方……」

と、智子は声を詰らせた。

茜はその場所を見回して、

「叔母さんの死体はどこにあったんですか？」

と訊いた。

「その……ゴミバケツが並べてあるでしょ、その向う側に。私、叔母がお店を出て戻って来ないんで、捜しに出たの。ここへも来たけど、気が付かなかった。ゴミバケツのかげで見えなかったのね。まさか殺されてるとは思わなかったし」

「分ります」

あのとき……。ここで突然我に返ったときも、小田充子の死体は、その場所にあったということだ。暗かったし、気付かなくて当然だが。

「お店を閉めて、少し待ってたけど、叔母が戻らないんで、自分のアパートへ帰ったの。叔母のことは心配だったけど、誰か、お客に呼び出されて、そのままホテルにでも行ったのかなと思ってた」

「前にもそんなことが？」

「ごくたまにね。でも、私もまだこの店で働くようになって一年と少しだから、よく知らない。――お昼近くになって、この近くのお店の人が知らせてくれたの。ゴミ出しの当番の人が、殺されてる叔母を見付けたのよ」

「お気の毒でした」

「あなた、〈霊媒〉でしょ？　叔母を呼び出して、犯人を訊いてくれない？」

「そんなことができたら大変ですよ」

と、茜は苦笑した。「ありがとうございました」

二人は店の表に戻った。

「――お葬式が続いて、いやになっちゃう」

と、智子が言った。「しかも、どっちも殺されたなんてね」

「もうお一人って……」

「ほら、TV局の――北条まなみって」

「お知り合いですか」

「弟が、この店に時々来ていたの。私――少し個人的にお付合してたし」

北条秀行が？　茜はふしぎな縁にびっくりした……。

「無理ですよ」

と、茜は言った。

「大丈夫。TVは何でもありの世界だから」

と、有沢真季は言った。「さ、早いとこ食べちゃいましょ。午後からすぐ打合せ」

この人は、ただ「お昼を食べる」ということはないらしい。仕事の話をしながら、というのに慣れているのだろう。

茜はまた局の食堂で、有沢真季にランチをごちそうになっていた。

「しっかり、番組の中にあなたのコーナーを作るから。〈茜のテレパシー〉ってどう？　いいタイトルだと思うけど」

「あのですね――」

「分ってる！　あなたは真面目な人よ。視聴者を騙《だま》すような気がしてるんでしょ。でもね、もともと視聴者はバラエティ番組に『真実』なんて求めてない。楽しければいいの」

「それにしたって……」

バラエティ番組にレギュラーで出ろ、と言うのだ。

「あのとき、本当に一色大吾君の声を聞いたんでしょ？」

「ええ、まあ……」

「それって凄いことよ！」

「でも、あれはたまたまです。私なんか、未熟ですから、そんなにいつも亡くなった人とお話しできるとは限りません」

と、茜は精一杯抵抗した。

「それで充分！　それに、あのドレス姿のあなた、なかなか良かったわよ」

「やめて下さい。恥ずかしいです」

「もっと派手な衣裳を工夫してるの。楽しみにしてね」

「は……」

茜は絶句した。

「さ、早く食べて！　あと五分したら出るわよ」

せかされて、茜はあわててランチに取りかかった。

すると、

「――あ、ちょっとごめんなさい」

真季が急に席を立って行く。

目で追うと、真季は食堂の入口の所で待っていた女性と話していた。

どこかで見たことがある。――誰だっけ？

せっせとランチを食べながら、

「あ！　そうだ」

と、もう一度入口の方へ目をやった。

真季の姿も見えない。今の女性、丸山官房長官の秘書だ。

丸山からの伝言でも持って来たのだろうか？　いや、連絡ならケータイで済むだろう。

真季が戻って来た。

しかし――何だか様子がおかしい。茜のことを忘れてしまったかのように、椅子にかけて、ぼんやりしているのだ。

とりあえず、五分で食べ終ったが、真季は心ここにあらず、といった様子のまま。

茜はお茶を飲んで、ちょっと咳払いすると、

「あの……」

と言った。「有沢さん。大丈夫ですか？」

少し間があってから、真季はやっと我に返ったように、

「え？　何か言った？」

「あの……まだ座っててもいいのかな、と思って」

「ああ。――そうね。ごめんなさい」

「いいんですけど。お疲れなんじゃないですか？」

「疲れてるかって？　TVの人間で疲れてなかったら、もうクビになるしかないってことよ！」

と、真季は笑ったが、どう見てもかなり無理をしていた。

ともかく、真季は自分に活を入れるかのように、いつもの元気さで食堂を出ると、茜を連れてスタッフルームへと向った。

「これ、着るんですか?」

茜は、ある程度覚悟してはいたものの……。

「あなたにぴったりよ! 気に入らない?」

と、真季は言った。「まあ、多少肌が出過ぎてるかもしれないけど……」

「多少、って……。これ、〈何とか戦隊何レンジャー〉の衣裳みたいじゃないですか!」

おへそと脚むき出しの衣裳である。

「あら! さすが〈霊媒〉!」

「は?」

「よく分ったわね。実はそうなの。〈乙女レンジャー〉の衣裳、寸法間違って作っちゃってね。それであなたならぴったりだと……」

「冗談じゃないですよ……」

「本当のことよ」

「いいえ、そういう意味じゃなくて……」

「ともかく着てみて。どうしてもいやなら、上に何かはおるとか、考えるから」

結局、更衣室に押し込まれてしまった。

ため息をつきつつ、

「生きて行くって、大変ね」

と呟く。

TV局の払ってくれるギャラは、確かに魅力だった。――仕方ない。

ともかく、この衣裳を着るには、ほとんど裸にならなくてはならない。

全身を映す鏡を見るのさえ恥ずかしい思いで、茜は服を脱いで行ったが――。

これ以上は脱げない、というところで、渡された衣裳を取り上げると、身につけようとして――ふと人の視線を感じた。

え? 誰かに見られてる?

狭い更衣室の中を見回したが、

「気のせい？」

と、首をかしげつつ、鏡へ目をやると――。

そこには茜ではなく、血まみれになった男が立っていた。

悲鳴を上げる前に、茜は気付いていた。

それは射殺されたときの、武口だった。

「大丈夫？　まだ顔が真青よ」

と、有沢真季が、寝かされている茜を覗き込んで言った。

「大丈夫です」

茜は、むしろ裸同然の格好を、男性のスタッフにも見られているのが恥ずかしくて、「もう……起きられます」

「そう？　じゃ、衣裳を着たら出て来て」

真季は立ち上ると、「ほら！　行った、行った！　覗いちゃだめよ！」

と、男性スタッフを押し出した。

茜はやっと起き上ると、周囲を見回した。

そして、あの鏡へ目をやる。

確かに、鏡に映っていたのは茜ではなく、血まみれになった武口だった。なぜあんなものが見えたのだろう？

今、鏡にはごく当り前に、衣裳を手に立っている茜が映っているだけだ。

ともかく、いつまでも真季たちを待たせてはおけない。

茜は、重苦しい気分のまま、「肌を出し過ぎる」衣裳を身につけた。

更衣室を出た茜を一目見て、真季は、

「いいじゃないの！」

と肯いた。「あなた、スタイルいいのね！　胸もお尻も、バランスがいいわ」

お世辞と分っていても、「スタイル悪いのね」と言われるよりは嬉しいが、それでも恥ずかしいことに変りはない。

「あの……すみませんけど、この上に何かはおらせて下さい。このままじゃ……」

「あら！　それでいいわよ。せっかくの体の線を隠しちゃもったいない」

「でも、これじゃ寒くて風邪引きます」

食い下って、何とかケープのような物をはおらせてもらうことになった。

「でも、本番のときは、ちゃんと太腿も見せるのよ」

と、真季は言った。

「でも――私、何をすればいいんですか？」

と、茜は途方に暮れて言った……。

13　立ち聞き

「はい、お疲れさま」

と、声がして、茜はホッと息をついた。

ライトを浴びてはいるものの、何しろこの衣裳だ。ケープをはおっていても寒いくらいなのだが、緊張と恥ずかしさで冷汗をかいている。

「良かったわよ」

と、真季がやって来て言った。

「私、もう……無理です」

と、茜は言った。

「あら、大丈夫よ！　堂々としてた」

「とんでもない。もう冷汗かいて……」

前回、茜が一色大吾を「呼び出した」というので、TVを見た人から何十通という手紙が来て、

〈死んだ父親にぜひ伝言したい〉

〈未亡人です。再婚したい人がいるんですが、死んだ主人に、いいかどうか訊きたい〉

といった依頼ばかり。

当然、予想するべきだった。——茜としては、大勢の人を騙したようで、気が咎《とが》めたのである。

もちろん、そう都合よく「呼び出して」話を聞くわけにいかない。今日は、その手紙のいくつかを、真季が選んで、茜がそれを読むだけで終ってしまった。

「あなた、声がよくマイクに乗るし、TV向きよ」

「でも、そう簡単に——」

「分ってるわよ。大丈夫。気にすることないわ。人生相談の要領で、あなたが返事してあげりゃいいのよ。その内、一つ二つは本当に〈霊媒〉の能力発揮できるでしょ」

「分りませんけど……」

茜はクシャミをした。

真季に文句も言いたいが、今は風邪引きそうで、早く着替えたかった。

スタジオを出て、更衣室へ行こうとすると、

「茜ちゃん！」

と呼ばれ、振り向いてびっくりした。

「麻美さん！」

茜の師匠、天竜宗之助の娘の麻美が、夫の渡部謙介と一緒に立っていたのである。

「そこのモニターで見てたわよ」

と、麻美が言った。

「すみません！」

茜は深々と頭を下げた。「師匠の名を汚すようなことをして」

「あら、そんなことないわよ。〈霊媒〉って仕事に光を当ててくれて、父だって喜んでくれてるわよ、きっと」

とてもそうは思えなかった。麻美は含み笑いをして、

「あんまり頭下げると、おっぱいが丸見えよ。この人が喜ぶわ」

茜はあわててケープの前をかき合せ、

「あの——着替えて来ますんで！　待ってて下さい」

と言うなり、その場を逃げ出した……。


「——まあ、そんなことがあったの」

麻美は茜の話を聞いて言った。

「ですから、TVでの話はインチキだったんです」

と、茜は言った。

「でも、あの大晦日のホテルで、一色大吾に会ったのは本当なのね？」

「ええ。——長く話せたわけじゃありませんけど」

「それって凄いわ！　やっぱりあなたって、父が見込んだだけのことあるわね」

茜としては、とても素直には喜べない。

真季から、

「ちょっと打合せがあるから、残ってて」

と言われ、仕方なくＴＶ局の中の食堂に三人で入って、コーヒーを飲んでいた。

「あんなみっともない格好して……。とても自分じゃ見る気しません」

と、茜はため息をついた。

「まあ、そう深刻に考えることはない」

と、渡部が笑って、「人間、生きていくためには、少々恥をさらすことも必要だよ」

「『少々』じゃありません、あんなの」

茜は、あの衣裳が〈乙女レンジャー〉の出来そこないだと打ち明けた。麻美はしばらく笑って、止らなかった。


「あ、すみません」

ケータイが鳴っていた。「──ちょっと失礼します！」

あわてて食堂を出ると、茜は廊下の隅の方へ行って、

「──もしもし」

「茜？　何してたのよ」

久しぶりに聞く声だった。

「お母さんこそ。ずっと連絡して来なかったじゃない」

茜の母、神崎岐子《みちこ》は、故郷の千葉でスナックをやっている。

「忙しいのよ、私だって」

と、母は言った。「それで、さっきＴＶつけてびっくりしちゃった。あんたがバニーガールみたいな格好して出てんじゃないの」

「見たの？」

「しっかり見たわよ。あんた、いつから裸を売り物にするようになったの？」

「違うわよ！　あの衣裳をあてがわれちゃったの。今度は——もっとまともな衣裳にしてもらうから」

自分でも「あれはひどい」と思っているので、却って強がりを言ってしまう。「一応レギュラーなの、あの番組の」

母、岐子はしばらく黙っていた。

「もしもし、お母さん？　どうしたの？」

「何でもないわ……」

岐子は涙声になっていた。「ただ、あんたが元気そうなんで、ホッとしたの」

「お母さん……。そっちはどう？」

「うん。一度戻っといで。お店、改装したから。見てよ」

「へえ！　よくお金あったね」

「そりゃあ……。親切な人がいるのよ、世の中には」

男か。——母、岐子は今四十八だが、童顔で、四十そこそこに見えるし、可愛い。父が早く亡くなり、母と娘二人で暮していたのだが、その内、岐子は「自分がもてる」ことに気付いて、男を作ると、家に連れて来るようになった。

それがいやで、茜は家を出たのである。

このところ全然連絡がなかったのだが、茜は大して心配しなかった。母のしたたかさをよく知っていたからだ。

「じゃ、行く時間ができたら連絡するよ」

と、茜は言って、通話を切った。

そして、食堂へ戻ろうとすると——。

「あんなのってないでしょ！」

と、尖った声が聞こえて来て、思わず足を止める。

廊下の隅に置かれたソファセットで、電話していたのは、真季だった。仕切りの衝立《ついたて》があったので、向うは茜に気付いていなかったのである。

「そういうことなら、ちゃんと私に直接言ってよ！」

真季の声が震えている。「よりによって、あんなロボットみたいな人に言わせるなんて……」

見当はついた。真季は官房長官の丸山と話しているのだ。おそらく丸山が「別れ話」を言って来た。それも、あの秘書に言わせたのではないか。

茜は、本番前に真季と食事したとき、途中で真季が秘書と会って、その後呆然としていたことを思い出した。

「――分ったわ」

と、真季は少し落ちついた声で、「でも、ともかく一度会ってちょうだい。話はじかに聞くわ。――ええ、電話して」

茜はじっと息を殺していた。

真季がケータイを手に持ったまま、足早に行ってしまうと、ホッと息を吐いた。

――食堂へ戻ると、

「母から電話で」

と、麻美たちへ言った。

「まあ、お母さん？　確かお一人だったっけ？」

「そうです。でも、たいてい男の人と暮してます」

「君はどうだね？」

と、渡部が言った。「ＴＶに出たりすると、もてそうだが」

「いいえ、ちっとも。――あ、私、引越したんです。でも連絡はケータイにいただければ」

「そうするわ。頑張ってね」

と、麻美が励ます。

「〈霊媒〉として、どうしたらいいか、よく考えます」

そこへ、

「茜ちゃん、ごめんなさい」

と、真季がやって来た。「私、この後、用事ができちゃったの。今日はもう帰っていいわ」

丸山からの連絡を待つのだろう。

「分りました。お願いですから、衣裳、考えて下さいね」

と、茜は念を押したが……。

真季は茜を見ていなかった。目は渡部謙介の方へ向いていたのだ。

「まあ、渡部さん！」

「やあ。久しぶりだね」

と、渡部は微笑んだ……。


たとえ、デパートの食料品売場で買って来たおかずを並べただけでも、一人でなく二人で食べると格段においしい。

「しっかり録画したから」

と、ゆかりが言った。

「消去してよ、お願い」

茜は本気で言っていた。

「どうして？　茜さん、すてきだったよ」

「いいわ。ゆかりちゃんが寝たら消去してやる」

二人は他愛《たわい》ない話で大笑いしながら食事を済ませた。

「――学校の方は問題ない？」

と、茜は訊いた。

「うん。茜さん、お母さんみたいだね」

「本当ね。でも、一緒にいる以上、年上なんだから」

「いいよ、何でも言って。いけないことは叱ってくれた方がいい」

と、ゆかりは言った。

「もう、ゆかりちゃんも十八だものね。子供じゃないんだ」

と、茜は言ってから、「あれ？　ゆかりちゃん、高三だっけ」

「うん」

「大学、この春から？　どうなってるの？」

「ご心配なく。今の高校からそのまま上れるから」

「でも——入学金とか」

「お兄ちゃんが、ちゃんと積み立てといてくれた。自動的に払い込まれるの」

「それなら良かった。——やっぱり母親役はつとまらないわね」

「四月から、花の女子大生！　セーラー服ともお別れだ」

と、ゆかりは楽しげに、「遊びまくろう。恋人作って、二人で旅行」

「だめ！　旅行するなら私もついてく」

と、茜は言った。

もちろん、冗談で言っていることは分っている。ゆかりはしっかりしているから、大学でも浮かれることはないだろう。

「——あ、誰だろ」

チャイムが鳴ったので、ゆかりが立って行く。インタホンに出ると、

「茜さん！　あの富田さんって刑事さんだよ！」

「まあ、何かしら」

「上ってもらう？」

「ええ。じゃ、片付けるわ」

少しして、部屋のチャイムが鳴り、茜が玄関へ出て行った。

「——すみませんね、夜分に」

富田は、ジーンズ姿で、別人のようだ。小さな女の子を抱いている。そして、後ろに恥ずかしそうに控えている女性……。

「家内です」

「貞代《さだよ》です。娘は愛《あい》といいます」

「どうぞ上って下さい」

と、茜は言った。「今日はお休みですか」

「そうなんです。ドライブに出たはいいんですが、帰り道が大渋滞でね。確かこのマンションにおられると思い出したので、少し休ませていただこうかと……」

「どうぞ！　お会いできて嬉しいわ、愛ちゃんに」

と、茜は言った。「愛ちゃんはいくつ？」

「三つ」

「三つか！　若いなあ」

と、茜は笑った。

「お腹空いた」

「あら、そう？　ご飯食べちゃったところなのよ」

「いいんです。じきおうちだ」

と、富田は言った。

「いえ、それじゃ……。愛ちゃんは何が好き？　何か取りましょう」

「あ、そんなこと、とんでもない」

と、貞代が焦ったが、

「愛、おうどんがいい！」

「よし、それじゃ急いで持って来てもらおうね」

子供にはかなわない、というわけで、富田親子三人で、近くのソバ屋から出前を取ることになったのである。

貞代が「せめて何か」と、台所でお茶をいれる。

「脚のけがは大丈夫ですか？」

と、茜が訊いた。

「車を運転するぐらい、もう平気です」

「良かったわ」

ゆかりがリモコンを手にしていると思ったら、

「ほら、今日の茜さんの出演場面！」

ＴＶに、あの衣裳の茜が映っている。

「ちょっと！　やめてよ！」

と、茜は手を振ったが、

「ほう、こりゃ目の保養だ」

と、富田が笑顔で言った。

「まあ、スタイルがいいんですね」

と、お茶をいれて来た貞代が言った。「羨しいわ。この子を産んでから、さっぱり戻らなくて」

貞代は地味だが、おっとりした感じの女性である。

「少し運動しろよ」

「あなたがいつ帰るのか、さっぱり分らないから、留守にできないじゃないの」

と、貞代に言い返されて、

「こいつはやぶへびだったな」

と、富田は苦笑した。

貞代が台所で愛の手を洗わせている間に、

「実は、富田さん……」

と、茜が言った。「TV局で、ふしぎなことがあって」

「どんなことです？」

「それが――」


と言いかけたとき、茜のケータイが鳴った。

「すみません」

手に取ると、有沢真季からだ。立って寝室へ入ると、

「もしもし」

「ごめんなさい。茜ちゃん？」

「はい。――どうかしたんですか？」

「いえ……。何でもないの」

声にはいつもの力がなかった。

「どうしたんですか？　おかしいですよ、用事は何ですか？」

「うん……。何となく、あなたの声が聞きたくなったの」

丸山官房長官との別れ話のせいだろう。

「今、局ですか？」

「近くのバー。待ち呆けでね……」

「有沢さん……」

「真季でいいわよ」

「真季さん。何があったのか知りませんけど、TVは明日もあるんですよ」

「明日ね……。どうして明日なんてものがあるんだろ」

と、ため息をつく。

「真季さん。——ここへ来ません？　大吾さんのマンションです」

「え？　でも……」

「そこでお酒飲んでるよりいいですよ」

真季は酔っているようだった。

「酔ってるって分る？」

「分りますよ。〈霊媒〉でなくてもね」

と、茜は言った……。

14　警　告

茜はマンションの表に出た。

「寒い！」

部屋の中が暖いので、そのまま来てしまったが、いくら都心でもさすがに底冷えのする夜だ。あわててマンションのロビーへ戻る。

真季がタクシーを拾って来るのだが、

「マンションの場所をはっきり憶えてない」

と言うので、茜が表に出ていることにしたのである。

マンションの正面から少し外れた所に、富田の小型車が停っていた。

「――駐車違反だぞ」

と、茜はガラス戸越しに見て呟いた。

そして……。茜はなぜか自分でもよく分らない内に、マンションを出ると、その車に歩み寄っていた。中を覗き込むと、後部座席に毛布が丸めてあった。愛が寝てしまうからだろう。

「私……何してるんだろ？」

首をかしげながら、マンションの玄関へ戻ろうとすると、タクシーが一台やって来るのが見えた。ライトの中に立つと、タクシーが停って、真季が降りて来た。

「茜ちゃん！　ありがと」

とハンドバッグを振り回しながら、「良かったわ！　もっと先かと思ってた」

「大丈夫ですか？」

と、茜は真季の腕を取った。

「うん。――TV人はこんなことで参ったりしないわよ。何も失恋が初めてってわけじゃないし……」

自分へ言い聞かせている。大分飲んではいるのだろうが、酔えずにいる。

「上って下さい。今夜はお客が多くて混雑してますけど」

ともかく、真季を部屋へと連れて行く。

エレベーターを待っていると、ちょうどソバ屋の出前が来た。

「あら、いいわね！」

と、真季は匂いに鼻をヒクつかせ、「ね、鍋焼一つ追加して！」

と、注文した……。

「まあ、刑事さんですか」

真季は富田に名刺を渡し、「ご心配なく。今夜は取材しません」

「お願いしますよ」

と、富田は笑った。


お腹の空いていた愛は、母親に熱いうどんを冷ましてもらいながら食べ始めた。

「——ああ、あの事件ですね」

真季は話を聞いて、「じゃ、茜ちゃん、危うく殺されるところだったの？　やっぱり大変な子ね、あなたって」

「それは〈霊媒〉と関係ありません！」

と、茜は言った。

「そう？　そんなことないと思うわ。やっぱりあなたには〈霊を呼ぶ〉力が備わってるのよ」

「いや、ともかくこの人のおかげで、僕も命拾いしたんですから」

と、富田が言った。「神崎さんが声をかけて武口の注意をそらしてくれなかったら、僕は射殺されてましたよ」

「そんな怖いこと言わないで」

と、妻の貞代が富田をにらむ。「私と愛ちゃんを残して死んだりしないでよ」

「分ってる。あんなこと、まず起らないさ」

と、富田が愛の頭をなでる。

追加で頼んだ真季の鍋焼うどんが来ると、富田も一緒に食べ始めた。

「――いいわねえ！」

と、真季が熱いうどんをフーフー冷ましながら、

「一人で食べるのと大違い。やっぱりいいなあ、家族がいるって」

たぶん、官房長官の丸山に振られたのだろうが、一緒にうどんを食べながら大分元気になって来た。

「結婚しないんですか？」

と、ゆかりが訊いた。

「大吾の妹だけあって、ズバリと訊くわね。私だって結婚したいわよ」

「でも、忙し過ぎる？」

「それもあるわね」


と、苦笑して、「でも、人間、恋をすればどんなに忙しくたって、時間を作るものよ」

愛が、

「ママ、おしっこ」

と言い出した。

「はいはい。お手洗をお借りしても……」

「こちらです」

と、茜は立ってバスルームへと案内した。

「タオル、そこの使って下さいね」

居間へ戻りかけ、茜はギョッとして足を止めた。

目の前に、一色大吾が立っていたのだ。

「びっくりした！――どこに行ってたのよ？」

と、茜は抑えた声で言った。「ゆかりちゃんと一緒に暮してるっていうのに、ちっとも現われないで」

「聞いてくれ」

と、大吾は言った。「出るに出られなかったんだ」

「どういうこと？」

「いいか、時間がない。よく聞けよ」

「私が何なの？」

「君の中に――」

　と言いかけて、大吾はハッとすると、「いかん。奴が戻って来た」

「それって」

「君には武口って男が――」

　と言いかけて、大吾の姿は消えてしまった。

「ちょっと！　はっきり言ってよ」

　と、茜が呼んでも、もう大吾の姿は戻って来なかった。

「奴が」と、大吾は言った。

　それは――まさか――。

「茜さん、どうしたの？」

　と、ゆかりが居間から顔を出した。

「別に。――今夜はにぎやかね」

　と、微笑んで、茜はゆかりの肩を叩くと、居間へと入って行った……。


「お世話になりました」

　動き出した車の窓から、富田貞代が顔を出して言った。

「いいえ。お気を付けて」

　茜は、富田の車を見送って、手を振った。

　車はすぐに夜の暗さの中へ消えて行く。

　マンションの外まで出ていた茜は、底冷えのする寒さにちょっと身震いすると、あわててマンションの中へ戻って行った。

　――部屋に戻ると、ゆかりが玄関に出て来て、

「茜さん、あの人、寝ちゃったよ」

　と言った。

　居間を覗くと、有沢真季がソファで寝ている。そばへ寄ってみたが、しっかり寝息をたてて、簡単に

は起きそうもない。

「どうする？」

と、ゆかりが言った。

「寝かしときましょう。大丈夫よ」

「ここで？」

「慣れてると思うわ。ＴＶの人ですもの」

茜は、出前の器を運んで台所でザッと洗うと、

「ゆかりちゃん、お風呂に入ったら？」

「うん。じゃ先に入るね」

「ゆっくり入って。冷えるから」

茜は、毛布を一枚持って来て、ソファの真季にそっとかけてやった。

ゆかりがお風呂に入ると、茜は居間を出て、玄関の辺りを見回した。さっき、一色大吾が現われた辺りだ。

しかし、もう大吾は出て来なかった。

あのとき、大吾は、

「出るに出られなかった」

と言った。

そして、

「君には武口って男が——」

と言いかけて消えてしまったのだった。

「君の中に」

とも言っていた。

武口のことを、なぜ大吾が知っているのだろう？

そして私の中に、どうしたというのか？

恐ろしい考えが浮んで来ていた。

あの更衣室の鏡に映った血だらけの武口といい、さっきの大吾の話といい、言うところは明らかだ。

あのとき……。

富田に撃たれた武口が茜の上に覆いかぶさるように倒れた。重なって、武口の体は茜に密着していた。

あの瞬間——。

「まさか……」

考えたくないことだった。

そんな……。そんなことがあるんだろうか？

あの殺人犯が、死の間際、茜に乗り移ったということが。

普通にはもちろん考えられないことだ。しかし、茜は霊媒である。大して優秀ではないとしても、大吾のことも見て、話している。

霊媒は、一時的に死者に自分の体を「貸して」いるようなものだ。その点では、「乗り移って」いると言ってもいい。

では——では、もし本当に武口が茜に乗り移ったのだとしたら、この体はどうなるのだろう？

茜は寝室に入ると、姿見の前に立った。

鏡の中には間違いなく茜が立っている。

茜はじっと鏡の中の自分自身を見つめながら、

「そこにいるの？」

と言った。「本当に、私の中にいるの？　だったら、出て来なさいよ！　何とか言ったらどうなの？」

しかし、何の変化も反応もない。

茜は周囲を見回したが、大吾の姿も、武口もいなかった。

息を吐くと、疲れてベッドに腰をおろす。

「悪い夢だわ……」

と、頭を抱える。

恐ろしいのは——武口が死んだ後に殺された小田充子のことだ。

いつの間にか、小田充子の店の裏に立っていた茜。

自分の記憶が抜け落ちている間、武口が茜を支配していたのだろうか？

そうだとすると……。

茜は、武口の意のままにあそこへ行き、小田充子を呼び出して……。

「私が……殺した？」

私が、小田充子の喉を切り裂いたのだろうか？

そう自問するのも恐ろしいようだった。

もしそうだとしたら……。

「やったのは、私じゃありません。私の体に乗り移った武口です」

と言ったところで、誰が信じてくれるだろう？

「ああ……」

思い悩むのにも疲れて、茜はベッドの上に仰向けに寝転んだ。そして目を閉じると、ふっと寝入っていた。


「もう空いてるな」

と、車を運転しながら富田は言った。「あそこで時間を潰して良かった」

「いい人ね、あの神崎茜さんって」

「ああ。武口に殺されなくて良かったよ」

「霊媒って、面白いお仕事ね。本当に死んだ人と話せるのかしら？」

と、貞代は言った。

「どうかな。少なくとも法律上は認められてない」

「でも、いいじゃない。要は信じるかどうかでしょう」

「そうだな。あの人も嘘をつくような人じゃないようだし」

工事中で、少し車がガタガタと揺れた。

「愛は大丈夫か？」

と、富田は後ろの席の貞代へ言った。

「ちゃんと寝てるわ」

「そうか。それなら……」

あと二十分もあれば家に着くだろう。

そのとき、ケータイの鳴る音がした。

「あなたのだわ」

「仕方ないな。出てくれ」

「はい」

貞代が、夫のバッグを開けて中からケータイを取り出す。「――もしもし」

貞代は眉をひそめて、

「どなた？――何ですって？」

「誰だ」

「何だか……。武口って言ってるわ」

「武口だと？」

「どうする？」

「待て。俺が出る」

富田は車を道の端へ寄せて停めると、貞代からケータイを受け取った。

「――もしもし、富田だ。そっちは？」

低い含み笑いが聞こえて、

「俺だ。分るか？」

と、男の声。

「誰だ？」

「お前に殺された武口さ」

「馬鹿を言うな！　いたずらじゃ済まないぞ！」

「いたずらだと思うのか？」

と、相手は笑った。

「あの世からかけてるのか？　さぞ電話代がかさむだろう」

「おい、刑事さん。俺はな、魂ってやつがこの世に残ってるんだ。お前にお礼をしないと成仏できないんでな」

「誰なんだ？　武口の知り合いか」

「だから言ってるだろう。武口だよ。――撃たれたときは痛かったぜ」

「ふざけるのもいい加減にしろ」

「まあ、信じなきゃそれでもいい。だが、言っとくぜ。俺は必ずお前に仕返しする。お前だけじゃない。女房、子供にもな」

「何だと！」

富田は本気で怒った。「卑怯者《ひきょう》！　俺を恨んでるのなら、真向から来い！」

「まあ、用心するこったな。俺は急がない。じっくり時間をかけて、復讐してやる」

「おい、お前は誰なんだ！——もしもし！」

　富田は、通話の切れたケータイを、じっと見つめていた。発信は〈公衆電話〉になっている。

「——あなた」

　貞代が不安げに言った。「本当にあの武口なの？」

「そんなわけがないだろう。奴は死んだんだ」

「でも……」

「武口に、親しかった仲間がいたんだろう。ただの脅しだ」

「心配だわ」

「貞代。——まさかとは思うが、もし今の男が本当に俺を狙って来るとしたら、お前たちも危い」

　富田は振り返って、「武口の周辺を調べてみる。その間、お前たちは実家へ行っていてくれないか」

「あなた……」

「念のためだ。何といっても愛がいるからな」

「そうね」

　貞代は、毛布をかけて眠っている愛を見下ろして、

「いいわ。明日でも母の所へ行く」

「そうしてくれ。俺もその方が安心だ」

　富田は車を出して、「——世の中にゃ、妙な奴がいるもんだ」

と、できるだけ気軽な口調で言った。

　しかし、富田はあの電話の声の中に、どす黒い悪意を聞き取っていた……。

15 スキャンダル

「あ、起きたんですか」

茜は、コーヒーをいれながら、フラッとダイニングへ入って来た有沢真季へ言った。

「ごめんね……」

真季は大欠伸して、「――もうお昼？」

「ええ。よく寝てらしたんで」

「迷惑かけちゃったわね」

「ちっとも。――シャワーでも浴びます？」

「そうね。そうでもしないと目が覚めない」

真季は茜のいれたコーヒーを飲みながら、

「ゆかりちゃんは？」

「学校ですよ」

「あ、そうか。――あなた、まるでゆかりちゃんのお姉さんみたいね」

「でも、他人ですから。ゆかりちゃんもこの春からは大学生だし」

「大学生か……。いい時期ね」

と、真季はため息をつく。

「真季さん。大丈夫ですか？」

「ええ。ちょっとショックなことがあってね、ゆうべ」

真季は頬杖《ほおづえ》をつくと、「失恋って、何度しても慣れないわね」

と言った。

茜は何とも言えなかった。

真季はコーヒーを飲み干すと、

「じゃ、ちょっとシャワーを浴びるわ」

と立ち上った。

茜がコーヒーカップを洗っていると、ケータイが鳴り出した。

「――誰だろ。――もしもし」

タオルで手を拭いてから出ると、

「茜君か？　ＫＴＶの宗方《むなかた》だ」

真季の上司に当る部長である。茜は挨拶したことがあるくらいだった。

「あ、どうも。何でしょう？」

「もしかして、有沢真季がどこにいるか知ってるか？」

一瞬詰ったが、相手の言い方が気になった。

「いいえ。何かあったんですか？」

「そうか。捜してるんだ」

「ゆうべ遅く、電話はありましたけど、どこかで飲んでたみたいです」

「どこにいるか言わなかったか？」

「何も。――もし連絡あったら、何か伝えますか？」

「そうだな……。メールが行ってる。読んでこっちへ連絡しろと言ってくれ」

「はい。何か問題でも？」

「うん。――どうせワイドショーで夕方には流れる。真季のスキャンダルだ」

「あの――真季さんが当事者ですか？」

「そうだ。しかも相手が、官房長官の丸山と来てる」

「へえ……。でも大人同士の付合じゃないですか」

「そんな理屈が通用するもんか。丸山には女房も子供もいる。真季だって分ってるはずだが……」

「じゃ、もし話をすることがあれば伝えます」

「頼むぞ。局へ来るなと言ってやれ。ともかく俺に電話しろと」

「分りました」

――丸山官房長官との密会が知れた。

「大変かも……」

茜など、いい年令《とし》をした大人同士が、自分の責任で付合っているのなら、放っとけばいいと思うが、「公人」の政治家と、「お茶の間の人気者」となると、ただでは済まないのだろう。

「——ああ、いい気持！」

真季がバスタオルを体に巻いてやって来た。

「真季さん、今電話が……」

「誰から？」

「宗方さんです」

「部長から？」

真季が自分のケータイを取り出して電源を入れた。メールと着信がいくつも入っていたようで、ソファに腰をおろしてメールを読むと、真季の顔がこわばった。

「——参ったな」

「真季さん……」

「聞いたの？」

茜が黙って肯く。真季はテーブルにケータイを投げ出すと、

「振られたところへ、この仕打ち？　最悪だわ」

茜の話を聞くと、真季は、

「じゃ、私がここにいるってことは黙っててくれたのね？　ありがとう」

「ともかく宗方さんへ電話されては？」

「服を着てからね」

と、真季は立ち上って、「裸で怒鳴られるのはいやだわ」

——真季は、いつもよりじっくりと手間をかけて化粧すると、居間へ戻って来て、

「打合せがある。局へ行くわ」

と言った。

「でも、宗方さんは来るなと——」

「逃げ隠れしたら、自分が悪いことをしたって認めることになるわ。私、恋をしただけよ。——もちろ

ん、丸山さんの奥さんになら、殴られても仕方ない。でも、同じマスコミからプライベートをとやかく言われたくないわ」

真季は真直ぐ背筋を伸して言った。

茜は胸を打たれた。

マスコミで「不道徳」と非難されることの怖さを、誰よりも知っているはずの真季が、ここまで心を決めている。失恋した痛手がそうさせているのかもしれないが、その覚悟はみごとだった。

「――茜ちゃん」

と、真季は言った。「心配しないで。もし私がクビになっても、あなたのコーナーはちゃんと続けられるようにするから」

「そんなこといいんです」

と、茜は言った。「私、一緒に局に行きましょうか」

「あなたが?」

「ボディガードです」

と、茜は言ってニッコリ笑った……。


それにしても……。

「こんなに凄いなんて!」

と、肩で息をしながら茜は言った。

「私も、ずいぶん追いかける側で取材したけど、される側って大変ね」

と、真季が言って、「茜ちゃん、髪が……」

「真季さんも」

やっとTV局玄関の人の波を突破して、エレベーターで二人きりになると、茜と真季はお互いの髪を直してやった。

「真季さん、スーツのボタンが一つ飛んじゃってますよ」

「一つで良かったわ」

と、真季は苦笑した。

エレベーターを降りると、真季はいつもと少しも変らない様子で廊下を大股に歩いて行く。すれ違うスタッフが、

「あ、どうも！」

と会釈して、さっさと目をそらし、行ってしまう。

真季は、〈部長室〉のドアをいきなり開けた。

「おい！」

宗方部長があわてて怒鳴った。「ノックぐらいしろ！」

明らかに宗方の膝《ひざ》の上に乗っていたと覚しき女の子が、急ぐでもなく離れて、

「じゃ、宗方ちゃん、またね」

と、手を振って出て行く。

「今の、モデルの子ね？」

と、真季が言った。「みっともない！」

「ここへ来るなと言ったろう」

と、宗方が仏頂面で言った。「君は何しに来た？」

訊かれて、茜は、

「付き添いです」

「私がついて来てもらったの」

と、真季は椅子を持って来て座ると、「丸山の方にも取材が？」

「当然だ。——うちは控え目にしとるが」

「お互い、子供じゃないし、納得した上のことよ」

「それで済まないことぐらい、分ってるだろう」

「いいじゃないの。いざとなりゃ、私をクビにすれば済むわ」

「開き直るのか」

「いいえ。私、もう丸山とは切れてるの」

「本当か？　しかし——」

「もちろん付合ってたのは事実よ。でも、私は独り。誘ったのは向うだわ。丸山は何て言ってるの？」

「今のところノーコメントだ」

「無理もないわね。あの人の奥さんは元総理の娘だ

し」

「何か考えがあるのか」

「正直にすべて話すわ」

と、真季はアッサリ言った。「私は何も失わない。怖くないわ」

「仕事を失うかもしれんぞ」

「何とかなるわ。パーティの司会でもして」

真季は少しも動じる様子がなかった。宗方は苦笑すると、

「そこまで言うなら仕方ない。丸山との間に何もなかったとしらを切り通すか、それとも――」

「そもそも、どこからの情報なの？　写真でも撮られてた？」

「知らんのか。〈テレビM〉が、二人でホテルに入って行くところをスクープした」

「写真を？――いつのかしら」

「向うへ訊け。〈テレビM〉のキャスターは友人だろ」

「私だったら絶対に言わないわ。きっと向うも言わないわよ」

「でも、真季さん……」

と、茜は言った。「お二人が一緒のところ、私もお正月に見かけました」

「お正月？」

「元日の夜。私、Nホテルで占いの席を出してて」

「元日ね……。確かに会ってたわ。丸山の奥さんが実家へ帰ってるって言うんで」

「いくら人目につかないように用心してらしても、お二人ともTVでよく知られてるんですから」

まさか、一色大吾と一緒に見た、とは言えない。

「――否定しても仕方ないわね」

と、真季は肩をすくめて、「丸山がどう言うか、待ってからにするわ」

「丸山は知らぬ存ぜぬで通すかもしれないぞ」

「そうね……。奥さんがどう出るかにかかってるわね」

「どうしてですか？」

と、茜は訊いた。

「浮気が許せないと怒って、夫を叩き出すか、それとも、これはこれで目をつぶって、父親の元総理の力を借りてマスコミを黙らせるかだわ」

「そんなことまで――」

「やるわよ。それぐらい平気。TV局だって、スポンサーを失うのが怖いから、大手企業を怒らせたくない。何も、TV局に直接圧力をかけなくても、財界を通じて大企業に話をすれば済むのよ」

茜は唖然とした。

「それって、珍しいことじゃないんですか」

「そうね。年に何度かはあるわ、どの局でも」

真季は平然と言った。


「部長。お客様です」

と、秘書の女性が顔を出す。

「誰だ？　こんなときに――」

と、宗方が文句を言いかけると、

「こんなときだから伺いました」

と、入って来たのは、あの秘書だった。「一ヶ瀬《いちがせ》布子《ぬのこ》と申します」

「あなたなの」

と、真季がチラッとにらむ。

「こちらにいらしたの」

と、一ヶ瀬布子は微笑んで、「話が早いわ」

真季が宗方へ布子を紹介した。

「こりゃどうも！　この度はうちの者がとんだご迷惑をおかけして」

と、宗方はあわてて立って頭を下げた。

「迷惑はどちらもでしょ」

と、真季は言った。

「有沢さん」

と、布子は言った。「丸山先生のことを第一に考えて下さい。先生は日本にとって大切な方なんですから」

「私は大切じゃないって言うの？」

「おい、そうつっかかるな」

と、宗方はたしなめて、「わざわざみえてるんだぞ」

「話は何なの？」

と、真季は布子に正面切って向うと、「はっきり言って」

「言われなくてもはっきり言います」

と、布子も負けていない。「あなたとの写真まで撮られてるんですから、今さら、二人の関係を否定してもむだでしょ。あなたが会見して、謝罪して下さい」

「謝罪？　何て言うの？　丸山さんは子供じゃないわ。私に強引に犯されたとでも？」

「あなたが丸山先生に惚《ほ》れて、誘惑した、と。過ちはたった一度だったと言って下さい」

と、布子は言った。「TVカメラの前で、泣いて頭を下げれば、少しは同情されますよ」

布子は宗方の方へ、

「有沢さんは、即《ただ》ちに辞めさせて下さい。マスコミの前から当分姿を消して、ほとぼりが冷めるのを待つ、ということで」

真季は、怒るより呆れたように、

「今、あんたの言ったこと、丸山さんも知ってるの？」

「もちろんです」

「嘘だわ。丸山さんの奥さんに言われて来たんでしょ。元総理の娘に」

「先生と奥様は一体です」

「そう？　丸山さんと私も一体だったわよ、ベッドの中じゃ」

「有沢君！」

と、宗方がたしなめて、「君もマスコミの人間なら――」

「常に誰か悪役が必要。分ってるわ」

「今回は、君がそれを引き受けるしかない。そうだろ？」

真季は胸を張って、

「頼まれれば、悪役を引き受けてもいいわ」

と言った。「ただし、丸山さん自身から頼まれればね」

布子はじっと真季を見て、

「ケータイで話して下さい」

と言った。

「私がかけても出ないわ」

「待って下さい」

布子が自分のケータイを出して、発信する。

「――もしもし。先生、一ヶ瀬です。――今TV局で、ここに有沢さんがいます。先生から説得して下さい」

布子がケータイを差し出す。真季は受け取って、

「もしもし。――ええ、もちろん聞いたわ。このロボットみたいな人の話はね」

真季は、しばらく向うの話に耳を傾けていた。

「――つまり、私たちの間には、たった一度の『過ち』があっただけだってことにすればいいのね。――え？」

真季がちょっと眉を寄せた。

茜は、真季の表情が微妙に変るのを見ていた。布子の方はソファに寛《くつろ》いでいて、真季を見ていない。

「――分りました」

と、真季は言った。「言われた通りにするわ。それでいいのね。――ええ、今替るわ」

真季がケータイを布子へ返して、

「あなたの勝ちね」

と言った。

「――はい、先生。すぐそちらへ戻ります」

布子はケータイをしまうと立ち上って、「では、約束は守って下さいよ」

「分ってるわよ。こっちはプロ。後は任せて」

真季と宗方へ会釈して、布子は出て行った。

「有沢君――」

「待って。私をクビにする話は、丸山との関係についての会見の後にして」

と言うと、「会見の準備をするわ。茜ちゃん、一緒に来てくれる?」

「私ですか?」

少々面食らった茜だったが、真季の目が真剣なのを見て、素直について部長室を出たのだった……。

16　標　的

「真季さん――」

と、茜が話しかけると、

「今は何も言わないで」

TV局の廊下をどんどん歩いて行きながら、真季は言った。「会見の準備が済んでから」

茜は口をつぐんだ。

真季が何か大事なことを胸に秘めていると分かったのだ。

真季は報道フロアへ行って、

「今度の件で、午後六時から会見するわ。各社に流して。会場はこの中で手配して」

と言いつけた。

若いスタッフがあわてて駆け出す。

真季は、会見の時間や机の配置、メイクの係まで細かく詰めて、

「じゃ、お願いね」

と、誰にともなく言うと、茜を促して廊下へ出た。

「――時間はあるわね。人目のない所へ行きましょ」

「でも、どこへ？」

「そうね。使ってないスタジオ」

と、真季は言った。

――ガランとしたスタジオに、クイズ番組のセットが組まれている。

「まだ誰もいないわ、ここなら」

真季は椅子を引いて座った。

「真季さん。丸山さんから何を言われたんですか？」

と、自分も椅子にかけて、「あの一ヶ瀬布子なん

か、真季さんの敵じゃないでしょう」

「ありがとう」

真季は微笑んで、「丸山から、思いがけないことを聞いたの」

「どんなことですか？」

茜にも見当がつかない。

「言われた通りに会見しないと、私の命が危い、って」

茜は目を見開いて、

「それって脅迫ですか？」

「そうじゃないわ。あの人の言い方は」

と、真季は首を振って、「TVや会見じゃ偉そうにしてるけど、丸山って、気の弱い男なのよ。分るでしょ？　元総理の娘なんか奥さんにもらうから、尻に敷かれてビクビクしてる」

「そんなタイプですね」

「私のことを心配して言ってた。芝居じゃないわ。そんな器用な真似のできる人じゃないの」

「それじゃ本当に――」

「もし私が、一度きりの過ちだったと言わないで、ずっと付合っていたと話したら、殺されるかもしれないって言うの」

「どうしてですか？」

「分らない。でも――実際に殺された人がいる」

「え？」

真季は少し間を置いて言った。

「北条まなみ。あなたも会ったでしょ」

「ええ……」

「彼女も、丸山の愛人だったの」

茜は啞然とした。

あの豪華なマンション……。でも、丸山にそんな金が出せたのだろうか？

「真季さん、それを知ってて？」

「ええ」

　と、真季は肯いた。「二度目に丸山と会ったとき、『同じ局だし、いずれ分ると思うから』って言われて……。話してくれた。もちろんショックだったけど、丸山と別れようとは思わなかったわ」

「ということは、真季さんより前に、北条まなみさんと付合い始めてた、ってことですか？」

「ええ。詳しいことは聞いてないけどね。聞きたくもなかったし」

　茜はしかし、何かスッキリしなかった。

「真季さん、あの北条まなみさんのマンションに行ったこと、ありますよね？」

「自宅？　ええ、それが何か？」

「とても、TV局のお給料じゃ買えない、と思いませんでしたか？」

「茜ちゃんは、どうして行ったの？」

「担当の刑事さんと。三田山って人です」

　茜はザッと事情を説明して、

「マンションの受付の人は、北条さんがしばしばTV関係者や、見たことのある人を連れて来たと言ってました」

「ただのアナウンサーにしては確かに妙ね。そんなこと考えなかったけど」

「何かあるんです、きっと」

　と、茜は言った。「私、北条さんと、殺された後に話してますし」

「――今、何て言った？」

　真季が訊くまで、しばらくかかった。

「殺された翌日、一色大吾さんの告別式に、彼女が来ていたんです」

　真季は啞然として、

「それ――本当なのね？」

「ええ。あの人は何か言いたかったのかもしれない。私と、話したかったんだと思います。でも、何か、そうできないわけがあって、姿を消したんでしょう」

「——驚いた！」

と、真季は息をついて、「あなたって、とんでもない人ね」

「信じられません？」

「いいえ、信じるわ。あなたは嘘をつく人じゃない」

「ありがとう」

と、茜は微笑んで、「北条さんは、丸山のただの愛人だったんじゃありませんよ。あのマンションを買うお金がどこから出てるのか、それを調べるべきです」

「そうね……。でも、今の私は、もう半分クビになってる。スタッフを使って取材したくても、無理だわ」

「会見は会見です。真季さんの安全のために、あの一ヶ瀬布子に言われた通りに話せばいいでしょう。でも、北条まなみさんのことまで公になったら、それこそ局の責任が問われます」

「つまり……それを武器にして、局に居座れって言うのね？」

「クビにするかどうか、今はそう簡単じゃない、と言って、一ヶ瀬布子をごまかすんです。そうして、引き延ばしている間に、北条さんと丸山の本当の関係を調べるんですよ」

「茜ちゃん……。でも、私に係ってると、しくじったとき、あなたも一緒にクビになるわ」

「別に構いません。もともと貧乏暮しですから」

と、茜はアッサリと言った。

「そうね」

と、真季はちょっと笑って、「私も、駆け出しのころは生きてくだけで大変だった。そこへ戻るだけ、と思えば怖くないわね」

「真季さん、視聴者を味方につければ大丈夫ですよ。

人気のある人を、局だってそう簡単には切れないでしょ」

「どうかしら。若くて可愛いアナはいくらでも入って来るからね。でも、しばらくはしがみついてやりましょう」

「そうですよ」

と、茜は力強く言って、「――でも、あの衣裳だけは何とかして下さい」

と付け加えた……。

二人が廊下へ出ると、

「あ、茜さん」

と呼ぶ声がした。

飯田あかりが手を振っている。

「あかりちゃん！」

茜は、TV番組用に可愛く着飾った飯田あかりを見て、やっぱりアイドルになる子は違う、と思った。

「今からお仕事？」

と、茜は訊いた。

「ええ。生で歌わなきゃいけないの。大変だわ」

と、あかりは大げさに情ない顔をして見せた。

「――スタジオにお客を入れて撮るのね」

と、真季が言った。「しっかりやって」

「ありがとう」

と、あかりは言って、「有沢さんも大変ですね」

「あかりちゃんまで、そんなこと言うの？」

「頑張って！　私、応援します」

「ありがとう」

真季は嬉しそうに微笑んだ。「もうじき？」

「これからリハーサルです」

「茜ちゃん、覗いて行けば？」

「私が？　よければ見たいけど……」

「大丈夫。お客さんたちの座るベンチに、座ってて」

「じゃ、見ていい？　楽しいわ」

茜は、あかりと一緒に他のスタジオに向った。

「ゆかりちゃん、元気ですか？」

と、歩きながらあかりが言った。

「ええ。もうこの春から大学生なのよ」

「大学か！　いいなあ……」

と、あかりがため息をつく。

「あかりちゃんも大学受ければいいのに」

「とっても無理。スケジュール、そんなに空けられないし」

「でも、事務所の人と相談して、どうしても大学に行くんだ、と言い張ってみたら」

「そうできたら……。一年は遅れるけど、途中で、ゆかりちゃんに追いついてみせる」

と、あかりは愉しげに笑った。

「このスタジオです」

と、あかりが言った。


中へ入ると、そこはもうTVの歌番組のセットに照明が溢れている。

「あかりちゃん、急いで！」

と呼ばれて、

「はい！」

と、元気よく返事をして、あかりは急いでセットの上に立った。

ライトを浴びると、あかりは一瞬の内に背筋が真直ぐに伸びて、別人のような「スター」になる。

「じゃ、後でね」

と、茜はあかりに声をかける。

スタジオに、抽選で当った一般の人を入れるのは、まだ少し先になるので、茜は一旦廊下に戻った。

「やあ、神崎さん」

思いがけない人がやって来た。

あの三田山刑事である。

「三田山さん！　何してるんですか？」

と、茜は訊いた。

「飯田あかりの番組収録を見に来たんです」

そういえば、この刑事、セーラー服とかに弱いのだった。

「捜査の方はいかがですか?」

と、茜が訊く。

「実は今日もあかりちゃんだけを見に来たわけじゃないんです」

と、三田山は言った。「あかりちゃんの出る番組の見物人の中に、話を聞きたい男がいて」

「誰ですか?」

「あの、北条まなみの弟です」

「ああ……。北条秀行とかいった人ですね」

「ええ。飯田あかりのファンだそうで、今日ここへ来るんです」

「でも、なぜ北条秀行に?」

「どうも怪しいんです」

「でも、事件のときは、アメリカに――」

「本人はそう言ってましたが、どうやら日本にいたらしいんです」

「まあ」

「N大の大学院生と言っていましたが、本当は大学で留年しているだけだったんですよ」

「どうしてそんな嘘をついたんでしょう?」

「それを確かめたくてやって来たんです」

と、三田山は妙に張り切っている。

「でも、あかりちゃんに見とれて、本来のお仕事を忘れないで下さいね」

と、茜が言うと、三田山は心外という様子で、

「いくら何でも……。こう見えても刑事です!」

「分ってますけど」

「しかし、本当に忘れてしまう可能性はあるな……。どうしましょうか?」

「知りません」

茜は呆れて言った。「――そうだ」

北条秀行といえば、あの殺された小田充子の店に来ていたのだった。

スタジオに見物客が入るのには少し時間があるので、茜と三田山は局の中のティールームに入った。

「実は――」

茜は、小田充子の姪の智子から北条のことを聞いたと三田山へ話した。

むろん、武口のことも話したのだが、自分と武口の「微妙な関係」については黙っていた。話すわけにはいかない。

「妙な縁ですね」

と、三田山はコーヒーを飲みながら感心して、

「その小田――充子っていいましたか。殺された人」

「ええ。姪の智子さんという人が、北条とお付合していると」

「偶然ですかね？――よく分らないな」

と、三田山が頼りなく首をひねる。

「もう一人の刑事さんはご一緒じゃないんですの？」

と、茜は思い出して訊いた。

「松木さんですか。あの人は何だか急にマイホームパパになって……。今日も子供の学校の保護者会だって言って、『お前に任せる』って……。任されても困りますよ」

「まあ、刑事さんも変ったんですね。でも、いいじゃありませんか」

「でも、結局今日も僕一人で……。その小田充子の件を調べているのは――」

「富田さんって人です」

と、茜は言った。

「サービスエリアに寄りましょうか」

と、富田貞代は車のスピードを落としながら言っ

た。「おうどんでも食べる？」

「うん！」

愛が肯く。

貞代は車をサービスエリアへと入れた。

「トイレにも行きましょうね」

と、愛の手を引いて、まずトイレに。

――平日でもあり、車はそう多くなかった。

今は色々食事もできるので、少し早いが、何か食べておこう、と貞代は思った。

「でも……」

あの人はどうしたんだろう？

夫は、少々のことでは動揺しない。それなのに、あの車に運転中にかかって来た電話で、本当に不安そうだった。

もちろん、相手が「武口」と名のったからだろうが、確かに武口は死んでいるのだ。夫はなぜあんなに心配そうだったのだろう？


「――おうどん」

と、愛が言った。

「はいはい。愛ちゃんはおうどんが好きね」

と、貞代は笑った。

夫が、犯罪者からの仕返しなどを心配することは分る。しかし、貞代たちを実家へ帰すというのは初めてだ。

「――ママも食べましょ。一緒にね」

「うん」

貞代は、セルフサービスの食堂で、愛と一緒にうどんを注文した。

表の見える席で食べ始めたが、愛に食べさせるのが大変で、なかなか自分は食べられない。

大型トラックが入って来るのが見えた。

ゆっくりと巨大な車体を駐車する。

貞代の車のすぐ隣だった。

「ママ、もっと」

愛に言われて、貞代は我に返ると、

「はいはい、ごめんなさいね」

と、娘の口にうどんを運んだ。

また目が表へ向く。

駐車場の、貞代の車の隣に停っている大型トラックが、なぜか気になっていた。

サービスエリアへ入って来たというのに、その大型トラックからは、誰も降りて来ないのである。

――どうしてだろう？

少し居眠りでもするのか。それでも、トイレくらいは行くのでは……。

トラックの運転手の顔は、ガラスに外景が映り込んで、見えなかった。

もちろん、だからといってどうというわけじゃない。

「――ママ、食べないの？」

愛が気をつかって訊いてくれた。

「食べるわよ！」

貞代は笑って言った。

愛に食べさせている内に、うどんは大分冷めていた。貞代はアッという間に食べてしまうと、

「もう行く？」

「お菓子、欲しい」

「お菓子？」

どうしようかと迷ったが、実家に行ってもすぐには愛の好きなお菓子はないかもしれない。

「じゃ、何か好きなもの、捜しましょ」

うどんの器を戻して、貞代は愛の手を引き、売店を覗いた。今はずいぶん色んなお菓子がある。

あれも、これもと欲しがるのを、何とか二つだけに抑えて買うと、

「――さ、行きましょうね。おばあちゃん、待ってるわ」

と、貞代は言って愛の手を引いた。

外へ出て、車の方へ歩き出す。すると、隣に停っていた大型トラックが突然動き出した。二人の前を横切って行ってしまう。

――何かしら？

急に出て行ってしまって、ホッとしたのも確かだが、今のタイミングは……。まるで、二人が出て来たのであわてて行ってしまったかのようだ。

考え過ぎかしら……。

貞代は肩をすくめて、愛を後ろの座席に乗せ、

「眠かったら横になってていいわよ」

「うん」

貞代は運転席について、エンジンをかけた。普段はあまり長時間運転しないが、実家へは慣れているので、そう疲れない。

車を出し、高速へ戻る。車の流れはスムーズだった。

チラッと後ろを見ると、案の定、愛がもう今にも眠り込んでしまいそうだ。少しスピードを落として、のんびり行くことにする。

でも――夫の脚のけがが、思っていたより軽くて良かった。

あのまま仕事に戻れなかったら……。もちろん、刑事という仕事柄、危険はついて回る。

しかし、刑事といえども、夫であり父親だ。無事に勤めてほしい、と貞代が願うのも当然だろう。

――ある程度の年令《とし》になったら、捜査の現場から離れてほしいと思っている。

でも、富田は事件の現場が好きなのだ。貞代にも、そんな夫の気持は分っている。

――ふと、車に影が落ちた。

バックミラーへ目をやって、貞代は息を呑《の》んだ。

貞代の車のすぐ後ろに、ピタリとついて走っているのは、あの大型トラックだったのだ。

まさか！　先に出て行ったんじゃなかったの？

しかし、間違いなくあのトラックだ。

貞代の車の後ろにぴったりとくっついて走っている。仕事で走っているトラックが、こんなのんびり走る車の後ろに、なぜついているのか。

貞代はアクセルを少し踏み込んだ。トラックとの間が少し開いたが、すぐにトラックはスピードを上げて、またすぐ後ろにつく。

今度はスピードを落としてみた。トラックもこちらに合せている。

尾《つ》けて来ている！――誰が？

貞代は、ハンドルを握り直した。車線を変更すると、トラックもついて来る。

何だろう、あのトラックは？

もちろん、ただのいやがらせで、小さな車に意地悪をする車というのもないわけではない。しかし、あのトラックはサービスエリアでわざと隣に停っていたようだ。

他に何か目的があって、ついて来るのだろうか？

心臓が高鳴った。

夫が心配していたのは、こういうことだったのだろうか？

貞代は、助手席のバッグに左手を伸した。膝に置いて、中からケータイを取り出す。

右手でハンドルを握り、夫のケータイへかけた。

呼出し音が鳴り続ける。――お願い、出てちょうだい！

「――もしもし」

「あなた！　良かった！」

と、貞代は言った。

「どうしたんだ？」

「今、高速なんだけど……」

貞代は後ろをついて来る大型トラックのことを説明した。

「間違いなく同じトラックなんだな？」

「ええ、確かよ」

「まだついて来てるか？」

「ぴったり後ろに。——ぶつかったら、こんな車、ペシャンコだわ。どうしたらいい？」

「落ちつけ。今どこを走ってる？」

「ええと……もうすぐA市の出口」

「そうか。分った。そっちへパトカーをやる。何分かかかるが、大丈夫か？」

「今は何とか……。次の出口で下りた方がいいかしら？　車、寄せて停めてしまえば——」

「そこを出ても、林の中の道だ。却って何があるか分らない。もう少し頑張れ」

富田が怒鳴って指示しているのが聞こえて来た。

「——今、パトカーを出してくれるように言った。愛は？」

「後ろの座席で眠ってる」

「そうか。寝かせとこう。トラックのナンバープレートは見えるか？」

「数字までは読めないわ」

「分った。——このまま話していても大丈夫か？」

「警官の妻としては問題ね、運転中に」

と、貞代は言った。「これって、あなたが心配してたことと関係あるの？」

「分らんが、用心に越したことはない。トラックに何か書いてあるか？」

「気が付かなかったわ。運転席の中も見えなくて——」

と、貞代が言いかけたとき、車に激しい衝撃が来て、貞代はつんのめりそうになった。

「トラックが！　ぶつかって来る！」

と、貞代は叫んだ。「愛ちゃん！」

愛もびっくりして目を覚ましたようだ。

「ママ——」

「ちゃんと座ってて！」

「貞代！　大丈夫か！」

と、富田が叫んだ。

「後ろからいきなり——キャッ！」

さらに強い衝撃が来て、貞代の手からケータイが飛び出した。両手でハンドルを握ると、

「愛ちゃん！　大丈夫？」

「ママ……」

貞代は思い切りアクセルを踏んだ。一気に加速して、トラックが後方に離れる。

前後に他の車が見えない。——トラックは、それを待っていたのだろうか？

ゴーッという唸《うな》り声のようなものが聞こえた。トラックが、あの巨体では考えられないようなスピードで、ぐんぐん迫って来た。

車線を変えたが、トラックもついて来る。

ハンドルを握る手に汗がにじんだ。

床に落ちたケータイから、

「貞代！　大丈夫か！」

という夫の声が聞こえた。しかし、今はどうしようもない。

トラックがさらに加速して、貞代の車に迫る。ぶつけられる！　貞代は外側の車線へよけた。

だが、それを狙っていたかのように、トラックは一気にスピードを上げ、貞代の車の真横に並んだ。

貞代はハッとした。

横からぶつけられたら、こんな小型車はトラックとガードレールの間で潰されてしまう。

スピードを落とすんだ！　トラックの後ろへ退《さ》がろう。

しかし、ブレーキに足を移したその瞬間、トラックは貞代の車へと巨大な車体を寄せて来た。

窓ガラスが砕けた。車は弾かれるようにしてガードレールに押し付けられ、火花が飛んだ。

「愛ちゃん！」

と、貞代は叫んだ。

ハンドルを取られて、車体は左右に振れた。前方に、バスが見えた。スピードを上げていた貞代の車はアッという間にそのバスの後尾へ迫った。

追突する！——思い切りブレーキを踏んだ。

車はバネ仕掛のように飛びはねた。貞代は車の天井に頭をぶつけた。目がくらむ。

そして、貞代は何も分らなくなった。

17　殺意の幻

「本日のゲスト、飯田あかりちゃんです！」

司会者の声と共に拍手がスタジオの中に響き、明るいライトの中に飯田あかりが登場した。

茜はスタジオの隅でその光景を眺めていたが……。

突然、目の前に弾けるような火花と煙と炎が見えた。それは息が止るほど鮮明でショッキングな映像だった。

そして一瞬の後に、それは消えていた。

――何だろう、今のは？

心臓が激しく打っている。何か[、、]が伝わって来たのだ。

茜は三田山刑事が一般客の中で拍手しているのを見た。手を振って見せたが気付かない。

仕方ない。――茜は一人、スタジオから出た。

ケータイを取り出して電源を入れる。

今のは何だろう？　はっきりした物は見えなかったが、茜は大きな不安にとらわれていた。

ともかく、何か起ったのではないか。よくないことが……。

ケータイには、着信もメールも来ていない。

「でも、何かきっと……」

激しい動悸《どうき》がおさまらないので、廊下に置かれた長椅子に腰をおろした。

頭が痛い。――目をギュッとつぶって、指でこめかみを押していると、

「痛い、ママ！」

という子供の声がした。

「え？」

目を開けて左右を見たが、そばには誰もいない。

でも、確かに……。

今の声、誰だったろう？　聞いたことのある声だった。

小さな女の子。小さな……。

「――愛ちゃん？」

富田の娘だ。きっとそうだ。

茜は、富田のケータイへかけてみた。

しばらく呼出し音が続いたが出ない。諦めて切ろうとしたとき、

「もしもし」

と、富田の声がした。

「富田さん？　神崎茜です。あの――娘さんに何かありませんでしたか？」

少し間があって、

「――なぜ知ってる！」

富田の厳しい声がした。「君がやらせたのか？」

「あの……何があったんですか？」

「妻と愛の乗った車が……事故を起した」

「事故……。それで？」

「まだ分らない。今病院へパトカーで向っている。なぜ分った？」

「あの――幻を見たんです」

「何だって？」

「よく見えなかったんですけど、火花と煙と炎が目の前に……。本当です」

愛の声のことは言わなかった。富田は茜を疑っているらしい。

「どこの病院ですか？　すぐ駆けつけます」

と、茜は言った。

「病院がどこか、君の能力で分るんじゃないのか」

富田の言葉に、茜が何も言えずにいると、

「――すまない」

と、富田が嘆息した。「君に当るつもりじゃなかった。ただ――どうなってるか分らないので、不安

で」

「当然です」

「病院はA市の市立病院だ」

「すぐ向います」

富田のケータイに、他からも連絡が入るかもしれない。詳しい話は後にして、一旦切った。

車の事故……。いや、それはただの事故じゃないだろう。

本番は続いている。茜はともかく一人で病院へ向うことにした。

病院に着いたのは、もうすっかり暗くなってからだった。

電車を乗り継いで来たので、ずいぶんかかってしまったが、タクシーでも、高速が渋滞していたら結局大して違わなかっただろう。

パトカーが病院の前に停っている。

パトカーには誰も乗っていない。きっと富田を乗せて来たのだろう。

どうなったんだろう？　病院へ入る茜の足取りは重かった……。

「車の事故ですね」

看護師に訊くとすぐに分って、「今どこかしら……。ここで少しお待ち下さい」

「はい。あの――助かったんでしょうか？」

「さあ、私はよく分らないんで……。ともかく待っていて下さい」

「すみません」

もう外来の患者はいない。ガランとした待合室で、茜はただじっと待つしかなかった。

足音がして、

「じゃ、何も残ってないのか？――周囲を当ってくれ」

富田の声だ。茜は、ケータイで話をしながらやって来る富田の姿を目にした。

「――頼むぞ。時間がたてば見付けられなくなる。

――ああ、また連絡する」

富田は通話を切って足を止めた。茜が立ち上った。

「遅くなってすみません」

と、茜は言った。

「いや……。遠いからね」

と、富田は言った。「わざわざすまない」

「奥様と愛ちゃんは？　どうですか？」

声が震えた。

「うん。――ともかく命は取り止めた」

茜は全身で息をついた。

「そうですか！」

「だが……重傷だ。車が燃えて、火傷《やけど》もしている」

「お二人とも、ですか？」

「うん。――家内は目をやられている。失明するかもしれない」

茜は何とも言えなかった。

「愛は、車が横転したとき、うまい具合に車の窓から投げ出されたんだ。火傷は足に少しだけで済んだ」

「そうですか……」

「大型トラックがぶつけて来たんだ」

「わざとですか」

富田は肯いて、

「危険があるといけないと思って、二人を家内の実家へやろうとしたんだ」

「危険？」

「電話がかかって来たんだ。――武口から」

富田はそう言ってから茜を見た。「驚かないんだね」

「富田さん。詳しく話して下さい」

――茜は、富田の話を無言で聞いていた。

「信じられないようなことだが、あの電話は本当に、武口からのように思えた。どす黒い悪意が伝わって来て……」

富田は言葉を切って、茜を見ると、「何か知ってることがあったら教えてくれ。僕が自分の考えを話しても、上司は信じちゃくれまい」

「――富田さん」

と、茜は言った。「たぶん……武口は死んでないんです」

「つまり……」

「でも、生きているとも言えません。完全には死んでない、と言った方がいいかもしれません。あのとき、武口は私に乗り移ったんです。――私も信じたくないことですけど」

「そんなことが……」

「鏡の中に突然武口が立っていたんです。私の姿の代りに。――どうしたらいいのか、私にも分りません」


「では……家内と娘をこんな目に遭わせたのも……」

「たぶん武口でしょう。どうやってそのトラックを動かしていたのか分りませんけど」

「トラックは次の下り口を出た所で見付かったが、誰も乗っていなかった。乗っていた人間の痕跡を調べてるが、何も分っていない」

「武口は、奥様と娘さんを狙うのが、富田さんを苦しめる一番の方法だと知ってるんですよ」

と、茜は言って、「おそらく……富田さんたちが私の部屋へ寄られたからです」

「じゃ、君を通して――」

「私の目で、ご家族を見ていたんですわ、きっと」

と、茜は言った。「申し訳ありません」

「いや、君のせいじゃない」

と、富田は首を振って、「君も、それが事実なら、とんでもないことに巻き込まれてしまったね」

茜は、一つだけ富田に言っていなかった。――小田充子を殺したのが自分に違いないということ。もし実際に手を下したのなら、富田も茜を逮捕しなければならないだろう。

「しかし、一体どうしたらいいんだ?」

と、富田はお手上げという様子で、「相手が幽霊じゃ、手錠をかけるわけにもいかない」

「私が何とかしないと……。私にも、どうすればいいのか見当がつきませんが、ともかくいつまでもこんな状態では――」

と言いかけて、茜の顔から血の気がひいた。「大変だわ」

「どうした?」

「何てうかつなことをしちゃったんだろう!」

茜は頭を抱えた。

「君――」

と言いかけて、富田もハッと息を呑んだ。「そうか! 君がここへ来たってことは……」

「武口にも、この病院が分ったってことです。ああ! どうして気が付かなかったんだろう!」

茜は自分を責めた。「富田さん、奥さんと愛ちゃんを他の病院へ移して下さい! そしてどこへ移ったか、私に決して言わないで下さい!」

「しかし今はとても動かせないよ」

と、富田は言った。「何日かはここにいるしかない」

「じゃあ、くれぐれも警備を厳重に」

「分った。要請して、すぐ人員を配備しよう」

「本当にすみません。私の考えが足りなくて」

「いや……。しかし、もし武口が現われるとしたら、どういう姿で?」

「分りません」

茜は首を振って、「もし武口がそのトラックを操っていたんだとしたら、他にも色んなことができるでしょう」

茜はちょうど通り過ぎる若い看護師を見て、

「お医者さんでも、看護師さんでも、どこか様子がおかしいと思ったら、信用しないことです」

「そうか。しかし、それは難しいな」

「ええ。もちろん、万に一つかもしれませんけど、ともかく目を光らせていれば、武口もそうたやすくは手が出せないでしょう」

「朝になったら、早速二人を移せないか、相談しよう」

「それがいいです」

二人は目を見交わした。——お互い、考えていることは分った。

たとえ他の病院に移せなくても、この病院も大きい。他の科の病室へ移すだけでも効果はあるだろう。

「私、帰ります」

と、茜は言って立ち上った。「後はよろしく」

「うん。連絡するよ」

と、富田は茜の手を握った。

「——富田さん」

と、茜は言った。「もし、私が武口の思いのままに操られたら、何をするか分りません」

「そんなことが——」

「いいえ、あり得ることです。そのときは、私を遠慮しないで撃って下さい」

富田は言葉もなく茜を見つめていたが、

「——分った。ためらわないよ」

と、やがて言って、「そんなことにならないように祈ってる」

「私もです」

茜は軽く会釈して、「じゃ、これで……」

と、病院を後にした……。

18　慰めのとき

病院を出た茜は、外の冷たい空気を吸い込んで、しばらく立ちすくんでいた。

――今から都心へ帰れば、ずいぶん遅くなる。むろん、タクシーなど使う余裕はない。

近くの駅まで二十分ほど歩き、駅前で開いていたラーメン屋に入って食事をすることにした。悩んでいてもお腹は空く。

一番普通のラーメンを注文して、病院の中では切っていたケータイの電源を入れる。

有沢真季から、着信とメールが来ていた。

〈茜ちゃん。どこに行ってるの？　会見、見てほしかったのに。まあ無難にこなしたわ。連絡ちょうだい　真季〉

そうだった。――真季の会見のことを忘れていた。今は、ともかく富田の妻と娘をどう守るかで頭が一杯だった……。

店が空いていたせいもあって、ラーメンはすぐ出て来た。

熱いラーメンを食べ始めると、落ち込んでいた気分が少し持ち直す気がした。

「単純ね」

と、自分でからかう。

ケータイが鳴った。三田山刑事だ。

「――もしもし」

「やあ、茜さん！　どこにいるんです？」

と、明るい三田山の声。「飯田あかりちゃんの歌、良かったですよ！　スターって凄いもんですね！」

「良かったですね。いられなくてごめんなさい。ちょっと――知ってる人が交通事故で入院したんで、お見舞に」

三田山にも、富田のことは話してあるが、今、ケータイで詳しい事情を説明する気になれない。

「そうでしたか。で、大丈夫なんですか?」

悪気はないのだが、無神経に聞こえて、

「ええ、一応。ごめんなさい、食事中なんです」

「あ、すみません。北条秀行のことでお話が。——お帰りになったらこちらへ……」

「はい、連絡します」

と言って、茜は切った。

三田山に当っているわけではないが、ともかく自分の無力に腹が立っているのである。

ラーメンをアッという間に食べ終えて汁を飲むと、

「お茶のおかわり」

と頼んだ。

「はい……」

いかにもくたびれた感じのおかみさんが、ポットを手にやって来てお茶を注ぐ。

「どうも」

「ごゆっくり」

ひと言、言われて茜は何だか少し救われた気がした。

お茶を一気に半分ほど飲んで、ホッと息をつくと——目の前の席に、一色大吾が座っていた。

「やあ」

「やあ、じゃないわよ」

と言って、茜はあわてておかみさんの方へ目をやった。

大丈夫。奥のテレビをじっと見ている。

「とんでもないことになってるのよ」

と、茜は言った。「武口が——」

「分ってる。さっきの話、聞いてたよ」

「じゃあ、どうしたらいいのか、教えてよ」

「僕にも分らないよ。僕はただの幽霊だ」

「そんな……。私のせいで、何人も死んだりしたら……。しかも、あの殺人犯が私の中にいるなんて！」

「気の毒だ。しかし、これぱっかりは……」

「役に立たないわね」

と、茜は嘆息して、「――ゆかりちゃんは元気よ」

「うん。ありがとう。君が一緒にいてくれて、とても落ちついたようだ」

「そんなこと――」

「いや、あいつは強がって見せてるけど、寂しがりやなんだ」

「もうすぐ大学ね。私、勉強の点じゃ役に立てないけど」

「君は、ゆかりのいいお手本になってるよ」

「私がお手本？　霊媒なんかにはならないでほしいわね」

と、茜は微笑んだ。


「うん、君は笑顔でいるのがよく似合う」

茜はふと目頭が熱くなるのを覚えた。

「やさしいところがあるのね」

「今ごろ分ったかい？」

「でも――今さらお付合もできないしね」

茜はお茶を飲んで、ふと、「――あなたが出て来られるってことは、武口が今私の中にいないってこと？」

「そうだろうな」

「今いない……。じゃ、今どこに？」

血の気がひいた。――もしかして、武口はあの病院に残ったのでは。

茜は急いで千円札を出して、

「ごちそうさま！」

と、おかみさんに声をかけると、店を飛び出した。

病院の方へ戻りながら、富田のケータイにかけた。

しかし、電源を切っているようだ。

「まさか……お願い！　無事でいて！」

茜は病院へと全力で走り出した。


「富田さん！」

病院の廊下で、富田刑事を見かけた茜は大声で呼んだ。

富田がびっくりした様子で、

「どうしたんだ？」

「大丈夫ですか、お二人？」

「ああ、僕は今まで病室にいたけど」

茜は喘ぐように息をして言った。

「それなら良かった！」

と、思わずよろけて壁にもたれる。

「おい！　君こそ大丈夫か？」

と、富田が茜の腕をつかむ。

「万一のことが……。今、武口がいないんです、私の中に」

「いない？」

「ええ、たぶん……。それで、もしかしたらこの病院に残ってるのかと……」

「何ごともない、と思うが……」

「病室へ行きましょう」

茜は、やや安堵して、胸に手を当てたまま富田と一緒に病室へ向った。

「しかし、困ったな」

と、富田は言った。「僕も任務がある。二十四時間、ずっと二人に付き添ってはいられない」

「私の知らない所にお二人が転院すれば……」

「そうだな。いつ動かせるか、訊いてみよう」

富田が病室のドアを開けた。

貞代のベッドのそばに、看護師が立っていた。ドアが開くと、ハッとしたように振り返った。

「何か……」

と、富田が言うと、

「ちょっと様子を見に」

と、看護師は微笑んで、「すっかり落ちついておられますね」

「おかげさまで」

「じゃ、失礼します」

出て行こうとする看護師と、茜はすれ違った。

看護師の右手が白衣のポケットに入っている。とっさに、茜はその看護師の右腕をぐいとつかんだ。

手がポケットから出て、何かが手から落ちた。注射器だ。

「武口ね！」

と、茜は言った。

看護師が突然憎々しげな目で茜を見ると、力をこめて茜の手を振り放し、病室から飛び出して行った。

「富田さん！」

茜は注射器を拾うと、「これ――。薬液が入ったままだわ。大丈夫でしょうけど、一応お医者さんに」

「分った」

茜は、病室から出て廊下を見回した。

どこへ逃げたのだろう？

そのとき、悲鳴が上った。

茜は駆け出した。

「どうしたんですか！」

ナースステーションへ駆けつけると、

「メスを持って――」

「メス？」

「今、駆けて行っちゃったわ」

と、窓口に座った看護師が、呆然としている。

「どっちへ行ったんですか？」

「向うへ」

指さした方へ、茜は駆けて行った。

女子トイレから、パジャマ姿の入院患者が転るように出て来た。

「どうしました！」

「中に……看護師さんがおかしいの！」

茜は女子トイレの中へと駆け込んだが、そのとき、いきなり見えないハンマーで頭を殴られたようなショックを感じて、よろけた。ズルズルと壁にもたれたまま床に崩れ落ちながら、茜はトイレの冷たい床に、喉を自ら切り裂いた看護師が倒れている姿を、一瞬見ていたのだった……。

19　傷　痕

「ＭＲＩでも、特に異常はなかったって」

と、ゆかりが言った。「良かったね、茜さん！」

「うん……」

茜は、曖昧に微笑んで見せた。

異常はなかった？　そりゃそうだろう。

死んだ人間の魂が乗り移ったって、そんなものがＭＲＩに映るはずがない。

でも、ゆかりにそんな話はできない。

――ともかく、富田の妻と子は無事だった。それだけでも感謝しなくては。

富田は、医師と相談して、とりあえずあの病院の中で、部屋を替えることになった。むろん、茜は聞かされていない。

ともかく、あの母娘が無事で良かった。

そう思って、自分を慰めるしかない。

「――ＴＶ局には？」

と、ゆかりが訊く。

「ええ……。明日行かないと」

と、茜は言った。

そっと胸に手を当ててみる。

病院では大騒ぎだったが、外見上は、一人の看護師が、富田の妻に注射を射って殺そうとしたことになっている。

茜は、気を失った後、あの病院で検査を受けたのだった……。

富田からは感謝されたが、却って辛い。

私が、あの看護師を殺したようなものだ……。

ゆかりのマンションに帰って来ても、茜の気持は晴れなかった。

「大丈夫、茜さん?」

と、ゆかりが心配してくれる。

「ごめん……。あ、そうだ」

もう夕飯の時間はとっくに過ぎている。

「お腹空いたでしょ? ごめんね」

と立ち上ったとき、玄関のチャイムが鳴った。

やって来たのは、有沢真季だった。

「すみません、連絡しなくて」

と、茜は詫《わ》びたが、真季はいやに上機嫌で、

「夕食、これから? じゃ、おごるわ。何食べたい?」

ゆかりが喜んで、

「タレントがよく行く、思いっ切り洒落たお店!」

「OK! 任せて!」

気は重かったが、茜も付合うことになったのである。

——〈会員制〉とあるレストラン。

「わあ、何人もいる!」

顔を知っているタレントが、方々のテーブルに三人も四人もいて、ゆかりはお腹の空いていることも忘れそうだった。

それでも、シャンパンを一口飲むと、茜も少し食欲が出て来た。

「——じゃ、あの病院での事件のときに居合せたの?」

と、ゆかりから話を聞いて、真季は目を見開いて、

「惜しいわ! 分ってれば現場からリポートしてもらったのに!」

茜も笑うしかなかった。

「それどころじゃないですよ」

と言って、「記者会見、どうだったんですか?」

「見せたかったわ!」

と、真季は得意満面で、「TVカメラの前だと、私、どんな人間にもなれるんだってこと、自覚したわ」

「じゃ、うまく行ったんですね？」

「もちろん！　丸山さんとの、束《つか》の間の儚《はかな》い恋を嘆いて、さめざめと泣いて見せたの。会場もシーンとなっちゃって。商売敵の他局のリポーターからも一つも質問が出なかったのよ。拍子抜けしちゃったわ」

「じゃ、局をクビにもならず？」

「できるもんならしてみろって。今、私、主婦層の好感度ナンバーワンよ」

そのしたたかさに、茜も舌を巻いた。

「さ、食べて！　茜ちゃんも元気出して！」

と、真季は茜を励ました。

いや、励ましたというより、煽《あお》り立てた、と言った方が正しいかもしれない……。

しかし、こういう「活気」は伝染するもので、真季の話を聞きながら食べている内、茜も大分気を取り直していた。

そうだ。――一人、こうしてくよくよしていても、何一つ事態は良くならない。

どうしたらいいか、対策を考えるのだ。

「――先生が生きてらしたら」

と、茜は思わず呟いた。

「どうしたの？」

「あ、いえ……。ちょっと〈霊媒〉として困ってることがあって」

と、茜は言った。「師匠に相談できないんで……」

「そう。でも、あんた凄いセンス持ってるじゃない。大丈夫よ」

「はあ……」

「娘さん、いたでしょ、その師匠の。何か父親から受け継いでないの？」

真季は思い付きで言ったのだろうが、それを聞いて、茜は、

「そうだわ！　真季さん、ありがとう！」

飛び立つように、一旦レストランを出ると、ケー

タイを取り出した。

「――もしもし」

「麻美さん。茜です」

「あら、どうしたの?」

「ちょっとご相談したいことが。お会いできませんか」

「いいけど……。今、箱根なの」

「渡部さんとですか」

「もちろん! 明日の夜なら帰ってる」

「じゃ、ぜひ。夜遅くでもいいです」

「分ったわ。帰ったら連絡する」

「よろしく! あの――」

「何か?」

「師匠が書き残した物とか、お持ちですか?」

「どういう物のこと?」

「つまり――〈霊媒〉としての心得とか、秘法みたいなものです」

「そういうのは……。捜したことないけど、家を出るときに持って出た段ボールの中に、父のものが紛れ込んでいたから、とってあるわ」

「本当ですか! 見せて下さい」

「中身が何かは知らないわよ。開けてないから」

「はい、自分で調べます。ぜひ見せて下さい! どこにあるんですか?」

「ええと……。たぶんマンションの地下にある倉庫。捜さないと――」

「私、捜します。お帰りになったら、電話下さい」

「いいわ。でも、どうして?」

「学びそこねたことがあって」

と、茜は言った。

通話を切ったとき、茜は自分でも意外なほど気持が明るくなっていた。

もちろん、師匠、天竜宗之助にしても、まさか殺人犯に乗り移られたことはないだろう。しかし、

〈霊媒〉というもの自体、ある意味、「死者に体を貸すこと」である。

天竜宗之助が書き残したものの中に、何か、今の状況から抜け出す手掛りがあるかもしれない。茜には、そんな気がしてならなかったのである。

――レストランの中に戻った茜はびっくりした。テーブルに、何と三田山刑事が加わっていたのである。

「何してるんですか?」

と、茜が訊く。

「ちょうど、こちらの有沢さんへ電話をしたんです」と、三田山は言った。「そしたら、『お食事はまだ?』と訊かれて、つい……」

「たまたますぐ近くにいらしたのよ」

と、真季はすっかり気が大きくなっている。

「そうですか……」

まあ、真季がおごってくれるというのだから、構やしないのだが。

「――そういえば、飯田あかりちゃんのTV番組の収録、どうだったんですか?」

と、茜は、早速せかせかと食べ始める三田山へ訊いた。

「ええ! あかりちゃん、可愛かったですよ! やっぱり勢いのあるスターって、輝いてますね」

そんなことを訊いてるんじゃないのだが……。

「お仕事の方は? 北条まなみの弟には会えたんですか?」

「あ、そうだった」

情ない人!――ともかく、食べる手を休めて、三田山は手帳をめくった。

「――あれ? 何も書いてないな」

と、三田山は首をかしげて、「そうだ。結局、北条秀行はやって来なかったんですよ」

茜は危うく椅子から落っこちるところだった。

「――今日、何とか連絡を取ろうとしたんですが、だめでした」

と、三田山は言った。「北条秀行のいる所、見当つきません?」

「私がどうして――」

と、茜は言いかけたが、「もしかしたら、お付合していると言っていた、小田智子さんが分るかもしれません」

「ああ、殺されたホステスの姪ごさんですね」

「電話してみます」

茜は、小田充子の姪、小田智子のケータイ番号を訊いておいた。

また一旦外へ出て、小田智子にかけてみると、

「――はい、小田です」

「神崎茜です。〈霊媒〉の」

この説明が一番早い。

「あ、小田智子です」

「すみませんが、伺いたいことが」

北条秀行のことを訊くと、

「偶然ですね」

と、智子は言った。「今、秀行さんのアパートに向ってるところなんです」

「そうですか……」

ふと、理由の分らない不安が茜を捉えた。

「智子さん。一人で行かないで下さい」

「え?」

「よく分りませんが、何だか危険な気がするんです」

と、茜は言った。「充子さんのお店で待っていてもらえますか?」

「ええ……。いいですけど」

「すぐ向います。三十分もあれば」

「分りました」

茜はレストランの中に戻ると、

「これから小田充子さんのお店に行ってみます」

「は……。しかし、食べてる途中だし」

と、三田山が言った。

「あなた、この人の凄さを知らないのね！」

と、真季が言った。「茜ちゃんの直感は当るのよ」

「分りました……」

三田山は名残惜しげだった。

結局、ゆかりも「一緒に行く！」と言い張ったので、三田山も加え、四人で小田充子のバーへと向うことになったのである。


「裏へ回りましょう」

と、茜は、小田充子の店の前に立って言った。

「たぶん、裏から入れると……」

ケータイで智子にかけながら、バーの裏手に出る。

「――茜さん？」

「今、裏口ですけど、あなたはどこに？」

「店の中です」

と、智子は言った。「何だか妙なんです」

「どうしたんですか？」

と、茜が訊いたとき、

「キャーッ！」

という悲鳴が、ケータイを通してでなく、店の中から聞こえて来た。

「中へ入りましょう！」

茜は三田山を促して、裏口のドアを開け、店の中へと駆け込んだ。

「智子さん！」

茜は、小田充子の店の中へ駆け込むと、カウンターの下に倒れている智子を見て、急いで抱き起こした。

「茜さん……。大丈夫です」

と、智子は息をついて、「このカウンターの内側に誰か隠れてるみたいだったんで、覗いたら、いきなり突き飛ばされて……」

「その誰かは？」

「表へ出て行きました」

「早く追いかけて！」

と、茜が三田山へ怒鳴った。

「うん！」

三田山があわてて正面の扉を開けて飛び出して行った。

「ああ……。びっくりした」

智子は立ち上ると、「でも、ここで何をしてたんでしょう？」

「男でした？」

「ええ、たぶん……。顔は見ませんでしたけど、体つきとか、逃げて行くときの後ろ姿とか、チラッと。男だと思います」

「カウンターの内側にいたんですね？」

「ええ。十分前くらいに着いたんですけど、きっと私が来たんで、あわてて隠れたんでしょうね。私は全然気付かなくて、その辺に座ってたんです。でも、何か物音がして――。覗こうとしてるところへ茜さんの電話が」

「ともかく無事で良かったわ」

と、茜は智子の肩を軽く叩いた。

「でも――茜さん、どうして秀行さんの所へ一人で行くなと？」

「自分でも、うまく説明できないんです。ただ、急にそんな気がして来て」

「さすが〈霊媒〉ね」

と、真季は言ったが――。

「何してるんですか？」

と、茜は訊いた。

真季はケータイを手にして、

「動画、撮ってるの。ワイドショーで使えるかもしれないでしょ」

「はあ……」

智子もさすがに面食らっている。

「どんな男だったか、若いとか若くないとか?」

「それはさっぱり……。でも、動きが素早かったですから、若い人じゃないでしょうか」

「こんなこと言って、怒らないで下さいね」

と、茜は言った。「北条秀行さんじゃなかった?」

「まさか!」

と、智子はびっくりしたように、「だって私、本当ならあの人のアパートに……」

「だから、まさかここへ来るとは思ってなかったかも」

「そうですね……。でも、この店にどうして?」

「ここの鍵とか、秀行さんに貸したことは?」

「いえ——」

と言いかけて、「あ……」

「何か?」

「あの……この前、彼のアパートに泊ったとき、帰ったらここの鍵がなくて」

と、智子は言った。「どうしたんだろう、と思ってたら、彼が電話して来たんです。『鍵が落ちてたよ』って」

「その間に合鍵をこしらえたのかも」

「そんな……。でも、変でした。ここの鍵だけ落とすなんて。同じ所に入れていたのに」

「秀行さんは、色々嘘をついてるみたいですよ。あんまり信用しない方が」

と、茜は言った。「今、電話してみて下さい」

「今、ですか?」

「アパートにいるかどうか」

智子は、半信半疑という様子で、ケータイを取り出した。

「——もしもし。ごめんね、遅くなって。今アパート?——そう。ちょっと用事できちゃって。——うん、済んだら電話する」

通話を切ると、智子は難しい顔になった。

「アパートにいると言ってたけど、声の響き方が全然違う。たぶん外です。車の音がしてたし」

そこへ、三田山が戻って来た。

「逃げられたみたいだ。どっちへ行ったのかも分らないしね」

と、息を弾ませている。

「だめねえ。少しは茜ちゃんから勘の働かせ方を教えてもらいなさいよ」

と、真季は子分扱いしている。

「嘘をついてるって、どういうことですか?」

と、智子が訊いた。

三田山が説明すると、

「まあ……。じゃ、叔母が殺されたことにも関係してるんでしょうか」

「それは何とも……」

「彼のアパートへ行ってみましょう」

と、茜は言った。「智子さん、案内して下さる?」

「ええ。黙って押しかければいいですね。ギュウギュウ絞ってやる」

智子はかなり腹を立てている。

「でも——恋人なんでしょ?」

と、茜が訊くと、

「恋人っていっても……。アパートに泊っても、ちっとも私に手出さないし。女性に興味ないのかもしれません」

「へえ……。でも飯田あかりのファンのはずだけど」

「少女にしか興味ないのかも」

と、真季が言った。「ともかく行きましょう!」

この分じゃ、北条秀行はかなり吊し上げを食らいそうだわ、と茜は思った……。

20　暗闇の幻

「このアパートです」

と、智子は足を止めて言った。

新しいが、ごく平凡な二階建のアパートである。

「考えてみれば妙ですね」

と、茜が言った。「北条まなみさんが、あんな立派なマンションに住んでたんだから、弟だって一緒に住めば良かったのに」

「なるほど」

と、三田山は肯いて、「何かわけがあったんだな」

「一緒に住めないいわけがね」

茜は言って、「部屋は？」

「二階の〈202〉です」


狭い階段を上って行く。薄暗かった。

「ずいぶん暗いね」

と、三田山が言った。

「いつもはこんなに暗くないですけど」

と、智子が首をかしげて、「電球切れてないのに……」

確かに、廊下の電球は一つも切れていない。それでいて薄暗いのだ。

茜は足を止めて、

「待って」

と言った。「何だか――普通じゃない」

「どういうこと？」

と、ゆかりが訊く。

「ゆかりちゃん、万が一ってこともあるから、下へ行ってて。表で待っててちょうだい」

「どうして？」

「危険なことがあるかもしれない。――真季さん、ゆかりちゃんについてもらえませんか」

「私はジャーナリストよ。一緒に行く。ゆかりちゃん、私のそばを離れないで」

「うん！」

ゆかりが真季の後ろへパッと隠れる。

「しょうがないわね！――智子さん、〈202〉のドアをノックして」

「はい」

智子が前に出て、〈202〉のドアを叩いた。

返事がない。智子が茜を見て、肩をすくめた。

「――私よ。秀行さん？」

「開けてみて」

と、茜が言うと、智子はドアのノブをつかんで、

「冷たい！――鍵、かかってないわ」

ドアが開く。

茜は部屋の前まで行って、身震いした。冷気がこもっている。

「中……真暗ですね」

と、智子は覗き込んだ。

「これは普通の暗がりじゃないわ」

茜は智子を少し退がらせると、「用心して下さい、みんな。――三田山さん」

「うん……」

「あなた、刑事さんなんだから、先に入って下さい」

「ああ……。やっぱりそういうこと？」

「そういうことです」

「そういうことか……」

「明りを点《つ》けてみて下さい。それで明るくなれば大丈夫だけど」

「うん……」

三田山は気が進まない様子ではあったが、こわごわ玄関へ入ると、「お邪魔します……」

その暗がりは、明りがない、という暗がりとはど

こか違っていた。暗闇が、物体のように、部屋を満たしているという感じだった……。

「明りのスイッチ、あった。点けるよ」

三田山が上り口のスイッチを押した。

一瞬、明りが点いたが、すぐにパシッという音がして青白く光り、消えてしまった。

「切れちゃったのかな？」

と、三田山は首をかしげて、「ともかく上ってみるか」

靴を脱いで上ると、三田山は暗がりの中、どこに行けばいいのか迷って足を止めた。

「危い！」

茜が叫ぶと、三田山のコートの裾《すそ》をつかんで引張った。

「ワッ！」

三田山は仰向けに引っくり返った。

「どうしたの？」

と、真季が覗いて言った。

「びっくりした！」

と、三田山が起き上って、「今、誰かに中へ引張り込まれそうになった」

「そう思ってコートの裾を引張ったの」

「ありがとう。何だか……あの中へ引張り込まれたら、とんでもないことになりそうだった……」

「一体何なの？」

真季がケータイで撮っている。

「退がって下さい。用心して」

と、茜は真季の前に立って、闇を見つめていた。

すると――闇が少しずつ薄れて行く。

「消えるわ」

と、真季は言った。

確かに、徐々に暗闇は薄れて行き、部屋の様子が見えて来た。

「――どういうことだ？」

三田山が唖然としている。

「もう大丈夫でしょう」

と、茜は言った。「上ってみます」

「危いかも――」

「いえ、もう危険は去りました」

と言って、奥の戸を開けると、「――誰も手をつけないで下さい！」

「何があったの？」

「三田山さん」

三田山も茜に続いて上ると、

「――やあ、これは」

六畳間の床に、北条秀行が倒れていた。

「何があったの？」

じっとしていられない真季が上って来て、

「まあ！　死んでるの？」

と、早速ケータイを手にする。

「ゆかりちゃん、入って来ないで」

と、茜は止めたが、ゆかりも智子と一緒に入って来てしまった。

茜は、秀行のそばに膝をついて、そっと手首を取った。

「――脈がありませんね。三田山さん、連絡して下さい」

「うん……。しかし、何だったんだろう？」

「分りません」

と、茜は首を振った。

そして立ち上ると、

「ゆかりちゃんと智子さんは見ない方がいいわ」

と言った。

「どうして死んだの？」

と、智子は呆然としている。

「分らないわ。見たところでは外傷もないし、調べないと……」

うつ伏せに倒れている秀行は、顔を向うへ向けて

いた。真季がケータイを手に、死体の向う側へ回って、顔を覗き込むと、

「ワッ！」

と、一瞬身を縮めた。「怖い顔してる……。よほど苦しかったのね、きっと」

「真季さん、そんなこと――」

「あ、ごめんごめん。つい、TV人間の習性で」

と言いながら、ケータイでしっかり撮っている。

茜も言うのを諦めた。

「私も見たいわ」

と、智子が言った。

「智子さん――」

「一応付合っていたんだもの」

止める間もなく、入って来て秀行の顔を覗き込むと、ちょっと眉をひそめて、

「あの人じゃないみたい。歪《ゆが》んでる」

「さっきの闇が殺したの？」

と、ゆかりが訊く。

「気味が悪いわね」

と、茜はゆかりを促して玄関を出た。

「――今連絡したよ」

と、廊下で三田山が言った。「しかし、どう説明したらいいんだ？」

「入ってみたら死んでいた、と。他のことは話しても分ってもらえませんよ」

「そうだな。――でも、あなたは分ってた？」

「いいえ。ただ、普通じゃないってことが分っただけ」

「つまり……超自然の力ってこと？」

「それは何とも言えない。〈霊媒〉だから、いくらかその手のことは分ってるけど、人を死なせるような力があるなんて、知らないわ」

「でも、あの暗がりは、みんな見てる」

「黙っていて！　恐ろしいことに巻き込まれないいた

めにも」

——茜にも、あれほど強い力を持つ霊の存在は想像もつかなかった。しかも、どうしてここに現われたのか。

「——怖い顔してた」

ゆかりが、いつの間にか部屋へ戻っていて、また出て来た。

「ゆかりちゃん。見たの？」

「うん。大丈夫だよ、私」

「悪い夢を見ないでね」

茜はゆかりをそっと抱いた。


ＴＶ局は眠らない。

茜たちは、真季と共にＴＶ局へやって来た。

——深夜なので、人は少ないが、スタジオでは生放送の番組もあり、本番の最中である。

飯田あかりが、深夜番組にゲストで出ているというのでやって来た。

「あと少しで終りだわ」

と、真季が言った。「みんなくたびれたでしょ？何か飲む？」

「お茶でいい」

と、ゆかりが言った。

三田山はさすがに現場に残ったので、茜とゆかり、そして智子、真季の四人、スタッフルームに入って一息入れることにした。

「——小田充子さんのお店に隠れていたのは、本当に北条秀行さんだったのかしら？」

と、茜は言った。「分らないわね、結局。もしそうだとして、なぜ店に入ったの？」

「お金なんて置いてないけど」

と、智子は言った。

「でも、きっと何かあるのよ。誰かがあそこにいたってことは」

と、茜は言った。

もう一つ、茜が気になっていたのは、北条秀行が飯田あかりのＴＶ収録を見に来るほどのファンだということだった。

それは果して偶然だったのか？

待っている間に、真季はスタッフルームに若い部下を呼んで、ケータイで撮った映像を取り出すように指示していた。

「しっかり仕事してますね」

と、茜が言うと、

「もちろん！　もう若さで人気は取れないから、実績よ」

と、ますます元気である。

「あの暗い部屋も撮ったんですか？」

「ええ」

「その映像、後で見せて下さい」

「いいわよ。何か？」

「少しでも手掛りになるものがあればと思って」

そこへドアが開いて、飯田あかりが入って来た。

「お疲れさま、あかりちゃん」

と、真季が言った。

「いいえ。ＴＶドラマの収録で遅くなるよりも楽」

と、あかりは言った。

「あかりちゃん。今日の公開収録に、北条秀行って人が来ることになってたんだけど、心当りはある？」

「北条さんですか？――さあ」

と、あかりが首をかしげる。

「智子さん、秀行さんの写真、ケータイに入ってない？」

「あると思いますけど……」

智子はケータイの画像を見ていたが、「これでいいですか？」

と、茜へ言って、ケータイの画面を見せた。

茜は改めて秀行の笑顔を見て、あの恐怖に歪んだ死に顔を思い出した。

「この人だけど」

茜は、智子のケータイに入っていた北条秀行の写真を、飯田あかりに見せた。

あかりはしばらく眺めていたが、

「一人一人の顔は分んないけど……」

と言って、「でも――ちょっと待ってて下さいね」

ドアを開けて、

「ね、ちょっと」

と、呼び入れたのは、大きなバッグを肩からさげた女性で、

「あかりのマネージャーをしている、万田《まんだ》祥子《しょうこ》といいます」

と、ていねいに挨拶して名刺を配った。

三十代の半ばくらいか、小柄だが、しっかりした体つきの女性だ。

「ね、祥子さん。この人、見覚えある？」

あかりがケータイの北条の写真を見せると、

「あ……。公開番組によく来てる人じゃないですか？」

「祥子さん、人の顔を凄くよく憶えてるんです」

「この人のことは忘れませんよ」

と、万田祥子は言った。「この人が何か……」

「今夜、変死をとげて」

と、茜が言うと、

「変死？　じゃ、死んだんですか？」

「ええ」

「それは……」

祥子はちょっと口ごもって、ケータイを返すと、

「私としてはホッとしました」

「どういう意味ですか？」

「あかりちゃんのようなアイドルには、必ず一歩間違えばストーカーというタイプのファンが何人かい

ます」

「その北条も？」

「少しタイプは違いますが、厄介なファンの一人でした」

「私、知らなかった」

と、あかりが言った。

「あかりちゃんを、そんなことで煩わさないのが、マネージャーの仕事だもの」

と、祥子は微笑んだ。

「北条はどういうタイプだったんですか？」

と、茜が訊いた。

「あかりちゃんと二人きりで会わせろ、と何度も言って来てました。できないと言って断ると、『俺の言う通りにしないと、あかりが困ったことになるぞ』と……」

「どういうこと？」

「口ぶりでは、何かあかりちゃんの秘密を握ってる、という風でしたけど、本当かどうか怪しいです」

「私の秘密？」

あかりが笑って、「私も知りたいな」

「でも、北条って人とどういう係りが？」

と、祥子が訊いた。

「殺された北条まなみちゃん、知ってるでしょ？」

と、真季が言った。

「もちろん。——じゃ、まなみさんの？」

「まなみちゃんの弟」

「まあ……。じゃ、まなみさんの事件と係りがあるんですか？」

「それはこれから。警察が調べてくれるでしょ」

「変死って言いましたよね」

と、あかりが言った。「殺されたってことですか？」

「分んないの」

と、ゆかりが言った。「ただ、とっても奇妙な死に方だった」

「言わないで、ゆかりちゃん」

と、茜が言った。「あかりちゃんが不安になるわ」

「そこまで言っといて！　聞かなきゃ眠れない！」

「こっそり教えたげる」

ゆかりがあかりを部屋の隅へ連れて行った。どうやら、ゆかりもさっき部屋の中へ戻って、あの秀行の死に顔をケータイで撮っていたらしい。

ゆかりに見せられて、あかりが、

「わ！　凄い！」

と、声を上げ、「ね、私のケータイに送って」

――全く、今の子は変な趣味があるわね、と茜はため息をついた。

21　トランク

マンション住いと言っても、桁が違う。

渡部謙介と麻美の住むマンションは、正に「豪邸」という雰囲気だった。

最上階を独占しているペントハウスという部屋。ロビーのインタホンで呼ぶと、麻美が出て、

「待ってて。迎えに行く」

少しすると、エレベーターから麻美が出て来て、オートロックの扉が開いた。

「入って」

「部屋で開けられないんですか？」

「この扉は開くけど、エレベーターがね」

「はあ」

――渡部と麻美のペントハウスへは、鍵を差し込まないとエレベーターが行ってくれないのだった。

「普通のお客さんは、下のロビーかサロンで相手するの」

と、麻美が言った。

「すみません、お手数で」

「いいえ。茜ちゃんは別よ。父の愛弟子《まなでし》ですもの」

と、麻美は愛想がいい。「さ、ここよ」

マンションとは思えない広さ。そして、広い窓から一杯に射し込む光……。

「凄いですね」

別にぜいたくに憧《あこが》れているわけではない茜でも、ついため息が出る。

「お茶でも」

「どうも。でも――」

「父の遺した物の入った段ボールは出してあるから」

「すみません」

麻美はコーヒーをいれてくれた。

「――おいしい！」

と、茜はため息をついた。

「あの人がうるさいの、コーヒーの味に」

「ご主人が？　すてきな人ですね」

「あら、だめよ。私から横盗りしようったって」

「まさか」

と、茜は笑ったが――。

「茜ちゃん」

と、麻美は真顔になって、「どうなの？」

「――は？」

「主人から、誘われたりしてない？　正直に言って」

茜はびっくりした。

「そんな！　そんなことありませんよ」

「そう？　それならいいんだけど」

茜は当惑して、

「あの……これまでにそんなことがあったんですか？」

「まあね」

と、肩をすくめ、「お金もあって、魅力的でしょ。女が寄って来るのは当然」

「でも――麻美さんはちゃんとした奥さんなんだから、デンと構えてれば」

「そうね。でも、あの人、茜ちゃんに気があるわ。本当よ」

「私、気がありません。今はそれどころじゃないんです」

と、茜はきっぱりと言った。

「そう。――あなたの言うことなら信用できそうだわ」

と、麻美はホッとしたように笑った。

二人はゆっくりコーヒーを味わった。

「でも、茜ちゃん。父の遺品を調べるって、何があったの?」

「え……。まあ、それは……」

まさか殺人犯に取りつかれているとも言えず、

「やっぱり、まだ未熟なんで、何かと困ることもあって」

茜はコーヒーを飲み干すと、

「ごちそうさまでした! じゃ、その段ボールを見せて下さい」

「うん」

麻美は鍵をつかんで、玄関へ出て行く。

「あの——出してあるって……」

「地下のトランクルームにあるの」

「倉庫ですか」

「まあね。ともかく、何でも詰め込んであるんだけど、その中から引張り出しといた」

「はあ……」


仕方ない。麻美について、エレベーターで地下一階へ下りる。

「——この〈7〉がうちのトランクルーム」

と、麻美は鍵を開け、「中は明りも点くから。済んだら、ここ、鍵かけておいて」

「麻美さんは……」

「私、友だちと約束があって、出かけるの」

「でも、ここの鍵は?」

「うん、ロビーの郵便受に入れといて」

じゃあね、と行ってしまう麻美に、礼を言う間もなかった。

「倉庫の中?」

仕方なく中へ入って明りを点ける。

目一杯、段ボールや古い椅子、スーツケースが積み上げてあった。お世辞にも居心地がいいとは言えない。

「これか……」

入口の辺りのわずかな空間に、少し大きめの段ボールが一つ置かれていた。

埃《ほこり》がたまった表面をフッと吹くと、煙のように埃が舞い上る。

「喉やられそう……」

マスクでも持ってくれば良かった、と思ったが、もう遅い。

ともかく思い切って中を覗いた。

古びた革のトランクが入っていた。他に隙間にはファイルらしいものが詰め込まれていたが、茜は、そのトランクを一目見て思い出した。

「これだわ……」

弟子だったころ、天竜宗之助がよく押入れからこのトランクを引張り出したり、押し込んだりしているのを見た。

確か、一度だけ、

「その中、何なんですか?」

と訊いたことがある。

すると宗之助はジロッと茜をにらんで、

「これはお前なんかが見るもんじゃない!」

と言った。「いいか、決してこの中を覗くなよ」

「はい……」

茜としては、別に深い意味もなく訊いただけだったので、そこまでガミガミ言われるとムッとした。

そんなことまで、このトランクを見て、すぐに思い出したのである。

段ボールからトランクを引張り出す。女一人の力でも、充分に持てる重さだ。

床に置くと、トランクに鍵がかかっていなかったので、まずふたを開けてみる。

中には、書類と手紙などが雑然と収められていた。

茜は、手近な段ボールを一つ引張ってくると、それにハンカチを敷いて腰かけ、トランクの中身を一つ一つ見て行った。

誰もいない地下のトランクルームに一人。

あまり気持のいいものではなかった。

もともと天竜宗之助は、物を整理することの苦手な性格だった。

茜が弟子になって、初めの仕事は、今にも崩れ落ちて来そうな押入れの中の整理だったのである。

茜は物を片付けたり整理したりするのが得意で、茜が弟子になって、天竜はますます物を片付けなくなったとも言えそうだ。

手紙……。メモ。領収証。

役に立ちそうな物は出て来ない。

しかし、諦めるわけにいかない。この中に、武口をやっつける手掛りがあるかもしれないのだ。——茜の直感が、そう告げていた。

紐《ひも》でくくった手紙の束が出て来た。取り上げたとたん、紐が切れて、二、三十通の手紙は床に散らばった。


「あーあ」

仕方ない。立ち上って拾い集める。

一通だけ、いやに遠くまで飛んで行っていた。最後にそれを拾って、

「こんなの一つずつ読んじゃいられないわね」

と呟きながら、他の手紙と一緒に束ねようとした。

そのとき——その一通の封筒の裏、差出人の名前が目に飛び込んで来た。

〈武口真知子《まちこ》〉

武口？　そうざらにない姓だ。

もしかして、あの武口仲夫と係りがあるのか？

ドキドキしながら封筒の中身を取り出した。便箋《びんせん》二枚。きれいで滑らかな女らしい文字である。

〈天竜宗之助　先生
お手紙を拝読して、誠に申し訳なく、心よりお詫び申し上げます。

仲夫を先生の所へお預けしたときは、本当に先生

を尊敬し、人生の師と仰ぐつもりの伸夫でした。その思いに嘘はなかったと信じております。

ですが、わずか半年で、それも先生のお金を盗んで姿を消してしまったとあっては、伸夫をかばうこともできません。

伸夫は、小学生のころから悪い仲間と付合い出し、何度か補導もされていました。でも、根は母親思いのやさしい子と信じておりました。

ともあれ、先生にご損害をおかけした件、お金は何としても私がこしらえてお返しいたします。どうか警察には届けずにおいて下さいませんでしょうか。

勝手なお願いと承知しておりますが、伸夫も二十才になっているので、もし捕まれば大人として処罰されます。

どうか、寛大なお心を持って、伸夫の所業をお赦《ゆる》し下さい。伏してお願い申し上げます。

すぐにも、お詫びに上るべきでございますが、病が重くなっておりまして、思うに任せません。

どうかお許しのほどを。

武口真知子〉

——茜は、しばし呆然としていた。

武口が、天竜の弟子だったとは！

たった半年で、しかも天竜の所から金を盗んで逃げたというのだから、もともと本気で修業するつもりはなかったのだろう。

それにしても……。偶然なのだろうか？

「伸夫も二十才になっている……」

では今から十八年前ということになる。

麻美は知っているだろうか？

この母親はどうしているだろう？

封筒の住所を当ってみる必要はありそうだ。

「——でも、何かあるんだわ、きっと」

武口が茜に乗り移ることができたのは、やはり天竜の下にいたからではないか。

茜は、その手紙をポケットに入れて、トランクの中をさらに探った。

そのとき、開けておいたドアが音をたてて閉った。

「え？　どうして？」

立って行って、ドアを開けようとした。

「――開かない！」

鍵ではない。何かの力が働いている。

武口か？　他に考えられない。

茜はドアを強く叩いて、

「誰か！　開けて下さい！――誰かいませんか！」

と、大声で呼んだ。

しかし、地階の、しかもトランクルームの中だ。声は遠くまで届かないだろう。

そして――茜はパチパチという音に振り返って、息を呑んだ。

奥の段ボールが燃えている！

中を見回したが、消火器はない。上着を脱ぐと、駆けて行って火を叩いて消そうとした。

咳込みながら、何とかその段ボールの火を消すと、他の段ボールが炎を上げ始めた。

炎はたちまち積み上げた段ボールをなめるように上って行き、とても消せなかった。

茜はむせながら、ドアへと駆けつけ、必死で開けようとしたが、びくともしない。

炎の熱が襲いかかって来る。呼吸するのも辛い。

焼け死ぬ！

息を止め、床にうずくまって、それでも何とかドアを開けようとした。

炎はトランクルームの中に渦巻いていた……。

茜は息を止めて、何とかドアを開けようとした。

この熱い空気を吸い込んだら、肺をやられてしまう。――こんな所で死ぬなんて！

そのときハッと思い付いた。ポケットから、武口

の母親の手紙を出して、

「この手紙を見て！」

と叫んだ。「あんたのお母さんのよ！」

迫って来る炎に向って、手紙を投げた。

万に一つ、これが武口を動かしてくれたら――。

手紙が、たちまち燃え上る。

すると、次の瞬間、ドアが弾かれるように開いたのだ。

茜はトランクルームから転るように飛び出した。

喘ぐように息をする。――助かった！

火は？　やっと起き上って振り向いた茜は唖然とした。そこには、何も起っていないトランクルームがあった。

何も燃えていない。煙も火の熱も消えていた。

――今の火事は幻だったのか？

でも、茜を苦しめた熱も煙も、本物だった。

茜は立ち上って、トランクルームの入口に立った。

床で、ただ一つ、あの武口の母親の手紙だけが燃えていた。それはもうほとんど灰になって、崩れようとしている。

あの手紙が、あの炎と煙を引き受けてくれた。茜はそう思った。

茜は中へ入ると、白い灰になった手紙を、両手でそっとすくってハンカチを広げた上にのせ、包んでしばった。

茜は周囲を見回した。

誰の気配もない。――武口がいるという感覚もなかった。本当にそうかどうかは分らなかったが……。

ともかく生きている。そのことだけは確かだった。

「富田さん。そちらは大丈夫ですか？」

茜は、麻美のマンションのロビーで富田刑事に電話していた。

「うん。新しい病院もよくやってくれてる」

「良かった。お見舞には行けませんけど、奥さんと愛ちゃんによろしく言って下さいね」

と、茜はケータイを手に、「私は今、殺されかけました」

「何だって？」

「大丈夫です。何とか命拾いを」

「やっぱり――武口か？」

「ええ。焼き殺されるところでした」

と、茜は言った。

事情を説明して、茜は、

「武口真知子っていうのが母親の名前です。どこに住んでるか――もちろん、生きてるかどうか分りませんけど、調べられますか？」

手紙が燃えてしまったので、武口真知子の住所は憶えられなかった。

「恐ろしい目に遭ったね」

「でも、きっとあれ、武口は私に知られたくないことがあったからでしょう」

「武口の母親の件は、すぐ調べるよ。分り次第連絡する」

「よろしく」

「茜君……。用心してくれよ」

「ありがとう」

今からトランクルームへ戻って、また何か調べるわけにはいかない。

ケータイを切って、立ち上ると、

「やあ、茜君じゃないか」

ロビーに入って来たのは、麻美の夫、渡部謙介だった。「何してるんだね？　麻美は？」

「あ、お出かけに……」

「麻美に用じゃなかったの？」

「もう済んだんです。お手数かけて」

「それならいいが……。君、それは新しいヘアスタイルなの？」

「え？」

「何だか……髪がこげたみたいになってるけど」

「そうですか！」

焼け死にそうになったのは本当だったのだ。

「まあ、ちょっと上りたまえ。何だか、その上着の裾もボロボロになってるよ」

気が付かなかった。

「でも、お邪魔しては……」

「いいさ。さ、来なさい」

どんどん行ってしまう渡部を、茜はあわてて追いかけて行った……。

22　誘　惑

「ほう、天竜宗之助さんのトランクをね」

と、渡部はコーヒーをいれながら言った。

「それで、何か役に立つものが見付かったのかな？」

「まあ……多少は」

と、茜はごまかした。「あの、わざわざそんな――」

渡部は、特別に高級なコーヒーカップを出して来たのである。

「いや、これは私の趣味でね。飲んでもらうのが嬉しいんだよ」

「はあ……」

そう言われると、断るわけにもいかない。

「まあ、ゆっくりしていてくれ」

渡部がダイニングの方へ行ってしまうと、茜は、広い居間を改めて見回した。さっきはあまり時間がなかったのだ。

「立派な時計……」

大理石の彫刻のついた時計を、そばへ行って眺めていると、声がした。

「おい……」

え？　今の、誰？

茜は振り向いたが……。

――少しして、渡部がコーヒーカップを両手に一つずつ持って現われた。

「あ、すみません」

と、茜はソファで頭を下げた。

バスルームを借りて、こげた髪をハサミで切り、何とかみっともない姿から回復していたが、服まではどうしようもない。

茜はコーヒーカップを取り上げたが、

「あの……すみません」

「何だね?」

「この服じゃ、何だか気分が落ち込んでしまって
……。やっぱり麻美さんの服をちょっとお借りできないでしょうか」

「だから言ったじゃないか」

と、渡部は笑って、「よし、君にぴったりっていうのを見つくろって持って来てあげよう」

渡部から、「麻美のを着ればいい」と言われたが、一度は辞退していたのである。

「わがまま言って、すみません」

と、茜は照れくさそうに言った。

「ちょっと待ってろよ」

渡部は、寝室の中のクローゼットへ行って、二、三分で三着ほどの上着を持って来た。

「どうだね、この辺で?」

「高そうな服ばっかり!」

と、茜は立ち上ると、「どれもすてき!——麻美さんに叱られません?」

「大丈夫。あいつは君に父親のことで感謝してる。怒ったりしないよ」

「じゃあ……。私の好みだと、これです」

少し淡い色合の一枚を選んで、裾がこげてボロボロになったのを脱ぐと、はおった。

「うん、似合うよ」

「すみません。じゃ、お借りして行きます。クリーニングに出してお返ししますから」

「返すことはないよ。あいつは沢山持ってる」

「そんなわけにいきません。ちゃんとお返しにあがりますから」

茜はそう言って、ソファに落ちつくと、「じゃ、コーヒーをいただきます」

「ああ。少し冷めてもおいしいと思うよ」

茜はゆっくりとコーヒーを飲んで、

「――本当だ！　こくがあるって言うんですね、こういうのを」

渡部は嬉しそうに、

「その通り。いや、君はきっとコーヒーの味を分ってくれると思っていたよ。麻美は『私、インスタントの方がいい』なんて言っててね」

「好みですから、味は」

茜はコーヒーを飲み干して、「おいしい！　いつもこんなにいいコーヒーを飲んでらっしゃるんですか？」

「人生にはこだわりが必要だよ」

渡部も自分のコーヒーを飲み干した。

「じゃ、私、もう失礼して……」

と、茜は立ちかけた。

「いいじゃないか。もう少しゆっくりして行きたまえ」

「でも、お邪魔では……」

「いや、ちっとも。色々君の話もゆっくり聞きたい」

「でも、お話しするほどのことも……」

と言って、茜は欠伸した。「すみません！　ちょっと疲れているのかも……」

「体が眠りを要求しているときは、逆らわないことだ。何ならこのソファで寝ていけばいい」

「まさか、そんな……」

「眠っている間に、楽しいことが待っているかもしれないよ……」

「いい夢でも見るんですか……」

「ああ。私が見させてあげよう。こう見えても私は女性の体を知り尽くしているんだ。眠っていても、どこをどう可愛がれば喜ぶかよく分っている」

「そんな……。私の体を……」

「ああ。コーヒーに入れた薬で、君はしばらく寝入ってしまう。その間に私は君を裸にして、たっぷり味わうことに……」

「いけません、そんなこと……。お年令《とし》なのに、お体に毒です」

「とんでもない。私にとっては、君のような若い女の肌こそが一番の栄養だよ」

渡部が迫って来る。

「いけません……。奥さんがいらっしゃるのに……」

「構うものか。あいつもちゃんと分ってるのさ。私がこうして他の女を……」

「渡部さん……」

「もう手足が思うように動かないだろ？　ゆっくり目を……閉じて……」

渡部の手が茜の胸もとを探る。

眠気が……。


ぐったりとして体の力が抜ける。

茜は深く息を吐くと、上にのしかかるようにして寝入ってしまった渡部を押しのけて立った。

「重たかった！」

茜は周囲を見回して、「ありがとう、教えてくれて」

渡部がコーヒーに薬を入れていると教えてくれたのは、一色大吾の声だった。茜は、渡部が服を選びに立ったとき、コーヒーカップを入れ換えておいたのだ。

「全く、いい年令《とし》して！」

茜はバッグをつかむと、「では——おやすみなさい」

と、ていねいに頭を下げ、眠っている渡部を後に、豪華なマンションを出て行ったのである……。


「茜ちゃん、お疲れさま」

有沢真季がスタジオの隅で待っていた。

「疲れました……」

「それが当然よ」

真季が茜の肩を叩いて、「後でスタッフルームに来て」

「分りました」

と肯いてから、「あの——真季さん。この衣裳——」

「分ってるわよ！　今、ちょっと予算的に厳しいの。もうちょっと我慢して、ね？」

茜のTV番組での収録には、相変らず、一歩間違えばビキニの水着かという衣裳。

「お願いしますよ」

と、空《むな》しいとは分っても、言わざるを得ない。

着替えをして、スタッフルームへ行くと、真季が、技術畑のスタッフの男性と待っていた。

「茜ちゃん、この間の、北条秀行が死んだときの映像」

「あれですか」

茜はちょっと気が重くなった。「何か映ってました？」

「心配しなくても、何も映ってないわ。ただ真黒」

「色々解析してみましたが、何も出て来ません」

「でも、一応、茜ちゃんに見てもらおうと思ってね。茜ちゃんなら、何か見えるかもしれない」

「買いかぶらないで下さい」

と、茜は苦笑した。

小さなモニター画面をテーブルに置いて、

「じゃ、ディスクに入れた絵を出します」

「ちょっと待って下さい」

茜は、紙コップにウーロン茶を注ぐと、半分くらいをガブガブ飲んで、「——すみません！　緊張すると……」

「始めていいですか？」

「どうぞ」

茜は、ちょっと椅子に座り直した。

ボタンを押すと、画面にチラチラとノイズが走る。

そして、北条のアパートの玄関が映った。

それから、ケータイのカメラは、部屋を充《み》たしている「闇」へと向けられた。

「――ね、真暗でしょ」

と、真季が言った。

茜はじっとその画面を見つめていた。

確かに、何も映っていないように見える。しかし、それはただの「黒」ではなかった。

奥行があり、何かの渦が巻いていることが感じられる「黒」だった……。

「止めますか」

と、スタッフの男性が言った。

「待って下さい」

と、茜が言って、画面をじっと覗き込む。

「もう少し……」

「何か見える？」

「何も映っていませんけどね……」

茜は、その「闇」の中に、濃淡ができて、何かの形になりかけているのを感じた。見えているというより、「感じられている」のである。

「闇」の中に、わずかだが、二つ並んだ白っぽい影が浮んだ。――眼だ、と思った。

誰かの顔が見えるのだろうか？

そう。――茜の目には明らかだった。

それは大きな人間の「顔」になりつつある。

武口か？　それとも別の……。

両眼の他に、冷ややかに笑っているような、歪んだ「口」が見えて来た。

皮肉めいたこの笑い。口の端を引きつらせたこの笑い……。

どこかで見たことがある。どこかで……。

そして――突然、瞬《まばた》きするほどの間でもなく、「誰か」が茜を見つめていた。

「キャッ!」

と、思わず声を上げた茜は、反射的に紙コップのウーロン茶を、そのモニターへ叩きつけるようにかけていた。

モニター画面がプツッと消えた。

「――茜ちゃん! どうしたの?」

茜は胸に手を当てて、何度も深呼吸した。

「すみません……。モニター、壊れちゃいました?」

「どうかな。まあ、これ、古いんでね」

と、大して怒っている風でもない。

「もう、再生しないで下さい、今の画像」

「茜ちゃん、何か見えたのね?」

と、真季が身をのり出す。

「見えた……ような気がしただけです」

と、茜は言った。「すみません。怖くなって、つい……」

「でも、何か感じたのね、あなた?」

「何だか……思い出したくありません」

と、茜は言った。「すみません、お役に立たなくて」

「いいのよ。何か思い出したら教えて」

「ええ……」

茜は立ち上って、「私、ゆかりちゃんが待ってるので……」

と言いながら、お先に、とスタッフルームを出た。

「――まさか」

と、呟いていた。

急ぎ足で、玄関に向う。あのスタッフルームから早く遠ざかりたかった。

一瞬、目の前に現われた顔を、茜はすぐに見分けることができた。

「あなたですか、本当に？　師匠……」

それは、天竜宗之助の薄笑いを浮かべた顔だったのである……。

「でも、まさかそんなこと……」

いつの間にか、声に出していたらしい。

「何が『まさか』なの？」

と、ご飯を食べながら、ゆかりが言った。

「――え？」

「今、『まさか』何とか言ってたよ」

「そう？　ひとり言よ。――もう一杯食べるかな。今夜はお腹空いた」

と、ごまかす。

茜の師匠、天竜宗之助が殺人犯の武口とつながっている？

武口が天竜の弟子だったことがあるとしても、それが今も続いているなどということがあるだろうか？

もしそうだとしたら、武口を倒す方法を天竜の遺した物から学ぶのは無理だろう……。

「――茜さん、ケータイ」

ゆかりに言われて、自分のケータイが居間のテーブルで鳴っているのに気付いた。

「ありがと。ボーッとしてるわね、今日は」

急いで立って行く。――富田刑事からだ。

「もしもし」

「富田だ。遅くなったけど、武口の母親のことがやっと分った」

「まだ生きてるんですか？」

「うん。元の家を引き払ってしまってたんで、捜すのに手間取ったんだ」

「今はどこに……」

「それがね、東京へ出て来ている」

「え？　それじゃ――」

「今は、多摩の方にある老人ホームにいるんだ」

「そうですか！　じゃ、会いに行って来ます」

茜は勢い込んで言った。

「うん……。ただね……」

と、富田が口ごもる。

「何か問題が？」

「施設の方へ問い合せてみたんだ。確かに、武口真知子は入所しているが、どうも大分認知症が進んでいるらしい」

「そうですか……」

「世話をしている係の人の顔も分らないことがあるというからね。何かつかめるかどうか分らないよ」

「分りました」

茜は気を取り直して、「でも、会ってみないと何が起るか分りませんから。どこですか、そのホーム」

茜は富田の説明をメモして、

「明日、夕方までは空いてますから、早速行ってみます」

と言った。

「何か、光明が見えるといいね」

「ありがとうございます。――私も、安心して愛ちゃんに会いたいです」

「うん、待っているよ」

茜は食卓に戻ると、

「お茶、いれようか？」

「私、やる。茜さん、疲れてるでしょ」

「ちょっと！　人を年寄り扱い？」

と、茜は笑ったが、ゆかりは真顔で、

「お兄ちゃんのせいで、色々係ることになったんでしょ？」

「え……。でも、それはきっかけよ。――ああ、そうね」

茜は、武口のことで頭が一杯で、一色大吾を殺したのが誰か、考えていなかったことに気付いた。

一色大吾はなぜ、誰に殺されたのか？

北条まなみと秀行が殺されたこととつながっているのか？

「ごめんね、ゆかりちゃん」

と、茜は言った。「大吾さんの事件、つい忘れかけてた」

「いいのよ。死んだ人より生きてる人の方が大切」

と、ゆかりは言った。「私、茜さんを失いたくないの」

茜は、ちょっと潤んだゆかりの眼を覗き込んで、自分も目頭が熱くなり、

「私はしぶといわよ。そう簡単にゃ死なないぞ」

と、ゆかりの手を握った。

握り返して来るゆかりの白い手は暖かかった……。

23　老　母

いささか気の滅入るような肌寒い日だった。

バスを降りて、メモの説明を見ながら歩いて行く。

どんよりと曇って、日が射さない。

「――あれね」

立て札があった。〈Mサンホーム〉とあって矢印がついていている。

林の中の道を少し行くと、白い建物が見えて来た。

近付いてみると、意外に広々とした造りだった。

芝生が広がり、白い建物も、老人ホームというより、リゾート地のマンションのような印象。

茜は、足を止めると、一度深呼吸した。

武口の母親がここにいる。何か手掛りをつかめるだろうか……。

正面玄関を入ると、窓口から、

「ご用ですか?」

と訊いてくる。

「お電話した神崎ですが」

と、茜は言った。

「ああ、武口さんにご面会ですね」

「そうです」

「では、こちらに記入を」

申込書を書くのに、少し手間取った。

「〈面会理由〉って……。書くんですか、みんな」

「もちろん。どういうご関係の方でしょうか」

「武口さんの――息子さんの知り合いです」

と、茜は言った。

「息子さんの?」

と、係の女性が顔を上げて、茜をまじまじと見た。

武口伸夫のことを、ここの人も知っているのだ。

「息子さんは亡くなったんじゃ？」

と、受付の女性は言った。

「ええ、そう……。そうらしいです」

と、茜は言った。「私は別に――武口さんの息子さんの彼女とかじゃなくて、本当にちょっとした知り合いなんです」

まさか、「武口伸夫が私にとりついてるんです」とも言えないし。

「分りました。じゃ、〈個人的な用件〉と書いといて下さい」

そんなんでいいなら、初めから言え！

「でも、武口真知子さんとは、ちゃんとお話できないと思いますよ」

「伺っています。でも、一応お会いするだけでも」

「お待ち下さい」

受付の女性は、どこかへ電話していたが、

「――今ご案内しますから」

「どうも……」

今、武口は鳴りをひそめている。しかし、たぶん茜の中にいるのだろう。

母親に会って、武口がどういう反応をするか、見当もつかなかった。

しかし、何か出口が見えるかもしれない。何もしないよりはましだ。

「――お待たせしました」

やって来たのは、看護師だった。女性ではあるが、何しろ体格がいい。背はそれほどでもないが、幅は茜の倍もありそうだ。

そして、がっしりした体つきは、さぞ力がありそうだった。

「武口真知子さんにご面会ですね。――どうぞ」

廊下をついて行くと、途中、鉄格子の扉を二つ通った。それぞれ、鍵を開けて入るのである。

「――勝手に出て行ってしまう人がいるんですよ」

「はあ」

「武口さんはおとなしいですけどね」

廊下の左右にドアが並んでいる。何だか刑務所みたいだ。といって、茜が刑務所を知ってるわけじゃないのだが。

「この辺は特によく歩き回る人の部屋で」

と、逞《たくま》しい看護師が言った。

「面倒みるの、大変でしょうね」

「ええ、本当に。――まあ、私、力あるんで。見て分るでしょ？」

「はあ……」

「元・女子プロレスの選手だったんです」

「そうですか……」

何だか少し離れてしまった。

「――ここです」

と、ドアの鍵を開ける。

「いつも鍵を？」

「ええ。先生の指示です。ともかく――知ってるでしょ、この人の息子、殺人犯なんですよ」

「ええ、知っています」

「あなたも用心してね」

ちょっとドスのきいた声で言われると、あまりいい気持はしない。でも、ここにいるのはただの年寄りなのだ。

「じゃ……」

茜はおずおずとドアを開けて中を覗き、

「あの……お邪魔します」

と言った。

殺風景な部屋だった。ベッドと小さなテーブル。正面に窓があるが、鉄格子がはまっていた。

その老女は、窓のそばに椅子を置いて、腰をおろしていた。外を見ているのかと思えば、顔は壁の方へ向いていて、目は開けているが、果して見ているものを分っているのかどうか……。

真知子がゆっくりと視線を天井の方へ上げた。

「仲夫さんが亡くなったこと、ご存知ですか？　残念ですけど、仲夫さんは人を殺して、刑事さんに撃たれたんです。でも、仲夫さんの恨みは残っているようで」

と、茜は言った。「お願いです。息子さんが成仏できるように力を貸して下さい。人間の力ではどうしようもないんです。たった一つの希望は、お母さんが仲夫さんに呼びかけてくれることで……」

真知子が全身で大きく息をついた。――何かが動こうとしている。そんな風にも見えた。

「お母さん。――私の話、分りますか？」

と、茜は真知子の方を覗き込むようにした。

すると――突然、真知子が茜を見た。はっきりとした目つきで。

茜は息を呑んだ。

「武口仲夫ね！」


「武口真知子さん」

と、できるだけ穏やかに声をかけた。「ちょっとお話ししていいですか」

何の反応もなかった。茜がそこにいることにも気付かないようだ。

仕方ない。ともかく話をしてみよう。

後ろでバタンとドアが閉り、カチャッと鍵の回る音がした。

「――私、神崎茜といいます」

と、真知子のそばに行って、「息子さんと同じ、天竜宗之助さんの弟子です。――憶えてらっしゃいます？」

天竜宗之助の名前にも、全く反応はなかった。茜は続けて、

「息子さんのことで、天竜先生にお手紙を書いたこと、憶えてます？　仲夫さんが天竜先生の下を逃げ出した、ってことで……」

真知子の表情が歪んだと思うと、骨と皮ばかりの両手が伸びて、茜の首をつかんだ。

「何するの！」

振り放そうとするが、その手は、凄い力で茜の首を絞めた。——武口の力だ。

茜は真知子の顔を殴りつけた。しかし、首を絞める力は少しも緩まない。

苦しい……。息ができない！

茜は真知子の手首をつかんだ。そのまま床にドッと倒れる。真知子は手を放そうとせず、茜の上に馬乗りになって、さらに指に力をこめた。

床に倒れたとき、椅子が一緒に転った。その音に、

「どうしました！」

と、あの看護師の声がドア越しに聞こえた。

助けて！——叫びたかったが、声が出ない。

茜は必死で真知子の手首をねじった。

鍵が回る。ドアが開いた。


その瞬間、真知子は茜の首から手を放し、床へ転って、

「助けて！」

と叫んだ。「この人に殺される！」

「何だって？　あんた！」

看護師が茜の胸ぐらをつかんで引張り上げた。

——違う！　そうじゃない！

言いたくても、声がすぐには出ないのだ。

「ただじゃおかないよ！」

凄い力で茜を持ち上げると、ドアに向って投げつけた。ドアに叩きつけられ、茜は床に転った。苦痛に目がくらんだ。

「その人を捕まえて！」

と、真知子が茜を指して叫んだ。「人殺しよ！　私を殺そうとした！」

看護師は倒れている茜に歩み寄ると、

「こんな年寄りに、何てことするんだい！　とんで

もない奴だね！」

と、廊下へ引きずり出した。

茜は何とか体を起すと、

「違います！　あの人が私の首を絞めたんです！」

と言ったが、

「馬鹿言うんじゃないよ」

と、看護師が笑って、「あのばあさんに、あんたの首を絞めるなんてことができるわけないだろ」

「それは……あの人に息子の力が乗り移って……」

そう言いながら、茜はとても信じてもらえないだろうと思わざるを得なかった。

「——どうした？」

白衣の医師が駆けつけてくる。

「この女が、武口さんに乱暴したんですよ」

「何だと？　ひどい奴だな」

「そうじゃないんです！　あの人の言ってることは——」

と言いかけて、茜は腕にチクリと痛みを感じた。

注射を射たれた！

「何したんですか？」

「興奮を鎮めただけだ」

「そんな勝手な……」

目が回って、立っていられなかった。床に倒れ込むと、

「ひどいじゃないですか……。こんなことって……」

もう言葉が出て来ない。

茜は、そのまま意識を失ってしまった。

ざまあ見ろ。

武口がそう言って笑っている。——茜の顔を覗き込んで、

「余計なことしやがるからだ」

と、武口は言った。

武口……。誰があんたなんかに負けるもんか！

「おい」

と、武口が言った。「俺を殺しやがった、あの富田って刑事はどこにいる？　女房と娘の入院先はどこだ」

「知らない……。私は聞いてない……」

「じゃ、調べるんだ。俺はあの刑事に、俺を撃ったことを一生後悔させてやる」

「人を恨むなんて筋違いよ！　自業自得でしょ」

「ほざいてろ。お前は俺の言うなりなんだ。忘れるなよ。お前は小田充子を殺した。その手でな」

「それはあんたが——」

「法律上は、お前が犯人だ。覚悟しとけよ。どうせお前は刑務所暮しだ」

「いやよ！　誰がそんな……」

茜は身悶《みもだ》えした。

そしてハッと目を覚ました。——今のは、夢なのか。それとも本当に武口が話していたのか……。

暗い部屋に寝かされていた。

「ここ……」

まさか！　いくら何でも——。

ベッドに起き上る。

そこは、武口真知子が入っていたのと同じような個室だった。

床に立つと、少しめまいがしたが、何とか歩ける。

しかし、ドアには鍵がかかっていた！

「ちょっと！　開けて！——誰か！」

と、ドアを力一杯叩くと、少しして、

「静かにしなさい」

ドア越しに、あの怪力の看護師の声がした。

「ちょっと！　開けなさいよ！　私は患者じゃないのよ！」

「あんたは入所者に暴力を振った。立派な犯罪者よ」

「何ですって？」

「ともかく、二、三日様子を見るから。おとなしくしてな。朝になったら、パンとミルクを持って来てやるよ」

声はそのまま遠ざかって行ってしまった。

茜は頭を抱えた。——とんでもないことになってしまった。

ケータイも持っていない。誰にも連絡がつけられないのだ。

「参った！」

ベッドに腰をおろして、肩を落とした。
二、三日様子を見る？　冗談じゃない！
本当に二、三日で済むかどうか。

薬で眠らされてしまったら、出られなくなってしまう。

明りを点けて、窓を調べてみたが、鉄格子がはまって、もちろん出られないし、外は真暗だ。


どうしよう？

茜もさすがに途方にくれていた。

そして——何時間たったのか。

時計がなくて分らなかったが、おそらく夜中の二時か三時というところだろう。

廊下を、パタパタとスリッパの音が近付いて来たと思うと——ドアの鍵が開く音がしたのだ。

え？　どうしたの？

ドアが開くと、男が一人、顔を出した。

「どなた？」

と、茜は訊いた。

しわくちゃの白衣をはおった、六十過ぎと見える小柄な男だった。

「ここの当直だよ」

と、小声で、「静かに！　見付かると厄介だ」

「助けてくれるんですか？　ありがとう！」

「ついといで。裏のゴミ置場から外へ出れば、見付からずに出られる」

今はともかく信じて出るしかない。

足音を忍ばせて、奥へ入ると、ガラクタの詰った倉庫である。

「——あんた、茜さんだろ、TVの」

と、男が言った。

「ええ」

「俺はね、大ファンなんだ。必ず録画しておいて何十回も見てるよ」

「どうも……」

「あんたが注射されてるのをチラッと見てね、すぐ分ったよ。ここは、一度入れられたら、二度と出られない。何とかして逃がさなきゃ、と思ってね」

「助かります！」

裏口から出て、臭《にお》いのひどいゴミ置場を抜けると、

「そこの金網が破れてるだろ。そこを出て林を下ると、国道に出るよ」

「ありがとう！」

茜は男の手を握った。

「一つ、お願いしてもいいかね……」

「何ですか？」

「あの番組の衣裳、いいね！」

「そう……ですか？」

「あの衣裳で写真を撮って、送ってくれないか」

「分りました。必ず」

「ありがとう！——あんたを見てるとね、死んだ女房を思い出して」

「奥さん？」

「うん。あんたとそっくりなんだ。ただ——女房は百二十キロあったけどね」

どこが「そっくり」なのか分らなかったが、ともかく今は早く逃げよう。

あの衣裳の写真を送ると約束して、茜は金網の破れた所から外へ出た。

真暗な中、木立ちの間を必死で抜けて、何度も転び、木にぶつかりながら――やっと明るくなった、と思ったら、国道のサービスエリアに出ていた。

「助かった！」

茜は、明るい建物へと向った。

あのTVに出ていて、いいこともあったんだ。

――初めて有沢真季に感謝する気になった茜だった。

ひどい目に遭った後で、茜は「公平の神」（そんなものがあればだが）に感謝することになった。

KTVの玄関にタクシーが着くと、有沢真季が出て来た。

「どうしたの、一体？」

「後で説明します」

と、茜は言った。「すみません、タクシー代、払って下さい。少し余分に。お世話になったんで」

「分ったわ」

深夜料金だし、かなりの金額になったが、

「経費で落とせるわ」

と、真季は言った……。

夜中の――というより、明け方が近い時間のTV局へ入って行くと、

「茜さん！」

と、ゆかりが駆け寄って来た。

「ゆかりちゃん……。来てくれてたの」

「心配で……。大丈夫？」

「まあね」

茜はソファにドサッと腰をおろして、「いいドライバーさんに当ったの」

あの施設の人間が追いかけて来ないかと心配だったので、ともかく空車で停っていたタクシーに乗り、TV局へと向った。

「着いたら払うから！」

と頼んで、さらにドライバーのケータイを借りて、

真季に連絡したのである。

「——何があったの？」

と、真季に訊かれて、

「すみません、何か食べながらでいいですか？」

と、茜は言った……。

24　調査

「武口の母親？」

と、真季は言った。

「ええ。——武口真知子っていうんですけど、入っている施設に危うく閉じこめられそうに……」

茜は、ファミレスでカレーを食べながら言った。

「ひどい所ね」

と、ゆかりが憤然として、「一一〇番してやれば？」

「認めないでしょうね、私の話なんか」

「でも……」

「あの北条秀行の殺されてたことと、係りがあるのね」

と、真季が言った。

「真季さん。すみませんけど、すべてをお話しすることはできないんです」

と、茜は言った。「あなたの身にも危険が及ぶといけない。私を信じて下さい」

「分ったわ。でも、あなた一人じゃ……」

「これは私がかたをつけなきゃいけないことなんです」

茜はカレーを平らげて、「ああ！　生き返った！」

と言ったが……。

武口伸夫は、本当に「生き返って」いるのだ。その武口を「殺す」ためには、茜自身も死ぬしかないのかもしれない。

でも、諦めたくない！　まだ何か方法はあるはずだ。

「——そうだ」

と、茜は思い出して、「あの番組の衣裳なんですけど」

「ああ、やっと予算が付きそうなの。もう少し待って」

「いえ、あれでいいんです」

「え？」

茜の言葉に真季は目を丸くして、「どうして？　あんなにいやがってたのに」

「あのおかげで助かったんで」

茜の説明に、真季は笑って、

「じゃ、そのおじさんに写真を送らなきゃいけないわけね」

「ええ。局のカメラマンに、私の写真、撮ってもらいたいんですけど」

「あの衣裳でね！　もちろんよ。早速明日手配するわ」

すぐに「商売」と結びつけるのが、真季の習性。

「うん！　大きなポートレートにして、〈視聴者プレゼント〉をやろう！」

「お好きなように」

と、茜は言った。

「どうせなら、もうちょっと肌を出す？」

「いやです」

「でしょうね」

――漫才みたいなやりとりに、聞いていたゆかりがふき出した。


翌朝は、ゆかりが学校へ行くのも全く知らず、茜は午後まで眠り続けていた。

「ああ……。こんな時間！」

起きてびっくりすると、ケータイに真季から電話がかかって、

「局の中のスタジオ、準備してるから」

「何でしたっけ？」

「あなたのポートレートでしょ！」

思い出して後悔したが、今さらいやとも言えず、

「――分りました。じゃ六時に行きます」

まだ時間はあった。

「お風呂、入ってなかった」

と思い付き、バスルームへ行って、バスタブにお湯を入れた。

裸になって、お湯に身を沈めると、思わずため息が出る。

「お風呂……。いいなあ」

呑気なことを言っているが、下手をすれば武口に殺されるところだったのだ。

いや――そうだろうか？

武口としては、茜を殺したら、自分の居場所がなくなる……。

「のぼせるぞ」

と、声がして、

「キャッ！」

と、茜は目を開けた。

一色大吾がバスタブのへりに腰をかけて、茜を眺めている。

「ちょっと！　見ないでよ！」

と、茜は言った。

「いいじゃないか。どうせ触れないんだ」

「当り前でしょ」

「こんな美しい裸を見ても、手を触れることもできない。――哀れだと思わないか？」

茜は肩をすくめて、

「私のせいじゃないわ」

「冷たいね」

茜は、ゆかりのことを考えると、そうひどいことも言えなくて、

「じゃ、今は特別サービス。ゆかりちゃんだって、もう女よ」

「あいつもいつか、どこの馬の骨か分らない奴のも

のになるのか。――化けて出て邪魔してやる！」

「馬鹿言ってんじゃないわよ」

と、茜は苦笑した。「でも――あんたがここにいるってことは……。武口はいないってこと？」

「だろうな」

もしかすると、武口はまだ母親の中にいるのかもしれない。

どうせなら、ずっと母親と一緒にいてくれるとありがたいけど……。

そのとき、ある考えが浮んだ。

「そうだわ。確かめてみよう」

と言って、「もう出るから、あんた、消えて」

もう、一色大吾の姿はいなくなっていた。

――風呂を出ると、茜は身仕度をしてから、あの老人ホームに電話した。

「あんたね！」

と、あの怪力の看護師が出て、「どうやって抜け出したの？」

「私は超能力持ってるのよ」

と、茜は言った。「いいこと。あんな風に人を閉じ込めるなんて、私が訴えたら、そっちの負けよ」

茜の言葉はこたえたようで、

「分ったわよ……」

と、渋々言った。

「一つ訊きたいの。武口真知子さんのこと」

「ああ……。どうなってるの？　こっちでも困ってるのよ」

「困ってるって？」

「だって、あんなに静かで、何も分んないようだったのに、急にあれこれ口やかましく言い出して……」

武口はまだ母親の中にいるのだ！

「用心して。あの人、本当に私の首を絞めたのよ。あんたの所でも、死人を出したくないでしょ」

「どういうこと?」

「ともかく、脱走されないように気を付けて」

と言ってから、「私のケータイやお財布、ちゃんと返してよ!」

と脅して、すぐに送ると約束させた。

電話を切ると、

「やっぱり、あそこにいる……」

茜は、武口が、好きで母親の中にいるのではないかもしれないと思ったのだ。

つまり、母親が「我が子を手放したくない」と思っているのではないか、ということだった。

武口としても、母親に逆らって出て行くことができないのかもしれない。

「どうぞごゆっくり」

と、茜は呟いた……。

「待ってたわよ!」


局に入ると、真季がロビーにいて、茜を引張って行った。

「あの――」

「すぐ撮影。番組の宣伝もしてもらうことになったから」

「私がですか?」

「スポットCM。『みんなで見てね』って言って、ニッコリ笑えばいいの」

「待って下さいよ! 私は写真一枚あればいいんですから」

「もう遅い! さ、諦めて、着替えて」

と、押しやられて、有無を言わせず、いつもの衣裳に替えさせられたのだった。

「真季さん……」

と、スタジオを覗くと、

「来たわよ! さ、早く早く」

引張って行かれたのは、スタジオの隅に作られた

臨時のセットで、
「はい、そこに立って！　いい？　カメラに向って
ニッコリ笑って、『みんなで見てね』って言って頭
をちょっとかしげる」
「あの——真季さん」
「何？」
「いつも上にはおってるガウンというかマントとい
うか……。あれが見当らなかったんです」
「あら、おかしいわね。誰か知らない？」
真季はスタッフに呼びかけたが、返事はない。
「——仕方ないわね。ライト当ってるから寒くない
でしょ」
「そういうことじゃなくて……」
あれがないと、本当におへそも脚も丸出しの格好
になってしまう。
「時間がないのよ。ここもちょっと借りただけだか
ら。ね、今回だけってことで」
茜にはやっと分った。真季がわざと隠したのだ。
全くもう！——食えないんだから！
「はい、二、三度やってみましょ。カメラ、いい？
音声？」
仕方ない。——茜は、このスポットを知人、友人、
そして母が見ないでいてくれるのを祈るばかりだっ
た。
「——うん、もうちょっと色っぽくならない？　高
い椅子に座って、脚を組んでみようか。——誰かス
ツール！」
初めから用意してあった、バーのカウンターなど
にある高い椅子が置かれる。
「どうにでもなれ……」
と、茜は諦めて呟いた。
——二、三度どころか、三十回もやらされて、茜
は顔の筋肉が引きつってしまいそうだった……。

「はい、ＯＫ！」

と、真季が言った。「茜ちゃん、ご苦労さま」

茜はヘトヘトで、返事をする元気もなかった。

「良かったわよ！　編集して、ちゃんとＤＶＤにしてあげるからね」

「いりません」

と、茜は言った。「でも、あの施設のおじさんに送ってあげて下さい」

「了解。――大反響、間違いなしだわ」

「無視されたいです、こちらは」

と、やっとセットから下りると、

「はい、ご苦労さん」

と、真季は茜の肩を抱いて、「何でもおごるわよ」

「結構です。それより早くこの衣裳を脱ぎたいんですけど」

そこへ、

「茜さん、すてき！」

と、拍手したのは飯田あかりだった。

「あかりちゃん、来てたの」

「うん、ずっと見てた」

「忘れてちょうだい」

と、茜は言って、「ゆかりちゃんに言わないでね！」

「言ってないよ」

と、あかりは言った。「メールしたけど」

「言ったのと同じでしょ！」

「写真も添付した」

「ああ……」

茜はため息をついてスタジオを出ようとしたが――。「麻美さん？」

渡部の妻、麻美が立っていたのである。

「見たわよ」

と、険しい目つきで、「その脚やおへそであの人を誘惑したのね！」

「え？」

と、面食らって、「ご主人のことですか？」

「とぼけないでよ！　主人を薬で眠らせて、好きにしようなんて、ひどいじゃないの！」

啞然として、

「逆ですよ！　私に薬をのませて、弄《もてあそ》ぼうとしたのはご主人です」

「じゃ、どうしてあの人が眠ってたの？」

「それは――」

一色大吾が教えてくれた、とも言えず、

「ご主人が薬を入れるところを覗いてしまったんです。それで、カップをすり換えて……」

茜の説明は説得力があったらしい。

「――そういうことだったの」

と、麻美は肯いて、「おかしいと思ったわ……」

「でも――あんまり本気で心配しない方がいいですよ。あれは病気みたいなもんです。少々浮気しても、ちゃんと麻美さんの所へ戻って来ますよ」

そう言われて、麻美は、

「茜ちゃんって……何ていい人なの」

と、涙声で言うと、茜に抱きついた。

「麻美さん……」

茜としても、恨まれて引っかかれるよりはまだいい。

すると、その様子を見ていた真季が、

「いい場面ね！　録画しときゃ良かったわ！」

何でも宣伝になるなら使おうという根性はみごとなものだった。

「――ごめんね」

と、麻美が涙を拭いて、「それにしても……凄い衣裳ね」

「それを言わないで」

と、茜は苦笑して、「着替えて来ますから――」

と言いかけ、言葉を切って、啞然として眺めていた。

スタジオの入口の所に立って、ちょっと小首をかしげて茜を見ている女性……。

「お母さん！」

母、神崎岐子だったのである。

「茜……。やっぱりそういうことだったのね」

と、岐子はやって来て、「その衣裳の次は？　胸を出すの？　それともお尻？」

「そうじゃないのよ！　これは番組のＰＲ用の……」

「でも、その格好のあなたが、ＴＶに映るのね？」

「まあ……ね。たぶん」

「お母さんは恥ずかしい。ご近所に顔向けできないわ。引越します。ＴＶの映らない山奥に」

「そんな所ないわよ」

と、茜は言った。「この衣裳はもう――」

「まあ！　茜さんのお母様でいらっしゃいますの！」

真季が大げさにポンと手を打って、「お目にかかれて光栄ですわ！――あ、申し遅れました。私、ＴＶのニュースキャスター、有沢真季と申します」

「見た顔ね」

「やっぱり、お母様似なんですね、茜さんは。この額の辺り、眉の形、顎《あご》の線、それに――何といいましても、全体の雰囲気が、お母様とそっくりですわ！」

「茜がですか？」

と、岐子がいぶかしげに、「そんなこと、言われたことない」

「茜さんが、ＴＶに出て洗練され、余分なものが洗い流されたことで、茜さんの内に秘めた美しさが現われたんです。そして、お母様との共通点も、ＴＶカメラが映し出したのです。このみごとな脚！　バストとお尻のバランスの良さ。これはお母様譲りで

しかし、この母の登場は茜にとっても役立つことになるのである……。


いらっしゃいますね」

「そう……かしら。ま、私も若いころは結構もてたもんですけどね……」

と、岐子はちょっと髪を直している。

「いえ、今でも本当にチャーミングでいらっしゃる！　茜さん、こんなにすてきなお母様がおられることを、どうして黙ってたの？」

「別に……」

「今度のコーナーに、あなたのゲストとして出ていただきましょう！」

「母にですか？　それはやめて下さい！」

と、あわてて、「母は、そういう目立ちたがり的なことは嫌いで――」

「そんなことないわ」

と、岐子は言った。「娘のためなら、多少の恥ずかしさは耐えます！」

茜はただ無言で天井を仰いだだけだった。

25　母と子と

「ごめんね、ゆかりちゃん」

と、茜は言った。「お酒飲むと、いつもああなの。でも、お風呂出たら、すぐ寝て朝まで起きないから」

「別に茜さんが謝らなくても」

と、ゆかりは笑って、「面白い人じゃない、お母さんって」

「まあ……。見方によってはね」

と、茜は渋い顔で言った。

——母、神崎岐子は、結局茜と一緒にゆかりのマンションに泊ることになった。

夕食は有沢真季がTV局持ちでおごってくれて、岐子も遠慮せずによく食べ、よく飲んだ。そして、

「どこかホテル取ったら？」

と言う茜に、

「そんな、もったいない！　大体、あんたがどういう暮しをしてるか見に来たんじゃないの」

「そんなこと言わなかったわよ」

「ともかく、あんたの所に泊めて！　それとも——見られてまずいことでも？　男と生活してんじゃないでしょうね」

「残念ながらもてなくてね」

「でしょうね」

「それが母親の言葉？」

二人でやり合う内、タクシーはゆかりのマンションに着いた。——というわけである。

岐子は今お風呂に入っていた。

「茜さんのCM、楽しみ」

「よしてよ。見たくもないわ」

「ＤＶＤくれるって、真季さんが言ったもん。ネットに流そう」

「大人をいじめて面白い？」

「面白い」

茜はため息をついた。

「真季さんにゃかなわないわ」

と、茜は言った。「根っからのＴＶ人間ね」

「茜さんだって、その内――」

「やめてやめて。私はああいう世界には向かないわ」

「あら、でもあのＣＭで人気が爆発、なんてことになるかもよ」

「誰も見ないわよ。大体、そんなに流れるわけでも――」

と言いかけたとき、バスルームから、

「キャーッ！」

と、凄い悲鳴が聞こえて来た。

茜はびっくりして駆けつけると、

「お母さん！」

と、ドアを開けて飛び込んだ。

岐子がバスタブに裸で突っ立っている。

「――ごめんなさい。びっくりした？」

「当り前じゃない！　どうしたの？」

「いえ……。足、滑らしてね、転びそうになったの」

「何だ！――何ごとかと思ったじゃない」

茜は息をついて、「じゃ、ごゆっくり」

と、バスルームを出た。

「大丈夫？」

ゆかりが外に立っていた。

「ごめん、どうってことないの」

「そう。でも、凄い声だったね」

「もともと、声が大きいの」

居間へ戻って、「母をベッドに寝かせてもいい？

私、このソファで寝るから」

「うん、もちろん」

「断っとくけど、母はちょっといびきかくわよ」

「平気。一旦眠ったら、少々のことじゃ起きない」

十五分ほどして、岐子はパジャマ姿で居間へ入って来た。

「お先に」

と、呑気に言って、「どうぞ入ってちょうだい」

まるで自分の家のつもりでいる。

「茜さん？」

「先に入って。私は遅く起きるから」

「うん、それじゃ」

ゆかりが居間を出て行き、少しすると、バスルームから水音が聞こえて来た。

「――何か飲む？　アルコールはないよ」

「お茶、ある？　冷たいの」

「うん。――待って」


茜がグラスにウーロン茶を注いで来ると、岐子は一気にグーッと飲み干して、大きく息をついた。

「――茜」

「うん？」

「さっき、お風呂で……」

「どうかした？　あんな声上げるくらいだから、何かあったのかと思ってたけど」

「あり過ぎよ。気が付いたら、男が覗いてたの」

茜は目を丸くして、

「――お母さん！」

「私と目が合うと、『失礼しました！』って言って、あわてていなくなったわ」

「それって……若い人ね？　TVのキャスターだった……」

「ああ！　それでどこかで見たことあると思ったんだ」

と、岐子は肯いた。

「お母さん……。そうか、私、お母さんから受け継いだのね。死んだ人間が見える、って能力」

「やっぱりお前も？」

「お母さん……。ずっと前から？」

「子供のころからよ」

と、岐子は言った。「でも、お父さんは――あんたのおじいちゃんね――このことは他人に言っちゃいけないよ、って」

「そんなこと……。私が霊媒になるって言ったときに、話してくれれば良かったのに」

「うん……。でも、どうせ成功しっこないって思ってたのよ。却ってそんなこと言ったら、あんたが諦めないだろうと思ってね」

と、岐子は言った。「でも、びっくりしたわ。何となくぼんやり見えるくらいのことはよくあったけど、あんなにはっきり見えて、しかも目が合って、口までできくなんて……。あんたの彼氏だったの？」

「違うわ。殺されたのよ、一色大吾って」

「ああ、ニュースで見たわ」

「会ったのは、殺された後。――でも、その後も、北条まなみってアナウンサーも」

「生きてる彼氏はいないの？」

「まあね……」

母には、武口のことも、自分が人を殺したのかもしれないということも、打ち明けていいだろう。しかし、母に心配させるだけだという気もする。

岐子は大欠伸して、

「ああ……。眠いわ。よく食べたし、飲んだし。――ま、さっきはちょっとびっくりして目が覚めたけど」

茜は笑って、

「私のベッドで寝て。私はソファで」

「そう？　じゃ遠慮なく」

欠伸をくり返している母を見て、茜は、話はまたにしよう、と思った……。

夕方でも、

「おはようございます」

が、この世界。

TV局の玄関で、茜は顔見知りのディレクターに挨拶した。

「やあ！　凄いね！」

と言われて、

「は？」

「いや凄い」

何が？　首をかしげつつ、玄関を入ると、

「ワッ！」

茜は思わず声を上げた。

正面に、巨大な茜のパネルが……。実物の倍以上ある！　しかも、あの衣裳……。

それもちょっと胸をそらし、腰をひねった色っぽいポーズでニッコリ笑っている。

「これ……やめて下さい」

つい、受付の女性に言っていた。

「あ、茜さん。今日みえる人、みんなびっくりしてますよ」

「私が一番びっくりよ！　お願い、どこかに片付けて」

「だめですよ、有沢さんに言われて置いてるんですから」

「もう……」

穴があったら入りたい、とはこういう気分か。そこへ、

「あら、来たの！　どう？　インパクトあるでしょ！」

真季がやって来た。

「あり過ぎです！　何もこんなにでかくしなくたって……」

「あら、やるならとことんやれ、ってのがＴＶの世界。――ビデオも凄くいいわよ」

「ビデオ……。ＴＶで流れるんですか？　あの格好で？」

「あなた、輝いてるわよ！」

輝きたくない……。茜は頭を抱えた。

「来て。これから試写」

「私も見るんですか？」

「もちろんよ！」

局内の会議室へ引張って行かれて、びっくりした。

「社長よ。それと常務」

編成局長、ディレクター……。

ともかくＴＶ局のＶＩＰがズラッと揃っている。

「じゃ、今から三種類のスポットＣＭを上映します」

と、真季が言って、室内を暗くする。

プロジェクターから百インチの大画面に映し出されたのは――まずギョッとするほど大きな、茜自身の顔！

目をつぶりたくなったが、心配でそうもいかない。

「――見てね」

ニッコリ笑って言っているのが自分だとはとても思えない。

社長が、

「こんなもん、だめだ！」

と言ってくれるのを――期待していたのだが……。

「いいじゃないか！」

拍手まで起る。茜は絶望した。

「茜君か。君、いいね」

「どうも……」

「おい、真季。こんな短いんじゃもったいない！ロングバージョンを作れ」

「いいですね。新しく撮りますけど、構いませんか、予算？」

「いいとも！　ワッとびっくりさせるやつを作れ！」

「じゃ、海外ロケも？」

「海外か……」

社長がちょっと詰って、「うん、まあ近場なら許す」

――社長たちが出て行くと、真季は、

「ケチ！」

と、舌を出した。「じゃ、茜ちゃん、どこに行く？　ロサンゼルス？　ニューヨーク？」

「近場じゃないでしょ、それ」

「アマゾンより近いわ」

と、真季は言った。

「いくら何でも……」

「ともかくハワイぐらいなら大丈夫。早速考えましょ」

真季は早くもケータイを取り出して、スタッフに連絡。「――そう！　海外ロケよ！　海外！　社長がOKしてんだから、大丈夫」

やれやれ……。

茜はため息をつきつつ、廊下へ出た。

あの格好で、ハワイの海岸辺りをウロウロするのかと思うと……。それこそ、どこが〈霊媒〉だ？

ケータイが鳴った。富田刑事からだ。

「はい、神崎です」

「茜君、聞いたか」

富田の声は緊張していた。

「何ですか？」

「TVのニュースで見た。武口の母親のいる施設で、警備員が殺された」

茜は血の気がひいた。

「武口がやったんですね」

「何人かの入所者が姿を消したらしい。その中に武口の母親がいるかどうかは言ってなかった」

「間違いないですよ。武口は母親の中にいるんです。私に戻れなくて、母親と一緒に脱走したんでしょう」

「捜索の方針を変えないとな」

「普通の老人だと思ったら大変ですよ。用心しないと。凄い力で、私も絞め殺されそうになったんですから」

「分った。そっちは大丈夫か」

「気を付けます」

茜は、今日の収録のための仕度に向った。

「――茜ちゃん！」

と呼ばれて、振り返ると、真季が文字通り飛ぶような勢いでやって来る。

「今度は月にでも行くんですか？」

「ハワイよ、ハワイ！　今社長にOKもらった」

「早いですね」

「スピード第一。ね、パスポート、持ってるわね？」

「一応……」

「三日以内に出発。今夜、収録済んだら残ってて。ハワイで着るものを選ぶから」

「着るものって……」

「いつもの衣裳だけじゃ芸がないでしょ。ホテルのプールサイドで寛いでるところとか、ワイキキの浜辺で寝そべってるところとか――」

「待って下さい。それって――水着を着ろってことですか？」

「普通、プールにスーツ着て行かないでしょ？」

「水着はいやですよ！　あの衣裳だけだって恥ずかしいのに」

と、茜は言った。

「これは衣裳じゃないの。プールに行く。海辺に行く。当然水着を着るでしょ。それをたまたまTVカメラが捉えていました、ということ」

「そんな……」

「ね、小さいビキニとかは着なくていいから」

真季は、さっさと行ってしまった。

「全くもう……」

茜は、スタジオの控室へと向った。

ケータイが鳴った。

「――もしもし、お母さん？」

「ぐっすり寝ちゃったわ」

「良かったね」

「今夜は遅い？」

「さあ……。九時ごろかな」

「じゃ、待ってるわ」

「うん」

通話を切って、ふと立ち止る。

武口は、当然ゆかりのマンションも知っている。

逃亡して、どこへ行くか？

「お母さん……」


茜は急いで母へかけたが、出ない。

茜はTV局の玄関へと駆け出していた。

しかし、茜がTV局を出ようとしたとき、

「茜ちゃん！　どこ行くのよ！」

何と、真季に見付かってしまったのだ。

つい今しがたどこかへ行ったのに……。分身の術でも使ってるのか？

「逃げないで！　水着の件は相談しましょ。茜ちゃんの納得したのしか着せない、ってことでどう？」

「そうじゃないんです！　母の身が心配で」

「お母様？　どうかしたの？」

「あの――」

と言いかけたとき、茜のケータイが鳴った。

母からだ！

「もしもし！」

「今、電話した？　トイレに入ってて」

と、岐子はのんびり言った。

「何だ……。心配したじゃない！」

「どうしたの？」

「あのね……」

ゆっくり話していたら時間がかかる。「すぐそのマンションを出て」

「どうして？」

「ともかく言った通りにして！　じゃ——これからTVの収録があるから、局へ来て」

「あんたの裸を見に？」

「裸じゃないでしょ！」

「いいわ。一応母親としての責任があるものね。TVを見てる方へお詫びしなきゃ」

「ともかく急いで出て！　タクシー拾って、乗ったら、このケータイにもう一度かけて」

「分ったわ」

「いいわね、すぐによ。これは命に係ることなの」

少し間があって、

「あのお風呂場覗きのお化けと関係あるの？」

「それは……もしかするとあるかも」

「じゃ、出るわ。お財布だけ持ってね」

「タクシーに乗ってね。KTVの玄関の所で待ってるから」

「はいはい」

どこまで分ってるのか……。

「真季さん、まだ時間ありますね」

「ええ。——どうしたっていうの？」

茜はロビーの隅へ真季を連れて行くと、

「あの武口の母親が施設を脱走したんです」

と、小声で言った。「人を殺しているようです」

「年寄りなんでしょ？」

「でも——力はあります。たぶんここまでは来ないと思いますが……」

「分ったわ。ガードマン、呼んどきましょ」

「お願いします」

と、頭を下げていた。

十五分ほどして、TV局の玄関前にタクシーが停った。

岐子が降りて来るのを見て、茜は胸をなで下ろしたが——。

「お母さん、良かった!」

と、思わず抱きついた茜に、

「タクシー代、払って」

「え?」

「お財布は持ったんだけど、お金入ってなかったの」

「全く、もう!」

ホッとするやら呆れるやらの茜だった。

ともかくタクシー代を払うと、

「茜さん、そろそろスタジオに」

と、ADが呼びに来る。

「はい! お母さん、何してんの?」

「だって……。つい見ちゃうでしょ」

岐子は、例の茜の巨大なパネルを眺めていたのである。

そこへ、ゆかりがやって来た。

ゆかりにも連絡して、

「マンションに帰らないで」

と言ったのである。

「わあ! 凄い!」

と、ゆかりも入って来るなり、「茜さん、すてき!」

「やめてよ、もう……。スタジオに行かなきゃ」

「ね、茜、このパネル、もらってっていい?」

「どうするの、こんなもの?」

「お店の前に飾るのよ」

「冗談じゃない! 私、叩き壊しに行く」

と、茜は言った。「ゆかりちゃん！　何してるの？」

「写真撮って、友だちにメールした」

と、ゆかりはケータイを手に「ネットに流そう」

茜はため息をついて、

「ともかく……一緒に来て！　事情は後で話すから！」

母とゆかりを引き連れて、収録スタジオへ向う。

そして、真季に二人を頼むと、自分は急いで衣裳とメイク。

一応マントは付いているが、あのパネルの衣裳である。

「恥ずかしい……」

岐子をロビーで待っている間にも、見学に来た女の子たちに見付かって、あのパネルの前で記念撮影させられた。そこは真面目な茜、

「ギャラをもらってるし……」


いやな顔もできず、つい一緒にニッコリ笑って写真に収まってしまった……。

スタジオに入って行くと、スタッフの間から自然、拍手が起る。穴があったら入りたい、とはこのことだ。

「ケータイ、持ってて」

と、茜はゆかりに渡した。「緊急の連絡があるかも」

「うん、分った」

——収録はいつもの通り進んだ。

茜も大分慣れていたが、今日は武口の母親のことが気にかかっていた。しかし、それが却って、

「茜ちゃん！　もの思いに沈んでる感じで、凄くいいわよ」

と、真季にほめられ……。

「もう、わけが分んない」

と、やけ気味に呟いたりした。

そして本番中、スタジオの奥で、ゆかりが茜のケータイに出て、何か話しているのが目に入った。もちろんマナーモードにしてあるし、ゆかりの声は聞こえなかったが……。

首をかしげるゆかりに、茜はいやな予感がしたのだった……。

26　逆　転

「はい、ＯＫです！」

という声がスタジオに響くと、茜はすぐにゆかりの方へと駆けつけた。

「茜さん、その格好、凄く似合って来たよ」

と、ゆかりが言った。

「ありがと。ね、ケータイに何か？」

「あ、そうだ」

ゆかりは忘れていたようで、「かかって来て、出たんだけど、何も言わないの」

「何も？」

ケータイを手にして、「――この番号、確か……渡部さんだ」

茜を薬で眠らせようとした渡部謙介からである。

「何も言わなかったの？」

「うん。――変な、呻き声みたいなのが聞こえてたけど」

「呻き声？」

「ただの変ないたずら電話かなって思ったんだけど」

「まさか……」

渡部がそんな電話をかけては来ないだろう。茜は渡部へかけてみたが、つながらない。

渡部が何の用で？

念のために麻美にもかけてみたが、やはり出ない。あんな奴、放っといても、と思いながら、気にかかる。

茜は急いで衣裳を替え、メイクを落とすと、

「お母さんとゆかりちゃんはここにいて」

と、ＴＶ局のＡＤに二人を頼んで、局を出た。

運悪く、雨が降り出して、局の玄関にタクシーがいない。ジリジリしていると、車がやって来て停った。

「真季さん」

「乗って」

と、運転席で言った。「何かあるんでしょ？　ついて行くわ、取材にね」

茜は苦笑して、

「本当に危いときは逃げて下さいね」

と言いつつ、助手席に。

「どこへ行くの？」

「渡部謙介さんの所です」

確かに、一人でない方が心強い。

念のため、車の中からもかけてみたが、何の返事もない。

渡部のマンションに着くと、一階で呼んでみたが、誰も出なくて、仕方なく、受付の男性に、

「もしかするとお具合が悪いのかもしれません」

と訴えた。

「分りました」

真季も一緒なのが効いたらしく、「ともかく呼んでみましょう」

インタホンにも出ないと分ると、

「マスターキーがあります。ご一緒します」

と、立ち上った。

「ありがとう」

エレベーターに乗ると、

「以前、仕事で係ったことがあるの」

と、真季が言った。「すぐベッドに誘う奴だったけど」

「真季さんも？」

と、茜が目を丸くすると、

「もちろん、肘鉄《ひじてつ》くらわしてやったけどね」

と、得意げに言った。

——部屋のチャイムを何度か鳴らし、ドアを叩いて呼んだが、返事はない。

「開けましょう」

と、受付の男性が言った。

「もし後で問題になったら、私が責任を取ります」

と、真季が言った。

マスターキーでロックが外れる。

「私が」

と、茜はドアを開けると、「渡部さん。——神崎茜です」

と呼びかけた。

「上ってみましょ」

と、真季は言った。

手にはしっかりビデオカメラを持っている。

「ともかく広いマンションで……」

リビングにもダイニングにも人の姿はない。

「寝室は確かこっちです」

茜は、廊下の奥へと進んで行った。

ドアが半ば開いている。——茜はそっと覗いて、

「渡部さん……」

ドアを開け、視界が広がると、それが目に入った。

——想像以上の事態だった。

渡部が上半身裸で倒れている。血だまりが広がっていた。

「わっ！」

と、声を上げて、受付の男性がその場に座り込んでしまった。

「渡部さん！」

茜は駆け寄った。渡部の喉が切り裂かれ、血がまだ出ている。

「——死んでる？」

さすがに真季も青くなっていたが、それでもビデオカメラを回していた。

「これじゃとても……」

と、身をかがめた茜は、渡部がかすかに瞼《まぶた》を動かしているのに気付き、「まだ生きてます！　急いで救急車を！」

「分ったわ。救急車――」

真季は受付の男性の方を振り向いたが、真青になって座り込んだまま震えている。「これじゃだめだ」

真季はベッドのそばの電話を取って救急車を呼び、警察への連絡を頼んだ。

「――渡部さん！　聞こえますか？」

茜が渡部の耳もとで大声を出すと、渡部はわずかに頭を動かし、目を開けた。

「茜です。神崎茜です、分ります？」

と呼びかける。

渡部の手のそばに、ケータイが落ちていた。何とか茜にかけようと発信したのだろうが、これでは声が出ない。

「今救急車が来ます！　しっかりして」

この出血では、とても助かるまい、と思った。

「呼んだわ」

と、真季が言った。「一体誰が？」

渡部が脱いだ服が床に散らばっている。女とここに入って、上半身裸になったところでやられたのだろうか？

「渡部さん。麻美さんは？　麻美さんは大丈夫ですか？」

と呼びかけると、渡部の体が一瞬こわばって、目をカッと見開き、茜に何かを訴えるように見つめた。

その反応の意味するところは、はっきりしていた。

「じゃ……麻美さんが？　奥さんがやったんですか？」

信じられない思いで訊くと、渡部が小さく肯く。

――どういうことだろう？

喉を切り裂く……。

茜はハッとした。武口が茜に取りついて殺した小田充子も喉を切り裂かれていた。

　では、武口が——武口の母親が、ここへやって来たのだろうか？

　なぜここが……。

「そうか……」

　武口は、十八年前、天竜宗之助の弟子だった。麻美は当時十七、八だったろう。

　二十才の武口に、父親へ反発していた麻美がひかれたとしてもふしぎではない。

　武口が麻美をも操って、この犯行をやらせたのか？　それとも麻美自身が、夫を殺そうとしたのか……。

「しっかりして、渡部さん！」

　と、真季が呼びかけると、渡部は瞬きして、真季を見た。

「これくらいのことじゃ死なないわよ、人間は！」

　と、真季は言った。「こんなの盲腸の手術みたいなもんよ！」

　無茶を言う人だ、と茜は思ったが、その言い方で何だか元気が出たりするからふしぎである。

　渡部の口もとに、何と明らかに微笑が浮んだのだった！

「死んじゃだめよ！」

　と、真季は怒鳴った。「元気になったら、一晩付合ってあげるから！」

　茜は、真季が渡部にキスするのを見て、呆れた。

真季はニッコリ笑って、

「これは手つけよ」

　と言った。

　救急車のサイレンが聞こえて来た。

　やっと立ち上った受付の男へ、真季は、

「早く下へ行って！　救急車の人をここへ連れて来るのよ！」

　と怒鳴りつけた。

「はい！」

受付の男があわてて飛び出して行った。

出血は止っているようだ。

茜は渡部の手を握って、

「もうすぐですよ！　頑張って下さいね」

と呼びかけた。

「茜ちゃん、キス！」

「え？」

真季がビデオカメラを手にして、レンズを茜へ向けている。

「ほら、死にかけている被害者へ、愛のくちづけを」

「そんな……」

仕方なく、茜は渡部の唇に唇を重ねたのだった……。


〈霊媒アイドル、神崎茜、命のくちづけ！〉


ＴＶの画面一杯に文字が出ると、茜は血の気がひいた。

真季が、ビデオで茜と渡部のキスを撮っていたわけが分ったのだ。

「今、ＴＶで話題の〈霊界のアイドル〉神崎茜が、喉を切り裂かれて死にかけていた被害者の男性に熱いくちづけをして、命を吹き込むことに成功しました！」

と、画面でほとんど絶叫しているのは、もちろん真季である。

「たまたま現場に居合せた私、有沢真季はその瞬間をビデオに収めることができたのです！」

と、真季は続けた。「この、命のくちづけによって、被害者は奇跡的に一命を取り止めたのでした。病院関係者は、『普通では考えられないことです。奇跡と呼んでいいでしょう』と語りました」

茜はすぐ横に座っていた真季へ、

「本当に医者がそう言ったんですか？」

と訊いた。

「病院関係者と言ったでしょ。医者とは言ってない」

「じゃ、誰が？」

「食事配ってるおばさん」

茜はため息をついた。

もう文句を言ってもむだと分っている。

「本当に出すんですか？」

「当り前でしょ」

粗《あら》編集した番組は、正に、茜が渡部謙介にキスしているカットを何回もくり返し使って作られていた。

渡部の名前は伏せられ、映像も、傷口や目の辺りはぼかしてあるので、映っているのは出血して倒れている男にキスをしている茜、ということしか分らない。

「これ、どこで使うんですか？」

「ニュースワイドと、明日朝のモーニング。むろん、いつものレギュラー枠でもね」

「何回も？」

「奇跡ですからね。くり返し流す値打はあるわよ」

「次は、私が天国へ昇るところでも撮って下さい」

と、茜はやけになって言った。

――確かに、渡部は命を取り止めていた。

そのこと自体、「奇跡」と呼んでも良かったかもしれない。

しかし、それは傷がわずか二ミリほど太い血管から外れていたからで、茜がキスしたからではなかった。

「捜査はどうなってるんです？」

「奥さんが手配されてるようよ」

「麻美さん……。まさか」

「でも、例の武口って男を知ってたんでしょ？」

「ええ。――武口の母親の手掛りもまだないんですよね」

茜はＴＶ局にいるからそう心配ないが、母とゆかりは……。

茜の母、神崎岐子と一色ゆかりは、一晩ＴＶ局に泊ったが、ゆかりは学校もある。茜はガードマンと自分もついて、一旦マンションに二人を連れて行き、とりあえず必要な身の回りの物を持たせて、都内のホテルに移った。

ＴＶ局が出演者などを待機させたりするのによく使うホテルで、

「秘密を守るのは慣れてる」

と、真季は請け合った。

「あの子のことは私が気を付けてるわよ」

と、岐子は言ってくれたが、相手は凶悪な殺人犯だ。

――茜は、そのホテルで、ゆかりが寝入ってから、岐子にすべてを打ち明けた。

「だから、私、殺人犯として刑務所に行くことになるかもしれない」

と、茜が言うと、岐子は黙って娘を抱いた。

茜は、こんな風に母に抱かれたことがなく、当惑したが、それでも嬉しかった。

「いいよ」

と、岐子は言った。

「何が？」

「私がやったことにしよう。私は別に刑務所に入っても困らない」

「よしてよ！　お母さんにそんなこと、させられないし、大体、東京にいなかったでしょ」

「あ、そうか」

「気持だけで嬉しいわ」

「じゃあ……あんたの預金通帳と印鑑、ちょうだい。弁護士代、払ったげる」

「そこまで考えなくていい！」

どういう母親なんだ？

茜はTV局の食堂で、一人夕食をとった。

真季は他の番組担当者を捕まえて、あの「インチキビデオ」を見せまくっているだろう……。

TV局は、深夜の仕事も多いので、泊る部屋がある。お風呂もあって、ADなど、ここを寝ぐらにしている者もいた。

茜がカツカレーを食べていると、

「旨いか？」

と、目の前の椅子にかけたのは――。

「富田さん！」

富田刑事だったのである。「どうしてここへ？」

「例の事件のニュースを見た。居合せたのは君だろ」

「渡部さんのことですね。――そうです」

と、茜は肯いて、「奥さんと愛ちゃんは大丈夫ですか？」

「同僚の刑事が代りに見張っていてくれる」

「そうですか……」

「武口と係りがあるんだろ？」

「ご連絡しようと思ってたんです」

茜は事情を説明した。「麻美さんがどうしたのか、分りません」

「しかし、武口が係ってるんだろう？」

「その確証があるわけじゃありませんけど、そんな気がします」

「用心に越したことはないな」

と、富田は肯いた。「それで――君は大丈夫なのか」

「武口はおそらく母親の体から出られないんだと思います。もう戻って来てほしくないです」

と、茜は言って、「でも、用心して下さいね。今の私が武口だということだってあり得るんですから」

「信用してるよ」

と、富田は微笑んだ。「僕もそのカツカレーをもらうかな。見ていたら腹が空いて来た」

「味はともかく、お腹はもちます」

と、茜が請け合う。

カレーディナーの後、富田と茜は、TV局の玄関に向った。

顔見知りのスタッフとすれ違うと、

「茜さん、ビキニでハワイロケだって？　いいね！」

「そんなのデマですよ！」

「でも、有沢さんが言ってたよ。『茜ちゃんのビキニ、見たい人！』って、手を上げさせて」

「全くもう……」

と、ため息をつく。

富田が笑って、

「僕も訊かれたら手を上げよう」

「富田さんまで。やめて下さい」

と、苦笑して、「――あれ、何？」

ロビーへ目をやると、どう見ても素人の女性たちだが、みんな六十代、いや七十過ぎだろうという人もいる。三十人近い。

「ほら、演歌のプリンスの親衛隊さ」

と、スタッフの男性が答える。

「ああ。――あの人の。まるで孫みたいなんでしょうね」

「言うことがいいよ。『息子だと憎らしい嫁がついてる。孫なら好きなように可愛がれる』ってさ」

「スタジオに？」

「ああ。生放送だからね」

――ロビーに、その老婦人たちの声が、派手に響いている。いや、「老婦人」などとは本人たちは思っていないだろう。

「私、この間のCD、四十枚買っちゃった！」

と一人が言えば、他の一人が、

「私はいつも百枚注文してるの。黙ってても百枚送ってくるわ」

と、やり返す。

富田は苦笑して、

「平和だな、この国は」

と言った。「じゃ、僕はこれで」

「気を付けて。――奥様と愛ちゃんによろしく！」

茜は急いでスタッフルームへ向った。

――富田はその茜の後ろ姿を見送って、

「ビキニか」

と呟いた。「なかなかいい」

軽く左足を引きずりながら、富田はTV局の玄関を出て、タクシー乗場へ向って歩いて行った。

ロビーに集まっていた「親衛隊」のグループの奥から、武口真知子が姿を見せると、急ぎ足で玄関を出た。

富田が客待ちしていたタクシーに乗り込むところだった。武口真知子はすぐ次の空車に素早く乗り込むと、

「前の車について行って」

と、運転手に言って、シートに落ちついた。

口もとには冷ややかな笑みが浮かんでいた……。

27 選　択

「聞きましたよ」

と、茜は真季を見付けて、文句を言った。

「あら、何を？」

「とぼけないで下さい！　私のビキニを見たい人、って手を上げさせてるって……」

「ああ、それね」

真季はニコニコして、「いわゆる世論調査ってやつよ」

「世論調査？」

「そう。世の中の動向をＴＶ番組の内容に反映させるために必要なの。別に、茜ちゃんのビキニスタイルを見たい人が90パーセントだとしても、それをそのまま番組に使うわけじゃないわ。ただ、あくまで傾向としてね」

「絶対いやですよ、私！」

と、茜は宣言した。

そこへ、若いＡＤがやって来ると、

「あ、すみません、茜さん！」

「どうしたの？」

「ちょっとお願いが」

と、言いにくそうに、「そこの女子トイレ、覗いてみてくれませんか」

「どうして？」

「見学のおばさんたちの人数が、どうしても一人足りなくて。本番中に入って来られても困るんで」

「ちょっと」

と、真季が言った。「茜ちゃんは、もうスターなのよ。そんな雑用頼んじゃ失礼でしょ！」

「いいですよ」

と、茜は言って、「待っててね」

と、女子トイレに駆けて行った。

しかし、中には誰もいない。出て来て、

「いないわよ、誰も」

と言うと、

「そうですか。すみません！」

「いいえ」

「年寄りだから、トイレが近いんだと思ったんだけど……。迷子にでもなってるのかな」

「年寄り？」

茜はふと眉を寄せて、「それって、あの演歌のプリンスの？」

「ええ、そうです。平均年令七十八才ですよ！　八十五才ってのが三人もいて——」

あのとき、富田は一人で出て行った。

茜は腕時計を見た。——富田が出て行って十分たつ。

「まさか……」

茜の顔から血の気がひいた。

「どうかした？」

と、真季がふしぎそうに茜に訊いた。

「もしかすると……」

茜はケータイを取り出して、富田刑事にかけた。

しかし、電源を切っているようで、つながらない。

「その一人っていうお年寄りが、もし武口の母親だったら……」

と、茜は言った。「富田さんの後を尾けて行ったのかもしれない」

茜は駆け出した。

「ちょっと待って！　茜ちゃん！」

と、真季があわてて追って行く。

茜は局の玄関から出て、客待ちしているタクシーへと駆け寄った。

「ちょっと！　いつからここで待ってます？」

「え？」

と、運転手が窓を下ろして、「やあ！　そこにセクシーな衣裳で立ってる人だね」

「どれくらいここにいます？」

「さあ……。十五分くらいかな」

「前のタクシーに乗ってった人、憶えてますか？」

「前の車？——ああ、何か、お年寄りだったよ。おばあさんだ」

「一人でした？」

「うん。そうだ、そのすぐ前の車に男が乗って、そのおばあさんが追いかけるように出て来て乗ってったよ」

「そうですか……」

茜が息を弾ませていると、真季が出て来た。

「どうしたのよ、茜ちゃん？」

「たぶん、そうです。富田さんのタクシーをおばあさんが追いかけるようにして行ったって」

「じゃあ——富田って刑事さんが危い？」

「ええ。でもケータイ、つながらない」

「行先は病院じゃないの？　奥さんと娘さんの所」

「たぶんそうです」

「じゃ、病院へ連絡したら？」

「私にはどの病院か教えないで、って言ってあるので、どこなのか分りません」

「そうなの……」

タクシーの運転手が、

「乗らないんで？」

「あ、ごめんなさい！」

と、茜はあわてて謝った。

「前のタクシーの行先かい？」

と、運転手が言った。

「ええ。分るんですか？」

「いや、そうじゃないけど、前のは〈NKタクシー〉だった。そこの配車センターなら、どこにどの車がいるかつかんでるよ。少し前にここを出た車って言えば」

「ありがとう！」

茜は〈ＮＫタクシー〉の番号を調べてかけようとしたが、その手が止った。

「――どうしたの？」

と、真季が訊く。

「センターが運転手さんに行先を訊けば、当然、乗っている客の耳に入ります。もし武口だったら、運転手が殺されてしまうかも」

「難しいわね」

「どこをどっちへ向ってるかだけ教えてもらって、私もそっちへ向います。――乗せて下さい」

「はいよ」

と、運転手はドアを開けて、「何だか難しい話みたいだね」

「人の命がかかってるんです」

と言って、茜がタクシーに乗り込むと、

「私も、ボーナスがかかってる！」

と、真季も乗って来た。

「いいんですか？　危いですよ」

と、茜は訊いた。

「危いからこそニュースになるんでしょ」

「分りました。じゃあ……。ともかく〈ＮＫタクシー〉に連絡して、大体の方向を訊かないと」

「茜ちゃんが訊いても教えてもらえないわよ。ここは私の出番。ＴＶ局の威光をフル活用する！」

確かに、真季の言うことは正しい。

真季は〈ＮＫタクシー〉の本社へ電話して、社長を呼び出すと、

「私、ＴＶでおなじみの有沢真季ですが！」

と、堂々と名のった。「重要な事件で、そちらのタクシーの行先を調べています」

きっぱりした口調が、話の中身より効果的だった

ろう。また社長が、

「わしゃあんたのファンだよ」

と喜んでくれたのも幸いして、真季は、

「今度、夜を徹して飲みましょう！　むろん、局のおごりです」

と、勝手な約束をした。

配車センターへ問い合せて、タクシーの向っている方向が分った。

「車、出して！」

と、真季は運転手に言った。

「もうメーター動いてるよ」

「好きにして。倍額出すから、そのタクシーを見付けて」

「あんた、無茶言うね」

と、運転手は呆れながらアクセルを踏んだ。

富田は病院の裏口の前でタクシーを降りた。


正面から出入りして、武口に知られることを用心していたのである。

「どうも」

と、顔見知りのガードマンに会釈して中へ入る。

エレベーターで七階まで上った。

特別病室のフロアで、全部個室である。

「何か変りは？」

と、富田はナースステーションに声をかけた。

「大丈夫です」

と、ベテランの看護師が笑顔で言った。「愛ちゃんは本当に回復早いですね」

「ありがとう。——早く良くなってくれると安心ですが」

と、富田は言った。「うちの部下は……」

「さあ、お見かけしてませんけど。たぶん病室の前に」

「ありがとう」

富田は廊下を奥へと進んで行った。

ここまで武口がやって来ることはまずあるまい。しかし、あの神崎茜の話を聞いても、武口はずる賢い奴だ。

用心の上にも用心だ。

「ああ、そうだ」

ケータイを切っていたことを思い出した。

ここは病院の中だが、使っていいと言われている。──ただ、自分が病室にいられる間は、時々電源を入れるだけにしていた。

廊下に椅子を置いて、部下の刑事が座っている。若くて、富田が信頼している男だ。

だが──近付くと、頭を前に垂れているのが分った。居眠りか?

まあ、確かにこのところ忙しくて疲れていたのは事実だが。

「おい。──片瀬《かたせ》。──おい」

呼びかけたが、反応がない。

不安になった富田は駆け出して、部下の肩をつかんだ。

「あ!──すみません!」

ハッと目を覚まして、「寝るつもりはなかったんです。すみません!」

と、あわてて立ち上る。

「びっくりさせるな」

と、富田は苦笑して、「俺がいるから、もういいぞ。帰って寝ろ」

「いえ、大丈夫です」

片瀬は富田の部下で二十八才。生真面目な男だ。

富田は病室のドアを開けた。

「──あなた?」

ベッドで、妻の貞代が言った。

「ああ。出かけてたんだ。今戻った」

と言って、富田は病室の中を見回し、「おい、愛は？」

「え？　いない？」

貞代は目をやられている。何とか失明はせずに済んだが、今もガーゼで両眼を覆っているのだ。

「さっきまでそこで遊んでる音がしてたけど……」

病室の中のトイレも覗いたが、愛はいなかった。

「片瀬！」

と呼ぶと、「愛がいない。その辺、捜してくれ」

「分りました！」

自分が眠っている内に出て行ったのだろうと、片瀬は焦って駆け出した。

「どうかしました？」

と、看護師がやって来る。

「愛の姿が見えないんです」

「まあ……。でもナースステーションの前は通ってないと……」

と、振り返って、「でも愛ちゃん、小さいから、中で座っていたら見えないかもしれませんね」

「捜して下さい」

「はい、すぐに」

看護師がバタバタと走って行った。

「まさか……。大丈夫だ。――大丈夫だ」

富田は自分へ言い聞かせた。

「あなた。――あなた、どこ？」

貞代が起き上って手を伸している。富田は駆け寄ってその手を取ると、

「大丈夫だ、ここにいる！」

「愛ちゃんを――」

「うん、分ってる。捜してるからな、今」

「あなたも行って！　私は一人でも大丈夫」

「貞代――」

「お願い！　あの子を見付けて！」

「分った。寝てるんだ。――いいな」

「ええ」

富田は病室を出ると、ナースステーションへ駆けて行って、

「すまないが、一人、病室の中にいてくれないか。私は娘を捜す」

「分りました。行かせましょう」

「頼む」

女子トイレから若い看護師が出て来て、

「愛ちゃん、トイレにはいません」

「ありがとう。階段の方を捜す」

富田は階段へと急いだ。

片瀬がやって来る。

「どうだ？」

「見当りません」

片瀬は青ざめていた。「すみません、僕が居眠りしてたんで――」

「もうよせ」

と、富田は遮った。「しかし、どこに行ったのかな……。この廊下をぐるっと回ってみよう。お前は反対側から。人の病室に勝手に入ることはないだろうが……」

「分りました」

「空いてる病室や浴室を覗いてみろ」

富田は、冷汗が流れ落ちるのを感じていた……。


おばあちゃんだ。

――愛は、少し前に死んだおばあちゃんのことを、ぼんやりとしか憶えていない。

頭が白かったよね。うん、あんな風に。

愛が「おばあちゃん」と呼んでいたのは、実際は母・貞代の祖母で、本当は「ひいおばあちゃん」なのだが、もちろん、愛はそんなことは知らない。

何か月か前に、「おばあちゃん」は死んでお花に埋れて眠っていた。

愛には、「死ぬ」というのがどういうことかよく

分らなかったが、棺の中で目を閉じている「おばあちゃん」を見て、

「おばあちゃんのベッド、小さいね」

と言った……。

そして今、目の前のベッドに寝ているのは、やはり白髪のおばあちゃんで……。

「あら、よく来たわね」

と、愛を見てニッコリ笑った。

「うん……」

「お名前は？」

「富田愛……」

「愛ちゃん？　まあ、本当にぴったりね」

と、楽しげに、「こっちへいらっしゃい」

と手招きする。

「ご病気なの？」

と、愛はベッドの方へと近寄って、小首をかしげた。

「ちょっとね。でも大丈夫なの」

と、おばあちゃんは起き上った。

「元気で良かったね」

「ええ、ありがとう」

おばあちゃんは両手を伸すと、愛をヒョイと抱き上げた。

「おばあちゃん、力あるね」

「これくらいはね」

と、微笑んで、「お父さんとお母さんは？」

「うん、ママと一緒に入院してるの」

「あら。おけが？」

「やけどしたけど、愛はもう治った。ママはまだ治ってないの」

「早く良くなるといいわね」

愛をベッドに腰かけさせると、自分も並んで座り、

「そこのボタン、押す？」

と訊いた。

愛は、もちろんそれが〈ナースコール〉というものだとは知らなかったが、

「これ、押すと看護師さんが来るんだよね」

と、しっかり分ってるところを見せた。

「あら、偉いわね」

と、おばあちゃんは愛の頭をなでて、「よく知ってるのね、愛ちゃんは」

「うん。愛も、そうやって看護師さんに来てもらったもん」

「そうなの。じゃあ……」

と、おばあちゃんはナースコールのボタンのついたコードを引き寄せると、「こうしましょうね」

と言って、両手でコードを引きちぎった。

愛は目を丸くして、

「おばあちゃん、強いね！」

「ええ。――これくらい簡単なのよ」

口もとに、冷酷な笑みが浮んだ。「愛ちゃんの首だって、引きちぎってあげるわよ」

愛は目をパチクリさせて、

「お人形の首、抜いちゃったとき、ママに叱られたよ。そんなことしたら、お人形さん、可哀そうでしょ、って」

「そうね。――でも、大丈夫。ママも今度は叱らないわ」

「どうして？」

「一緒に、ママのお首も抜いてあげるからよ」

と、武口真知子は言った。


「この病院だな」

タクシーは病院の玄関前に停った。

「ありがとう！」

茜はタクシーを降りた。

「私が払っとくから、行って！」

と、真季がせかせる。

茜は、武口をめぐる事情を、タクシーの中で真季に話していた。

「お願い！」

茜は病院の中へと駆け込んだ。

しかし、二人の病室は分らない。こんな場合だ。ケータイで富田へかけた。

「お願い。つながって！」

祈るような思いでいると、

「君か！」

「富田さん！　武口がＴＶ局からあなたを尾けてたんです」

「何だって？」

「今、私もこの病院にいます。病室、どこですか？」

「特別フロアだ。愛の姿が見えない。今必死で捜してる」

「すぐ行きます」


追って来た真季と二人、エレベーターへと急いだ。

「――愛ちゃんがいないって。もしかして武口が……」

茜はエレベーターの中で言った。

「でも、刑事さんがいるんでしょ」

「愛ちゃんを人質に取られたら……。他の患者さんもいるし」

茜は、間に合いますように、と祈るような思いだった。

富田は廊下を見回した。

武口がいる？――どこだ！

「見当りませんね」

と、看護師がやって来る。「エレベーターで他のフロアに……」

「そこまでは……」

と言って、富田はふと思い付いた。

神崎茜はなぜここが分ったのか？——武口が尾けて来たと言ったが、もしかすると、茜自身が武口かもしれない。

富田は拳銃を抜くと、安全装置を外した。

茜を撃つ？　そんなことにはなってほしくないが。

エレベーターの扉が開いた。

「富田さん！」

茜が、あの有沢真季と現われる。富田は拳銃をベルトに挟んで、上着で隠した。

武口が茜に乗り移っていれば、真季には分るだろう。

「愛ちゃんは？」

「まだ見付からない」

「武口は母親の姿です。TV局であなたを見張ってて——。そのタクシーの行先を調べてここへ来ました」

「そうか。良かった」

「ええ。——すみません。私がもし武口だったら、って」

「一瞬、そう心配したよ」

「それでいいんです。信じちゃいけません」

「私も？」

と、真季が言った。「富田さん、この茜ちゃんは本物です。保証しますわ」

「分りますよ」

そこへ、

「富田さん！」

と、片瀬が走って来る。

「何か分ったか」

「給湯室にいた人が、小さな子が車椅子で遊んでるのを見たって」

「どの辺だ？」

「反対側の出入口です」

「行ってみよう」

と、富田が行きかけると、

「富田さん」

と、茜が言った。「奥様は大丈夫ですか？」

「ああ。看護師が付いていてくれる」

「病室は言わないで下さい」

茜はそう言って、富田と共に廊下を奥へと急いだ。


「誰か……」

と、富田貞代は手を伸した。

「ここにいますよ」

若い看護師が貞代の手を取って、「大丈夫。ここにいますからね」

「ああ……。すみません」

貞代は息を吐いて、「あの子は――愛ちゃんは見付かったんでしょうか」

「さあ……。見付かれば、すぐ連れて来てくれるでしょうけど。でも、みんなで捜してますから。安心して下さい」

「ええ……。皆さんに迷惑おかけして、すみません」

「そんなこと、いいんですよ。安心して寝てて下さい」

若い看護師・良江《よしえ》は武口について、あまり詳しいことを聞いていなかった。ともかく、

「凶悪犯が現われるかもしれない」

とだけは分っていた。

何といっても看護師の仕事は忙しい。患者はいくらでもいるし、ナースコールはひっきりなしに鳴る。

良江は腕時計を見て、

「ああ……。点滴の時間だわ」

と呟いた。

他の病室の患者さんで、点滴の必要があり、その時間が過ぎていた。

どうしよう？

といって、この母親を置いては行けない。

ナースコールを押してみたが、みんな大変なのだろう、誰も出ない。

急いで行ってくれれば、五分――いや五分もかからないだろうか。

良江は迷っていた。

いない間に何かあったら、と心配ではあるが、だからといって他の患者を放っておいていいというわけじゃないだろう。

もう一度ナースコールを押してみた。しかし返答がない。

「富田さん」

と、良江は言った。「ちょっと、他の病室に行って来ます。すぐ戻りますからね。ほんの二、三分です」

「でも……」

「廊下には刑事さんもいますから。ね、すぐですから」

「――分りました。大丈夫です」

と、貞代は肯いた。

「すみませんね。すぐ戻りますから……」

とくり返して、良江はベッドから離れて、急いでドアへと駆けて行って開けた。

目の前に、愛の手を引いて、やさしい笑顔の老婦人が立っていた。

「まあ、良かった！――奥さん、愛ちゃんが戻りましたよ！」

と、振り向いて言った。

「本当ですか！　愛ちゃん！」

と、貞代が起き上って両手を差しのべる。

「ママ」

愛がトコトコとベッドの方へ駆けて行った。

「ありがとうございました。良かったわ」

と、良江は言いながら、思い出していた。

「凶悪犯は、年寄りの女の姿かもしれないんだからね」

と、先輩から聞かされていたことを。

でも……まさか。こんなやさしそうな人が――。

病室へ入って来ると、その老婦人はドアを閉め、

「あんたもツイてなかったね」

と言うと、骨ばった腕を伸して、良江の首をわしづかみにした。


「いないぞ」

と、富田は息を弾ませた。「畜生！　どこなんだ！」

「一つずつ病室を片っ端から覗いて行きましょうか」

と、片瀬刑事が汗を拭って言った。

「そうだな。しかし……」

中には重態の患者もいるだろう。富田はためらった。

そして、ふと気付くと、

「茜君はどこだ？」

と見回した。

「あそこに」

と言ったのは真季だった。

廊下の中ほど、一つの病室の前に車椅子が置かれたままだった。茜がその病室のドアに手をかけていた。

「危いぞ」

富田は駆け出した。

茜はドアを開け、中を覗いた。

「――どうした？」

「車椅子で遊んでる子がいた、と言ってたので……」

と、茜は言った。「でも――誰もいない。おかしいわ」

「どういうことだ？」

「だって——入院してる人がいるはずでしょ？」

病室の中は空だった。

「どこかへ出てるんじゃ？　検査とか」

と、真季が言った。

「それならいいですけど……」

病室を出ようとして、茜は気付いた。ベッドのそばに、スリッパが置かれている。

この患者は、裸足で出て行ったのだろうか？

茜は床に膝をついた。

「——どうしたんだ」

と、富田が振り向く。

「富田さん。見て」

「うん？」

富田も膝をついて、ベッドの下を覗き込んだ。

ベッドの向う側に、パジャマ姿の老人が倒れている。

「何てことだ」

富田は駆けて行った。

「——富田さん」

「首が……。首の骨が折れてる」

富田は青ざめていた。

「ここの患者さんですね。武口がやったんですよ」

「畜生！　どこにいるんだ！」

富田は廊下へ出ると、「片瀬！　急いで連絡だ。人が殺されてる」

「はい」

「緊急手配だ。応援を呼べ。他の患者も危険だ」

茜は、ナースステーションの方へと歩いて行った。

「富田さん、どうしました？」

看護師が呼びかけている。

「どうかしたんですか」

と、茜は訊いた。

「今、ここ、誰もいなくなってて。戻ったら、富田さんの病室のナースコールが押されてたんです。こっちから呼んだんですけど」

茜は不安に駆られて、

「病室は？」

「〈3112〉です。すぐそこですけど」

茜はそのドアの前に立った。

恐ろしい予感で、体が凍りつくようだった。中を見る勇気がない……。

「開けますよ」

と、声をかけたのは、自分への励ましだったのか。

病室へ入ると、すぐ目の前に看護師がうつ伏せに倒れていた。

そして奥のベッドに、愛がちょこんと腰かけていたのだ。

「――愛ちゃん」

茜が呼んだが、愛はぼんやりと座っているだけで、答えなかった。ベッドは空だ。


「愛ちゃん。――ママは？　どこにいる？」

茜は病室の中へと足を進めた。富田の妻の身が心配だった。

武口がここへやって来たことは確かだ。看護師を殺して、そしてどこへ？

ともかく、愛の身の安全が第一だ。

「愛ちゃん。もう大丈夫よ」

と、茜が手を差しのべる。

その瞬間、茜の背後で看護師が弾かれたように立ち上り、茜に後ろから襲いかかった。

これは茜にとっても不意打ちだった。床へ額を打ちつけて痛みに目がくらむ。

「俺の勝ちだ！」

看護師の服を着ていたのは、武口真知子だった。

茜を仰向けにすると、両手足を押え付け、そのしわだらけの顔が笑った。

「武口！」

茜は必死で動こうとしたが、見た目は母親でも、息子の力を持っている。とても身動きがとれない。

「お袋の体に長く居過ぎたぜ」

と、武口が言った。「お前の中へ戻るぞ」

「いや！　絶対にそんなこと――」

必死で左右に頭を振る。

「諦めろ！」

武口が平手で茜の顔を打った。頭がしびれて、茜は一瞬気が遠くなった。

ハッとして見ると、武口の母の年老いた顔が、その熱い息が顔にかかるほど間近に迫っていた。

「やめて！　やめて！」

と、懸命に顔を振って逃げようとする。

「動くな！」

と、武口が茜の首に手をかけた。

しかし、そのことで茜は一方の肩を持ち上げて、武口の体を揺さぶった。

「こいつめ！」

「いやだ！――誰か！」

茜は思い切り叫んだ。


「今のは？」

富田は、叫び声を聞いた。

「茜ちゃん、いないわ」

と、真季が焦る。「ナースステーションに……」

もう一度叫び声が聞こえる。それは悲鳴に近かった。富田は息を呑んで、

「貞代たちの病室の方だ！」

と、駆け出した。

手には拳銃を持っていた。

「貞代！」

富田は病室のドアを開けた。

茜が床を這《は》って、ベッドの方へ近付こうとしている。そして、壁にもたれて看護師が――。

「茜君！」

呼ばれてハッと振り向くと、茜は体を起こして、

「気を付けて！」

と言った。「それ、武口です！」

指さしたのは看護師だった。

富田は見た。帽子も飛んでしまっている看護師は老女の顔だった。

「武口？」

富田が銃口を看護師の方へ向けた。すると、

「私は――母親です。息子はその女の中に」

と、武口真知子が弱々しく言った。

「嘘よ！」

茜がよろけながら立ち上って、「その女を撃って！　富田さん！」

と叫んだ。

真知子は目を見開いて、

「殺さないで！」

と両手を振った。「その女を撃って！　息子がもっと人を殺す前に」

「騙されないで！」

と、茜が首を振る。「武口はまだ母親の中よ！」

富田は拳銃を両手でしっかりと構えて、しかしどっちを信じていいのか、分らなかった。

「愛ちゃん、危いわ！　隠れて！」

と、茜がベッドの方へ向く。

「刑事さん！　早くその女を撃って！」

と、真知子が叫ぶ。「娘さんが殺される！」

愛。――正面のベッドに、愛が腰かけている。

茜が愛の方へと近付く。――もし、茜が武口だったら、愛が危い。

「止まれ！」

と、富田は叫んだ。「愛に手を出すな！」

茜が振り返って、

「違います！　富田さん――」

「愛から離れろ！　撃つぞ！」

銃口は茜へと向いている。

「富田さん、やめて！　その母親が武口なの！」

「愛から離れろ！」

茜はキッと真知子の方をにらむと、富田に向って真直ぐに立って、

「撃って！」

と言った。「二人とも撃って！」

富田は銃口を素早く茜と真知子に往復させた。

「いいから撃って下さい！」

と、茜がくり返した。「二人とも撃って！　愛ちゃんのためよ！　早く引金を引いて！」

富田は息を吸い込んだ。

そして——二度、銃声が病室の中に響き渡った。

28　生き残る者

片瀬刑事が、おずおずと言った。

「富田さん……。上司の命令で……」

「うん、分ってる」

富田は肯いて、拳銃を取り出すと、片瀬に渡した。

「お預りします」

「俺は逃げも隠れもしない。必要なら記者会見にだって出る」

と、富田は言った。「そう伝えろ。俺はここにいる」

「はい」

行きかけた片瀬に、

「言っといてくれ」

と、富田は声をかけた。「俺は少しも後悔していない、ってな」

「分りました」

片瀬は一礼して病室を出て行った。

血を流した病室にはいられないので、病室を移っていた。ベッドでは貞代と愛が眠っている。

ドアがノックされて、

「失礼します」

と、茜が入って来た。「ここへ移ったんですね」

「うん。貞代も落ちついてる」

「良かった……」

茜は安堵《あんど》の息をついた。「二人とも無事で良かったですね」

「ありがとう」

と、富田は肯いて、「君にはすまないことをした。信じないで、君を殺すところだった」

「いえ、当然ですよ。正しい判断でした」

「君が『二人とも撃ってくれ』と言ったとき、君は武口じゃないと確信したんだ」

「私も、撃たれなくて嬉しかった」

と、茜は微笑んだ。

あのとき、貞代はベッドの奥に転落して、気を失っていた。その後、検査して異状はないと言われた。

「——しかし、ただじゃ済まないな」

と、富田は言った。「いくら殺人犯だといっても、何の武器も持っていない老女に二発も弾丸を撃ち込んで殺したんだ。やり過ぎと言われるだろう」

「そうですね。武口伸夫が乗り移っていたなんて言っても、誰も信じてくれないでしょうし」

「むろん、反論はしない。責任は取るよ」

「富田さん——」

「どんな凶悪犯でも、できる限り命を奪うのは避けなくてはならない」

「でもあの場合は、傷つけるだけでは武口がまた他の誰かに乗り移りましたよ」

「分ってる。しかし、それを証明することはできない」

「——辞めるんですか、警察?」

「おそらく、そういうことになるだろう」

富田は肯いて、「上層部も困ってるだろうな。どこかへ転属させて、ほとぼりがさめるのを待つ、ってところだろうが、俺は貞代と愛のそばにいたい。仕事は何でもいい。食べて行けりゃな」

「そうですね」

と、茜は言った。「愛ちゃんも、パパがいてくれた方が嬉しいですよ」

少し間があって、富田は言った。

「教えてくれ。本当に、もうこれで終ったのか」

茜は少しためらって、

「たぶん……。でも、私にもよく分りません。ただ、今私の中に武口がいないことは確かだと思います」

「それは良かった」

富田は微笑んで肯いた。

やっと、二人の間にホッとした空気が流れた。そこへ、ドアが開いて、

「ごめんなさい……」

と、有沢真季が顔を出した。

「あ、お迎えですか。局に行く時間ですね」

「それもあるけど、まだ大丈夫」

と、真季は入って来ると、「二人ともおやすみ？　良かったわ」

「真季さん、ＴＶでやるつもり？」

「当り前じゃないの！　このスクープをやらずして何をやる、ってもんよ」

「しかし、人が人に乗り移るなんてこと、誰も信じないだろ」

と、富田が言った。

「そこを信じさせるのがＴＶの力です。それに、私、あの緊迫の場面を見てるんですから！」

「全く、物騒だな。武口に殺されてたかもしれないんだぞ」

「ＴＶ人間の覚悟を馬鹿にしちゃいけません」

と、真季は胸を張った。「それに、私は富田さんがあの女を射殺したのは正しかったって主張する番組にします」

「ありがとう」

「じゃ、茜ちゃん、行こうか」

「ええ」

茜はベッドの愛の寝顔をもう一度眺めて、それから真季と一緒に病室を出た。「――でも、真季さん」

と、エレベーターで一階へ下りながら、

「あの状況、再現ドラマでやるんですか？　話だけじゃ、よく分らないでしょ」

するとと真季はニヤリと笑って、バッグからビデオカメラを取り出して、

「何のためにこれを持ち歩いてると思ってるの？」

「でも……。まさか！　あの場を撮ってたんですか？」

「ええ、もちろん」

「でも――」

「心配しないで。富田さんがあの母親を射殺する映像は使わない」

「じゃ、私が叫んでるところも？」

「切羽詰った表情、セクシーだったわよ」

「冗談じゃないですよ！　ちゃんと私に見せて下さい！」

「余裕ないのよ、時間的に。――もう、映像は局に行ってる」

「本当にもう……」

茜はブツブツ言いながら、病院の正面に待機していたTV局の車に乗り込んだのだった……。


茜は、いつの間にか眠ってしまっていた。

「ああ……。寝ちゃった」

欠伸をして、起き上ると、「――どこ、ここ？」

ソファで眠ってしまったのだ。この部屋は……。

「ああ、そうか」

TV局だ。応接室に入って、

「ここで休んでて」

と、有沢真季に言われた。

それで、ソファに少し横になって――と思ったままでは憶えている。

ケータイを取り出して見ると、二時間近く眠っていたことが分る。

「大丈夫なのかしら？」

普通なら、とっくに収録の準備に入っている時刻だった。

真季へかけてみようか、と思っていると、

「茜ちゃん！　起きてる？」

ドア越しに、当の真季の声がした。

「どうぞ」

「良かった！　眠れた？」

と、入って来ると、「さっき来たときはあんまりぐっすり眠ってるんで、起すのが可哀そうでね」

「ご親切に」

「それに、今まで上の方でもめてたの」

「何のことですか？」

「例の番組よ。——刺激が強過ぎるって、お年寄りが言い出して」

「で、どうなったんですか？」

「結局、表現を和らげるくらいで済んだわ。大分やり合ったけどね。富田刑事さんに気の毒じゃないの。頑張るわよ！」

真季は全く疲れ知らずで、見ている茜の方がくたびれてしまう。

「司会は真季さん？」

「もちろん！」

と、胸を張って、「現場に居合せた人間がやらなくてどうするの？」

「でも……冷静にね。あんまり感情的になると、本当だと思ってもらえない」

真季はちょっと肯いて、

「そうか。——そうね。いいこと言ってくれた」

と言って、茜を抱きしめた。

「真季さん……」

「私、少し舞い上ってたわ。これはあくまで報道なのよね」

舞い上ってたのは少しじゃないと思うけど、と茜は言いそうになって、やめた……。

「分ったわ。あくまで淡々とやる」

と、真季は言って、「さあ、行きましょう」

スタジオへ向いながら、

「——ね、真季さん」

「何？」

「今夜の話題は深刻だし、私、いつものあの衣裳で出ない方がいいんじゃないかしら？」

真季は足を止めた。

「――茜ちゃん」

「え？」

「どうして、あなたと私って、こうも同じこと考えるのかしら！　怖いぐらいね」

「じゃあ……」

「ええ！　私もそう思ったの。今夜はあれでない方がいいって」

と、大きく肯く。

「良かった」

茜は少し安堵した。

「色々もめたんで、収録が押してるの」

と、真季は足を速めて、「他のタレントの出番を先に録るわね」

「分りました」

茜も、あの出来事をどう説明したらいいのか、考えていた。――〈霊媒〉と思われていることを利用して、と言うと聞こえが良くないが、信じてもらうことが大切だ。

「じゃ、後でね！」

と、真季は茜の背中をポンと叩いて、「あ、茜ちゃんの衣裳、できた？」

と、ADの女の子に声をかける。

「今、やってます」

「ちゃんとやってよ。茜ちゃんはこれからのTV界を担って行くスターよ」

全くもう！　どうしてこうオーバーなんだろ、TVの人は！

茜は楽屋へ入ると、

「衣裳は……」

「でき次第、持って来ます」

と、ＡＤが言って出て行く。

一人になった茜は大欠伸をして、頭をブルブルッと振った。

「まるで濡《ぬ》れた犬だな」

鏡の中に、一色大吾が現われていた。

「からかわないで」

「しかし、良かったな。――命がけで、よくやったよ」

「うん……」

茜は肯いて、「でも、まだはっきりしないことが色々あるわ。落ちついたら相談にのって」

「いいとも。君はゆかりを守ってくれてる。ありがたいよ」

「いい子ね、ゆかりちゃん。――でも、大学生になったら、きっと彼氏もできるわよ」

「化けて出て邪魔してやる」

「よしなさいよ。ゆかりちゃんの幸せが第一でしょ」

「男による。あいつは男を見る目がない」

「頑固親父みたいなこと言わないの」

と、茜は苦笑した。

ドアをノックする音がして、

「茜さん、衣裳、できました」

「はい！　どうぞ」

「大変でした！　急に言われて」

と、ＡＤの女の子が息を弾ませている……。

茜は当惑して、

「これ……いつもと同じじゃないの」

と、いつもの「何とかレンジャー」風の衣裳を眺める。

「そんなことないですよ。いつもキラキラ光ってる所をサインペンで黒く塗りつぶしたんです。大分地味になったでしょ」

茜は、真季に期待したのが間違いだった、と思った……。

「この世界には、科学で割り切れないことがまだまだあるのです！」

と、真季がカメラに向って言った。「富田刑事は、妻子を守ったのです。私たちに富田刑事を責める資格があるでしょうか？」

――茜は、真季が「淡々と」語っているとはとても思えなかったが、その情熱が真直ぐに伝わっていることは否定できなかった。

茜も、むろん当事者として話をしたが、富田が武口を射殺したことについて、直接は問われなかった。

警察内での調査が行われることが決っていて、茜はそこで証言しなければならない。

しかし、どう話せばいいのか？

殺人犯が「乗り移った」ことを証明することはできない。さらに――小田充子を殺したのが、おそらく自分だったことを話したら、今度は罪に問われることになるだろう……。

「――有沢真季がお伝えしました！」

最後の言葉は、ほとんど絶叫に近かった。

「はい、ＯＫです」

と声がすると、スタジオ内に拍手が起った。

「大熱演だね！」

と、みんなが真季へ寄って来て、握手したり肩を叩いたり……。

「ああ、喉渇いた！」

と、真季が言うと、ＡＤがあわててペットボトルのお茶とタオルを持って来る。

「どう？」

と、真季は茜に訊いた。

「ええ……。あれ以外に言いようがないですよね」

「そう……。ああする以外、方法がなかったってことが分ってくれればね」

真季は伸びをして、「茜ちゃんもくたびれたでしょ？　着替えたら、何か食べに行こう」

よくもまあ、こうスパッと切り換えられるもんだ、と茜は感心した……。

29　過去に向って

「お疲れさま」

この言葉を何度聞いただろう……。

茜はTV局のスタジオを出て、

「ああ……」

と、声を出しながら伸びをした。

「大変だね」

と、声をかけられ、振り向くと、

「富田さん」

富田刑事が——いや、「元刑事」が笑顔で立っていたのである。

「どうしたんですか？」

「いや、君のファンを連れて来た。ぜひ会いたいって言うんでね」

「私のファン？」

富田の後ろから、貞代と愛が手をつないで現われた。

「奥さん。——愛ちゃん！」

茜は歩み寄って、「すっかり元気だね！」

と、愛の頭をなでた。

「本当にあなたにはお世話になって」

と、貞代は言った。

「目の具合、どうですか？」

「ええ、片方はほとんど普通で。やられた方の目も、ぼんやりとは見えます」

「良かったですね！」

「火傷の方も、初め心配したほどひどくなかった」

と、富田が言った。「これからも治療は続けるがね」

「まだお若いんですもの。大丈夫ですよ」

「でも、この間三十になりました」

と、貞代が言った。

「まだ青春ですね」

と、茜は言った。

「――今日は、いつもの衣裳じゃないのかい？」

と、富田が言った。

「趣味悪いなあ。今日は違う番組です。――でも、これ以上ＴＶの仕事は増やしません」

「本業の方も忙しいらしいじゃないか」

「本業っていっても……。〈霊媒〉としてはまだ未熟ですし、占いに毛の生えたようなもんです」

夕食の時間だったので、茜は富田たちをＴＶ局の食堂へ案内して、一緒に定食を食べた。

愛はスパゲティ。口の周りをミートソースだらけにして、せっせと食べている。

「富田さん、今はどうしてるんですか？」

富田は警察を辞めた。武口の母親を射殺したことは罪に問われなかったが、やはり内部で「辞めてくれないか」という声があったらしい。

「今は主夫だよ。最近は料理も上手くなった」

「冷凍食品を電子レンジで温めてるだけじゃないの」

と、貞代が苦笑いした。

「少しのんびりしてから、次の仕事を見付けるつもりだ」

「そうですね」

と、茜は肯いて、「――富田さん。私、ＴＶの仕事に追われて、ずっと気になっているんですけど、時間が……」

「うん、分ってる。一色大吾が殺された件だろ？」

「ええ。今、大吾さんの妹のゆかりちゃんと一緒に暮してるんですけど、このまま放っておくわけにも……」

「僕で力になれることがあれば言ってくれ」

と、富田は言った。

「ありがとうございます」

と、茜は微笑んだ。

もちろん、今の富田はもう刑事ではない。しかし、何か力にはなってくれるだろう。

それでも、茜は最後は自分の力で、真実を突き止めなくてはならないだろうと思っていた。それは直感のようなものだ。

一色大吾が殺されただけではない。北条まなみも、そして弟の北条秀行も死んだ。

そのいくつもの死はどうつながっているのか。あるいはいないのか。

仕事に追われる中、茜はまだ本当の戦いは終っていないという気がしていたのである……。

富田たちを局の玄関で見送ると、

「茜ちゃん」

有沢真季がやって来た。

「あれ？　もう帰ったんじゃなかったんですか」

「打合せしてたの、ハワイロケの」

茜はため息をついて、

「あれって、延期になったんじゃ？」

「来月にね。一度取った予算は絶対放さない！」

真季の執念には、茜も勝てない。

「ね、今日これから渡部謙介のお見舞に行くの。一緒にどう？」

「もう面会できるんですか？　じゃ、行きます」

渡部謙介は喉を切られたが、奇跡的に一命を取り止めた。

タクシーで病院へ向う。

「――まだ麻美さん、見付からないんですね」

と、茜は言った。

「手配されてるから、いずれ見付かるわよ」

と、真季は言った。

「でも……」

「どうしたの？」

「何だか、麻美さんがやったのかどうか、妙な気がしてるんです」

「武口のやったことだって？」

「そうかもしれません。麻美さんは武口を知っていたわけですし。少なくとも、麻美さん自身には、渡部さんを殺す理由はないと思うんです」

「まあね。渡部と暮して、いい生活してたわけだし」

——茜は、北条秀行が死んでいた、あの部屋を満たしていた暗闇の中に、死んだ師匠、天竜宗之助の顔が見えたことを、忘れられなかった。

師匠は「死んでいない」のか？　いや、肉体は間違いなく消えても、その意思はどこかに……。

病院に着いて、茜はともかく渡部ともう一度話してみようと思った。


——病室は個室で、茜などにはとても手の出ない立派な部屋だった。

「渡部さん」

と、真季が声をかけると、目を閉じていた渡部は、

「もう少し待ってくれ」

と言った。

「何だ、目覚ましてるんじゃないの」

「もちろんだ」

首に包帯を巻いた渡部は、ニヤリと笑って、「君が約束を果してくれるのを楽しみにしてる」

死にかけた渡部に、真季が「一晩付合ってあげる」と言ったことを憶えているのだ。

「あんなときのこと、よく憶えてるわね」

と、真季も呆れたように言って、「でも約束は約束。退院したら、ちゃんと約束は果すわよ」

「それでこそ君だ」

と、渡部は小さく肯いた。

「渡部さん……」

と、茜がそばへ寄る。

「君か……。あのときのキスはすてきな味がしたよ」

「そんなこと……。渡部さん、一つ教えて下さい」

「何だね？」

「あなたを殺そうとしたの、本当に麻美さんでしたか？」

茜の問いに、渡部はすぐには答えなかった。

茜が待っていると、渡部は深く息をして、

「私もね、ずっとそれを考え続けて来たんだよ」

と言った。

「じゃあ……」

「あのとき、私は背後から喉を切られた。血がふき出し、苦痛とショックで、しばらくは何が起ったのか分らなかった」

と、渡部は顔をしかめた。「そして、床に倒れ込もうとして、初めて振り返ったんだ。――そこに麻美が立っていた。目を見開いて、呆然として私を見ていた……」

「麻美さんは刃物を持っていたんですか？」

と、茜が訊くと、

「それは憶えていない。――憶えているのは、あの麻美の目を見開いた顔だけだ」

「分りました」

と、茜は肯いた。

「今、あいつは私を殺そうとした犯人として手配されている。それは私がそう言ったからだが、本当にそうだったのか……。冷静になって考えると、よく分らなくなって来たんだ……」

「よく分ります」

茜は渡部の手を握って、「ちゃんとあなたの言葉を警察の人へ伝えます」

「頼む。――ありがとう、茜君」

「いいえ」

「お願いだ」

「え？」

「もう一度キスしてくれないか」

「渡部さん！」

――真季と一緒に病室を出ると、茜はトイレに寄った。

手を洗っていると、ケータイが鳴って、急いで手を拭く。

「――もしもし」

と、出ると、

「茜ちゃん？」

と、震えるような声が伝わって来た。

「もしかして――麻美さんですか？」

茜は息を呑んで、「今、どこに？」

と訊いた。

「茜ちゃん……」

「もしもし？　聞こえますか？」

少し間があって、

「私、麻美よ」

と、声が聞こえた。

「今、どこですか？」

くり返し訊いたが、麻美は答えず、

「私がやったんじゃないの。信じて」

と言った。

「ええ。私もそんな気がしてました」

「信じてくれる？」

「信じます。今、渡部さんの入院してる病院なんです」

「あの人は……どう？」

「大丈夫です。まだしばらく入院してるでしょうけど、元気ですよ」

「本当に？　良かった……」

「麻美さん――」

「でも、あの人は私がやったと思ってるのよね」

「それが今――」

茜が、渡部の話を伝えると、

「あの人がそう言ったの？　私じゃないかもしれないって？」

「ええ。私、ちゃんと今の話を警察へ伝えるから。だから麻美さん、どこにいるか教えて下さい」

「でもね……」

「警察へ知らせたりしませんから」

麻美はためらっている様子だった。

そのとき、救急車のサイレンが近付いて来た。この病院へやって来るのだろう。

そして、その音は電話からも聞こえて来たのだ。

――この近くにいる！

「麻美さん、近くなんですね。こっちから行きます。動かないでいて下さい」

電話が切れた。公衆電話からかかっていた。


茜は急いでトイレを出たが、そこに立っていた真季とぶつかりそうになった。

「真季さん！――立ち聞きしてたんですか？」

「そんな、人聞きの悪い！」

と、真季は心外な様子で、「ただ――聞こえただけよ」

「それ、立ち聞きって言うんですよ」

「渡部麻美からでしょ？」

「この近くにいるんです！　じゃ、捜すの手伝って！」

「分った！」

二人は急いで病院を出ると、左右へ分れて、公衆電話を捜した。

しかし、見付けるのに手間取った。結局、電話ボックスは病院の裏手にあったのである。

そしてもう麻美の姿はなかった……。

「――もっとゆっくり話せば良かった」

と、茜は悔んだ。「近くにいる、と思ったら、気がせいて」

「仕方ないわよ。——ケータイ、持ってないのかしら？　持ってても、居場所が分るって用心してるのかもしれないわね」

と、真季は言った。

「でも、渡部さんの話を伝えたら、ずいぶん喜んでましたから、また何か連絡して来るかもしれません」

と、茜は自分に言い聞かせるように言った。

「そうね。——そのときは言ってあげて。ぜひうちのＴＶに出て、無罪を訴えて下さいって」

「どうも……」

真季らしい言い方だ、と茜は苦笑した。

二人は病院の近くでタクシーを拾った。

「あんまり気を落とさないで」

と、タクシーの中で真季が言った。

「ええ、大丈夫です」

「これからちょっと会う人がいるの」

「え？——それじゃ、私、降りますよ」

「いいの！　茜ちゃんが来てくれないと」

「何の話ですか？」

「ハワイロケの打合せ」

——この切り換えの早さ！

「ついて行けない……」

と、茜は内心呟いたのだった。

30　交渉

翌日、TV局へ出てみると、

「茜ちゃん！」

と、真季に手招きされ、会議室へ連れて行かれた。

「え？」

会議室のテーブル一杯に並べられているのは、超小型（？）の水着の数々。カラフルで、花柄や色んな模様が咲き誇っている。

「――特売場ですか？」

と、茜は訊いた。

「違うわよ！　今度のハワイロケで、茜ちゃんが着る水着。スタッフの気持としては、ぜひ茜ちゃんに着てほしいのが三つ四つあったんだけど、私が反対したの。ここはやはり茜ちゃんの自主性を尊重しましょう、ってね。――さ、どれでも好きなのを選んで！」

「自主性ですか……」

どれもこれも、極端に小さい！

「やっぱり砂浜の白に合うのがいいと思うわよ」

と、真季は二つ三つ取り上げて、「これ、どうかしら？」

「真季さん、そんなの、布がないのも同じじゃありませんか」

「そんなことないわよ。ちゃんとあるわ。『ある』と『ない』じゃ大違いよ」

「あのですね……」

ここで頑張らないと、ほとんど裸同然の自分の姿がTVに出ることになる。「もう少し面積の広い水着にして下さい！　でないと私ロケに行きません！」

と、主張する。

「これでも考えたのよ。スタッフなんか、ただの紐みたいな水着を推してたんだけど」

「私はモデルじゃありません！」

茜が粘ったかいがあって、真季は渋々テーブルの上の水着を片付けさせ、別の段ボールから、もう少しまともな水着を出して並べさせた。

それでも、茜としては死ぬほど恥ずかしいようなのもあって……。

さらに交渉が続けられて、二人はやっと妥協点を見出し、五枚の水着が選び出された。

「——おとなしいわね。大昔の女子校の水着みたい」

「オーバーですよ。昔の女子校でビキニなんか着るもんですか」

「ともかくこれで決定！　じゃ、具体的なスケジュールは後で」

「はい」

「今日の〈電話相談コーナー〉、やらせなしだからね」

真季は、茜の肩をポンと叩いて出て行く。

「——またやられた」

分ってはいるのだ。でも……。

初めは、茜が絶対に拒むに決っている、極端に小さいのを並べ、渋々譲歩するように見せて、本来、茜に着せたいのを出して来る。

茜からすると、「前のよりはましか」というので、手を打つ。

茜も、真季のやり方が呑み込めてはいるのだが……。結局は真季のペースに巻き込まれてしまう。

でも——茜は要するに真季のことが好きなのだ。色々無茶は言われても、どうしても真季と本気で争う気にはなれない。

「でも……」

やっぱりあの水着は恥ずかしい！

「茜さん、スタンバイ、お願いします」

ADに呼ばれて、

「はい！」

と、茜は返事をした。

楽屋も今や小さいながらも一人で一部屋使っている。――まあ、いつもの衣裳に着替えたりするので、他の人と一緒ではたまらないが。

「やれやれだわ……」

いつものことながら、この衣裳にマントをはおった我が姿を鏡で見るとため息が出る。

将来、結婚して子供が生まれたら、母親のこの姿をどう説明しよう？

およそむだな心配をしている茜だった。

スタジオへ入って行くと、前のコーナーが何かトラブルで遅れている様子。真季が苛々して、

「どうして、そんなことぐらいやっとかないのよ！」

と、ADを怒鳴りつけていた。

普通の人は苛々するとストレスになるが、真季の場合は、苛々して怒鳴るとストレス解消になっているらしい。

「あ、茜さん」

と、声がして、振り向くと飯田あかりが可愛いドレス姿で立っている。

「あかりちゃん、今日、ゲスト？」

「ええ。ゆかりちゃん、元気ですか？」

「大学もそのまま行けるし、呑気にしてるわ。時間あったら、連絡してあげて」

「はい」

あかりの笑顔は、名前の通りいつも明るい。

「今日、茜さんのコーナーに出るんです」

と、あかりは言った。

「え？　そうなの。聞いてなかったわ。何するの？」

「〈電話人生相談〉でしたっけ。私が茜さんに電話して……」

「何だ。やらせじゃないの」

と、苦笑する。

「私、何を相談すればいいんでしょ？」

「それを相談する？」

我ながら珍妙なやりとりをしている茜だった。

「――お待たせしました、茜さん」

「はい」

もう大分慣れたとはいえ、明るいライトの下に出て行くときはドキドキする。

「話題の人、奇跡の霊媒、神崎茜さんです！」

司会のタレントがオーバーに声を張り上げると、茜はカメラに向って一礼する。

「今日は、皆さんおなじみの人から、〈人生相談〉のお電話が入っています」

電話ったって、同じスタジオの中でマイクに話しているだけだ。

「――今日は、飯田あかりです」

「あかりちゃん、元気ですか？」

「はい！　今日は茜さんにご相談したいことがあって」

「何かしら？　私で答えられることだったら……」

この〈人生相談〉のコーナーも、もちろん真季のアイデア。〈霊媒〉の本来の仕事ではないのだが、これが結構評判がいい。

週によって、今日のようにゲストが相談してくることもあるし、本当に視聴者が電話してくることもある。

「私、今悩んでるんです」

と、あかりが言った。「恋愛問題で」

「あら。――話題になりそうね。いいの？」

「ええ。どうして私って恋ができないんでしょう?」

「何だ。びっくりさせて」

と、茜は笑った。

茜はもちろん〈霊媒〉の能力で返事をするわけではない。ごく当り前の大人として、答えている。

しかし、いかにもTV局が喜びそうな答えはしない。あくまで自分の考え。

時には、番組のスポンサー企業を批判するようなこともあったりして、周囲はヒヤヒヤしたらしいが、茜の方は「いつクビになってもいい」と思っているから平気で、それがまた評判になったりする。

「あかりちゃんはまだ十八じゃないの。これからいくらでも機会が——」

と言いかけたとき、司会者が、

「すみません!」

と、割って入った。「今、緊急という電話が入りました。茜さん、お願いします」

「でも……」

ゲストの話を切ってしまうというのは、普通でない。何ごとだろう?

「もしもし」

と言うと、

「茜さん。ゆかりだけど……」

「ゆかりちゃん?」

「お願い……。助けに来て……」

弱々しい声が聞こえて来る。茜は息を呑んで、

「どうしたの! どこからかけてるの?」

と訊いた。

「男の子に取り囲まれてるの」

「男の子?」

「茜さんのポスターが欲しいって、私を脅迫するの」

「——ゆかりちゃん!」

「ごめん!」

ゆかりがふき出して、「だって、あかりちゃんが、TV局の人に頼まれたからって……」

変だと思った! 大体、茜に助けを求める電話が、どうしてTVの〈人生相談〉にかかって来るの?

真季さんね!――茜が、TVカメラの後ろに立っている真季の方をにらむと、真季は知らん顔をしてそっぽを向いた。

「ここで、神崎茜ポスタープレゼントのお知らせです」

司会者も承知の上なのだ。

しかし、〈ポスタープレゼント〉って何?

「私、そんなの知りませんけど」

と、カメラに向って言った。

「本邦初公開です!」

と、司会者の後ろからADが持って出て来たのは、茜の、いつものコスチュームの大きなポスター。

「神崎茜、実物大です!」

見たくもない、と茜は思った。

「凄いわよ!」

と、真季が言った。「放映直後から、ポスター希望のメールが、もう数万件!」

「よっぽど暇人が多いんですね」

と、茜は言った。

「そう怒らないで」

と、真季は茜の肩をもんだりして、「これで話題作りしといて、ハワイロケの水着ポスターを売り出すの」

「そこまでやるんですか?」

「茜ちゃんにも、ちゃんとお金が入るのよ」

「そういう話じゃなくて……。水着ポスターなんて!」

「じゃ、ヌード撮らせてくれる?」

「いやですよ！」

「でしょ？　水着の方がいいわよね」

どうしたって、真季の理屈にはかなわない。

「茜さん！」

ゆかりが、あかりと二人で食堂へ入って来た。

「びっくりしたわよ、ゆかりちゃん」

「ごめんね。そこの真季さんから、茜さんも知ってる、って聞いてたから」

「言いそびれたの」

真季は澄ましている。

「ギャラ、もらった？」

と、茜が訊くと、ゆかりは、

「代りに、茜さんのポスター十枚もらうの」

「そんなもの、どうするの？」

「大学で売る」

「おこづかい、充分あるでしょ！」

と、茜は言った。


「茜さん、ケータイが……」

「え？――あ、本当だ。――お母さんだわ。もしもし？」

「茜？　私だけど……」

母、岐子である。

「ポスターのことね。私は全然知らなかったのよ」

「ポスターって？」

「他のこと？」

「妙なの。マンションのゴミ置場に行ったりしたとき、誰かに見られてるようでね」

「人の気配？」

「それとも少し違うみたい。――茜。あんたは分るでしょ。例の風呂場の男とか、そんなのと似た感じなの」

母にも霊媒の素質があるのだから、何かが起ろうとしているのかもしれない。

「用心してね。出歩くときは誰かと一緒に」

「子供じゃないわ」

と、岐子は笑って、「それで、ポスターって何のこと？」

「いいの！　忘れて！」

と、茜はあわてて言ったのだった……。


ゆかりとあかりも、TV局の食堂で一緒にご飯を食べることになった。

「番組につけといてね。いくらでも食べていいから！」

真季がそう言って、「じゃ、ちょっと打合せがあるから」

と、せかせかと出て行く。

「いつも忙しいわね、本当に」

と、茜は苦笑した。

大体、「いくら食べてもいい」と言われたところで、局の食堂にそう高いものはないのである。


「でも、茜さんって強いのね」

と、定食を食べながら、飯田あかりが言った。

「え？」

「あんなに色々ひどい目に遭わされて。――でも、犯人にもやさしいじゃありませんか」

「いつ何が起るかもしれないしね」

と、茜は言った。「私、思うの。もしかしたら、人間、この世にいるときが仮の姿で、死んでから本当の人生が始まるのかもしれない、って」

「それって……霊媒としての考えですか？」

と、ゆかりが訊く。

「いくらかはそうかな。――色々な出来事を通して、この世には科学だけで割り切れないことがある、って感じてるの」

「分ります」

と、あかりが言った。「あの、武口って男の事件ですね」

茜はコーヒーを持って来て、ゆっくり飲んだ。

「私、想像できないな」

と、ゆかりが言った。「自分が四十才になったとことか」

「でしょうね」

と、茜は笑って、「私もそんなには……。でも、あなたたちはそれでいいのよ。たぶん――気が付くと、三十、四十になってて、びっくりするんだわ……」

それは半ば己れに向けて言った言葉だった……。

「それだけでもないわ」

茜は食事を済ませると、「――私、ずいぶん食べるの、早くなった！」

と、自分でびっくりした。

やはり、せっかちな真季に付合っているせいだろうか？

まだ若い二人は半分くらいしか食べていない。

「今の世が仮の姿なら、なおのこと、我が身を愛おしいって思うのよ」

と、茜は言った。「それに、死んだ後も、ずっと人生が続くと思えば、焦らなくていいでしょ」

「私、焦っちゃうな」

と、あかりが言った。「今じゃないとできないことがある、って考えると、あれもこれもやりたくなるの」

「それが若さよ。三十代、四十代になれば、もっとゆったり生きられるんだけどね」

31　母の影

「ただいま」

茜はゆかりと一緒にマンションに帰って来た。

玄関を上ると、

「お母さん？」

と、台所を覗く。

母、岐子の姿はなかった。

居間へ入って、茜は不安になった。明りが点いているが、カーテンが開け放したままだったのだ。

「誰かに見られているよう」

という電話を思い出して、

「まさか……」

急いで、トイレや寝室へと回る。


「――いないの？」

と、ゆかりが部屋から着替えて出て来た。「出かけてるんじゃない？　その辺に買物とか」

茜は玄関へ行って、

「サンダルも靴もある」

と言った。「自分で出かけたんじゃないわ、きっと」

「でも……」

「もっと早く帰れば良かった！」

茜はもう一度見て回った。

しかし、どこも荒らされたような様子はない。

血の気がひいた。――何かあったのだ、と思った。

「茜さん」

「この近くを捜してみるわ」

「ね、茜さん」

と、ゆかりが茜の腕をつかんで、「お風呂にふたした？」

「え？」

ハッとした。――浴室を覗いたとき、気付かなかった。

バスタブに、ふたがしてあったのだ。いつもはふたなどしたことがなく、ふたは洗い場の隅に立てかけてあった。

急いで浴室に入って行く。――確かに、バスタブにふたがしてある。

お母さん……。まさか……。

茜は震える手で、ふたをつかむと取り上げた。

「あ、茜だったの」

バスタブの中から、母、岐子が見上げていた。

「お母さん！　どうしたの？」

「変なものが入って来たのよ」

と、岐子はゆっくり立ち上って、「とっさにこの中に隠れて……。腰が痛い」

「大丈夫？」

茜は、ともかく母の無事な姿を見て、ホッとしていた。支えてバスタブから出すと、

「お母さん、って呼んだでしょ、何度も」

「中に入ってると、よく聞こえないのよ」

「もう、心臓が止るかと思った！　ゆかりちゃん、ありがとう！」

「良かったね」

と、ゆかりは微笑んで、「でも、『変なもの』って？」

「空巣や泥棒の類じゃないわね」

と、岐子は言った。「茜。あんたの師匠だった人の娘さん、今逃げてるんでしょ」

「麻美さん？」

と、茜は言った。「まさか麻美さんが？」

「分らないけど、ともかく鍵を開けて入って来たの。――私はちょうどお風呂場の前にいたから、中に隠れたんで、その姿は見えなかったけど……」

「女だった？」

「そうじゃないかと思うのよ。――何か痕《あと》が残ってない？」

「茜さん」

と、ゆかりが手を差し出して、「廊下にこれが」

「髪の毛だ。――長いわね。私やゆかりちゃんじゃないわ」

「染めてるみたい」

「うん、そうね。お母さん……じゃないわね」

「私は、こんなに若い髪してないわよ」

「じゃ、やっぱり麻美さんかしら？」

しかし、なぜ麻美が？　しかもここへ入れたというのは……。

「お母さん、ドアの鍵って……」

「ちゃんとかけてたわ。でも、あれは合鍵とかで開けたんじゃない。念力のようなものよ」

「確かに？」

「ええ。だから隠れたんだもの」

「防犯カメラに映ってるかも」

と、ゆかりが言った。

「そうね。フロントの人に訊いてみましょ」

茜はともかく母が無事なので安堵したが、

「お母さん。もうここにいない方がいいんじゃない？」

しかし、岐子は首を振って、

「きちんと解決するまでは帰れない。あんたやゆかりちゃんに何かあったら、って心配しながら生活してられないわよ」

「そうね……。でも、一人でいないようにして」

「却って他の人を巻き込むよ」

と、岐子は言って、「でも――そうね。私がここにいるせいで、ゆかりちゃんやあんたに危険が……」

「そんなこと！」

と、ゆかりが言った。「私一人になったら、もっと怖いわ。岐子さんも茜さんも一緒にいて。私、もう子供じゃないわ」

ゆかりは急に大人びて見えた。

「ありがとう、ゆかりちゃん」

と、茜は微笑んで、「ただ怯《おび》えてることと、用心することは違うわ。簡単に入って来られないように、工夫しましょう」

「そうね」

岐子も、やっと表情を緩めて、「三人でいれば怖いものはないわ」

「いいこと考えた」

と、ゆかりが言った。

「どんなこと?」

「茜さんの実物大ポスター、玄関の正面に貼っとこう」

「こら!」

「何、実物大のポスターって?」

と、岐子がふしぎそうに言った。


ああ……。くたびれた。

茜はお風呂に浸って、息をついた。

フロントで確かめようにも、夜中は誰もいない。ともかく、玄関の鍵に、さらに別の鍵を付けて、簡単に開けられないようにした。

ゆかりと岐子は先にやすみ、茜は一人のんびり風呂に入っていたのである。

「ハワイね……」

ハワイでの撮影のために、茜は留守にしなければならない。真季に話して、少し延ばしてもらうか、それとも留守中、母とゆかりのことを誰かに頼んで行くか……。

バスタブに浸って、ゆっくり温まっていたが――。

「視線を感じるわ」

と、茜は言った。「また覗いてる?」

「痴漢扱いしないでくれ」

一色大吾がバスタブのへりに腰かけていた。

「もういいわ。気にしない」

と、茜は言った。「それより、訊きたかったの。今日、何かが入って来たこと、知ってた?」

「お母さんのことだね?」

「そう。母は人間じゃない何かだと言ってるけど。何か気付かなかった?」

大吾はそれに答えず、

「頼みがある」

と言った。

「何?」

「僕の資料の棚を探してくれ」

「資料の棚?」

「うん。今の連中はみんな調べたことや情報をパソコンに入れておく。でも僕はそれがいやで、できるだけ元の形で取っておくことにしてるんだ。手書きのメモと、入力したデータじゃ、違うと思うんだ。手書きの文字がきちんとしてるか、乱れてるか。書いた人間の気持が伝わってくるだろ? 一旦データとして入力してしまうと、そういう点が見えなくなる」

「いいこと言うわね」

「照れるね」

「それで? 資料って、何の?」

「それは君に任せる」

「何よ、さっぱり分らないじゃない」

「ともかく、その中に君の求めるものが見付かるかもしれない……」

「思わせぶりな言い方ね! はっきり言ってよ。——ねえ」

と、そのとき、茜はバスタブの中でズルズルと潜ってしまい、お湯を飲んでむせ返った。

「あ……。夢だった？」

いつの間にか眠っていたのだ。

では、今の一色大吾の言葉はただの夢だったのか？　あんなにはっきりした夢？

たとえ夢でも、大吾には何か伝えたいことがあったのかもしれない。

「その前に溺死《できし》しないようにしなきゃ」

と呟いて、茜はバスタブから出た。

――風呂上りにパジャマ姿で一息つくと、茜は今もそのままになっている一色大吾の仕事部屋を覗いてみることにした。

確かに、今はパソコンばかりを調べたり、捜したりするけれども、入力されていないデータもあるはずだ。

「失礼しますよ……」

と、一応断って（？）、茜は大吾の机の引出しを一つ一つ開けて行った。

中はかなり雑然としていて、クシャクシャになった紙を広げてみたら、呑み屋の領収証だったり……。

「こんなもの、データじゃないよね」

と、肩をすくめて、他の引出しへ。

ファイルがいくつか出て来たものの、中は新聞の切抜きで、題材もバラバラである。

書棚を調べてみたが、ベストセラーの実用書が多くて、大吾の読書傾向はあまり感心できなかった。

「――何もないじゃないの」

と、息をつく。「手が汚れちゃった」

せっかくお風呂に入ったのに……。

半ば諦めて、部屋の中を見回した茜は、ふと思い立って、椅子を引き、その上に乗ってみた。本棚の上が見えるのだ。

「何かある」

分厚い大判の封筒が、奥の方へ押し込んであった。

――これかな？

埃がつもっていて、手に取ると煙のように広がる。あわてて持ったまま椅子から下りて、バタバタとはたいた。

封筒には〈極秘〉と赤いサインペンで書いてある。——いささか冗談ぽい感じもしたが、ともかく中身をカーペットの上に出してみると——。

「え？」

厚紙に貼り付けてあったのは、一昔前の、たぶん大吾が高校生ぐらいのころ人気があったアイドルのカラー写真。どこかの雑誌から切り抜いたものらしい。

同様に厚紙に貼り付けたものが数十枚も入っている。

「——馬鹿らしい！」

何が〈極秘〉だ。茜は腹が立って、

「ちょっと！　見てるんだったら、出ておいで！」

と、宙をにらんだ。「手が真黒じゃないの、おかげで」

どうしたらいいだろう？——捨ててしまうわけにもいかないが。

元の封筒はくたびれて破れかけている。

仕方なく、茜は中身だけを仕事机の上に置いて、

「明日、片付けよう……」

と呟いた。

大吾の仕事部屋を出て、洗面所で、また手を洗う。鏡を覗いてみたが、大吾は現われなかった。

「でも……どうしてあんな物が〈極秘〉？」

茜はちょっと首をかしげた。

何か気になることがあった。——何だったろう？

「〈極秘〉だ」

赤いサインペンで書かれた〈極秘〉の文字は、明らかに高校生や大学生の字ではなく、大人の手だ。

つまり、高校時代に、あの写真を集めて〈極秘〉と書いておいたのではなく、最近書いたのだ。

茜はもう一度仕事部屋に戻って、明りを点けると、机の上の写真を見直した。

なぜわざわざ厚紙に貼ったのだろうか？

確かに、写真がしわにならずに済んだだろうが……。

厚紙に貼られた、ニッコリ笑ったアイドルの写真を手で触ったとき、何かふくらみを感じた。——写真の下に何かある！

机の引出しを開け、カッターナイフを取り出すと、厚紙に貼られた写真の隅を切って行く。

「やっぱり……」

厚紙と写真の間に、何か紙が入っていたのである。それを抜き取ると、広げてみた。

住所。電話番号。そしてファックス番号。

「これって……」

名前は入っていないが、見覚えのある番号だった。そう。この住所は……。


「大吾が、天竜宗之助の住所や電話をどうして……」

その住所と電話番号は、茜の師匠、天竜宗之助の家のものだった。

「待ってよ……」

茜は、他の厚紙と写真の間にもメモらしいものが入っているのを見付けた。

この昔のアイドルの写真の切抜きは、見た者が呆れて放り出すように、貼られたものだったのだ。では、何を隠していたのか？

全部の紙を取り出すと、茜は広げた。

〈インタビュー取材〉とあって、〈天竜宗之助。本物の霊媒か、あるいは詐欺師か〉と書いてある。

大吾が、天竜宗之助を取材していた？

一体いつのことだろう？

茜はカーペットの上に、広げた紙を並べて、一枚ずつ読んで行った。

32　恨みの日

「まだ起きてるんですか」

と、看護師が覗いて、困ったように、「病院は夜ふかしする所じゃありませんよ」

「いや、私もね」

と、渡部は言った。「眠りたい。しかし、どうしても足りないものがあってね」

「何ですか？」

「やさしい女性がキスしてくれないと眠れないいんだ。君、頼むよ」

「もう！」

と、若い看護師は渡部をにらんだが、怒ってはいなかった。「それでも病人ですか？」

「病人だからこそ、やさしくしてもらわないと……」

「仕方のない人」

と、ベッドの方へやって来ると、身をかがめて渡部の額にチュッとキスして、「これ、秘密ですよ」

「生涯の秘密にするよ」

「大げさな」

と笑って、「じゃ、寝て下さいよ」

「ああ。――おやすみ」

「明り、消しますよ」

「分ってる」

病室の中が暗くなる。――看護師が出て行くと、渡部は、軽く息をついて目を閉じた。

それにしても、人間ってのはよく眠れるものだ。

渡部も仕事があるので、ずっとただ寝ているわけではない。傷口が開くといけないので、起きてパソコンに向うというわけにはいかないが、スマートフォンで、あれこれ指示のメールを出したりしている。

それでも、暇になると眠っているし、昼間充分に寝ても、こうして夜になるとまた眠るのだ。

「今までの寝不足を取り戻してるのかな」

と呟く。

早くもウトウトし始めたのだが……。

誰かがいる。——ドアが開いた記憶はなかったが。

「誰だ？」

と、渡部は呼びかけた。

人影が少し離れて立っている。

「私に用か」

「生きているのね」

と、聞き慣れた声がした。

「麻美？——麻美か」

「ええ」

ベッドの方へ近付いて来ると、やっと妻の顔が見分けられた。

「お前か……。よく来てくれた」

「良かったわ、生きてて」

と、麻美は言った。

「麻美……。すまん。よく考えずに、お前が私を殺そうとしたと言ってしまって。何しろ、混乱していたんだ」

「分ってるわ。でも訂正してくれたのね」

「うん。——ただ、警察ってとこは、一旦犯人として手配してしまうと、そう簡単には変えないからな」

「ええ、分るわ」

「まだこの状態で動けないから、もどかしいがな。ともかくもう一度機会をみて、お前がやったんじゃないと訴えてみるよ」

「ありがとう、あなた」

と、麻美は微笑んだ。「あなたが私を信じてくれてるって分っただけで、私は満足よ」

「それだけじゃ困るだろ。それに本当の犯人を見付けないと……」

「そうね。でも、私、あなたが生きてててくれたただけでいいの」

「麻美、お前にしちゃ遠慮深いじゃないか」

「あら、そんなこと……。私、いつもそんなにわがまま？」

「少しはな」

「少し……。そうね。でも少しでしょ？」

「おい、もう帰るのか」

麻美が後ずさるように遠ざかって行った。

「麻美。――おい」

と、渡部は呼んで……。

麻美の姿は見えなくなっていた。しかし、ドアは開いていない。

「――麻美」

渡部は手を伸して、ケータイをつかんだ。


「面会時間外ですが」

と、看護師が言った。

「分ってるんですけど」

と、茜は言った。「渡部さん、私がキスしてあげないと暴れて傷が治らないようにしてやると……」

看護師がふき出して、

「しょうのない方！　どうぞ」

と言った。

茜は病室のドアをそっと開けて、

「渡部さん？」

「来てくれたか。すまんね」

「麻美さんがここへ？」

と、そばへ行って座る。

「ああ。――そこにいた。しかし、麻美じゃなかったのかもしれん……」

「どういう意味ですか？」

渡部は、麻美と交わした会話を、茜に話して聞かせ、

「――あいつはいなくなった。出て行ったんじゃなくて、いなくなったんだ」

「渡部さん……」

「夢を見たんじゃない。本当だ」

「――分りました」

渡部は息をつくと、

「どう思うね？　君なら何か分るんじゃないかと思って」

と言った。

「私、まだかけ出しの霊媒ですから……」

「しかし、TVでやってるじゃないか」

「あんなもの見てるんですか？」

「君の衣裳が実にいいよ」

「やめて下さい」

と、茜はため息をついた。「でも、麻美さんは、師匠の天竜宗之助の娘さんです。ご自分でも気付いておられないかもしれませんけど、父親から何かの素質を受け継いでおられたとしてもふしぎじゃありませんね」

「麻美に、そんな霊的なところが？」

「ずっと出ていなくても、何かきっかけがあれば、出現するってことも。充分あり得ます」

「今度の事件で、ということかね」

「はい」

と、茜は肯いた。「渡部さん、殺されたニュースキャスターの一色大吾のことを、直接ご存知でしたか？」

「直接？　いや知らんね」

「麻美さんが知っていたとか？」

「さて……。聞いた記憶はないが。どうしてかね？」

――一色大吾が残していた資料。

あの中に、写真があったのだ。天竜宗之助と、若い麻美が並んで写っていた。

もちろん、それは昔の写真で、一色大吾が撮ったものではない。

「待ってくれ……」

と、渡部が言った。「一色何とかいったな」

「一色大吾です」

「大吾。――うん、麻美が何か言っていたような気がする」

と、渡部はちょっと眉を寄せて、「もっとも、あまりちゃんと聞いていなかった。私はステレオでベートーヴェンを聞いていた」

「はあ……」

「〈運命〉を聞いてた。そこへ、麻美が一色大吾がどうした、とか言って、私は、『ちょうど今聞いてるのが〈第五〉だな』と思った。それで憶えてたんだ」

そこまで駄洒落か！

「――まだ起きてらっしゃいますか」

と、茜は言った。

「夜ふかしほど得意なものはない」

と、渡部は言った。「キスの次に得意だ」

茜は苦笑して、

「初めてお会いしたとき、私、ホテルの〈占いの王国〉の端の方で……」

「そうだったな」

「口をきいていただいて、いい場所に移してもらいましたが、そのとき、初めて一色大吾を見たんです。お話ししたように、そのときはもう殺された後で、幽霊でした」

「そうだったね」

「そして、一色大吾のお通夜のとき、大吾の取材の手伝いをしていたという北条まなみという女性に声をかけられました」

「北条まなみ？　その女性も殺されたんじゃないかね？」

「そうなんです。告別式のとき、話をしましたが、その北条まなみも幽霊でした」

　と、茜は言った。「それまで、霊媒としていくらかは霊的な体験をしていましたが、まるで現実の人間のように会ったのは、あの二人が初めてでした。考えてみれば、麻美さんに会った後のことです」

「しかも二人とも殺されている」

「そうなんです。大吾は、麻美さんの父、天竜宗之助のことを取材していました。当然、北条まなみさんもそれを手伝っていたでしょう……」

「君の師匠だろう？」

「ええ。――憶えておいででしょうか。天竜宗之助が三千万円の借金をしていたこと」

「うん、そう話していたな。女と金の話は忘れん」

「三千万円を何に使ったのか、私には見当がつきませんでした。麻美さんも私が話すまで借金のことは知らなかったようですが、何のために借りたのか、もしかしたら麻美さんには分ったのかもしれません」

「ふむ……。すると、麻美が父親のことで何か重要なことに気付いていた、ということかね？」

「そんな気がするんです」

　と、茜は肯いて、「心配です。もし麻美さんが、実体でなく現われたとしたら……」

「麻美が――死んでいるかもしれない、ということかね」

「そうでないことを祈っていますけど」

　と、茜は言った。

　そのとき、病室のドアをノックする音がして、看護師が顔を出し、

「すみませんが、そろそろ……」

「はい、分りました」

と、茜は答えた。「渡部さん。もしまた麻美さんが訪ねて来たら――」

「君に連絡しよう」

「よろしく」

茜は立ち上った。

「本当ならキスを頼んだのに」

「麻美さんに恨まれても困りますから」

渡部が手を差し出し、茜はその手を握って、

「では、おやすみなさい」

と言った。

病室を出て、ナースステーションに、

「すみませんでした」

と、声をかける。

「いいえ。病院は朝が早いので、寝不足になると私が叱られるものですから」

と、若い看護師は言った。「でも、面白い方ですね、渡部さん」

「ええ。重傷の患者じゃないですね、あれは」

と、茜も笑って、「時々様子を見てあげて下さい」

「分りました」

――茜はエレベーターに乗って、一階へと下りて行った。

患者を乗せるせいか、ゆっくりしたエレベーターだ。茜はさすがにくたびれて、目をつぶると、眉間《みけん》を指で押した。

そして、目を開く。――自分の手を見た。

握手。

渡部の手を握った。

そうだ。初めて会ったとき、渡部が励ましの言葉をかけてくれて、握手をした……。

記憶がよみがえってくる。

あの瞬間、茜の脳裏に、何かの映像が浮んだ。

――何だったろう？

すっかり忘れていたが、今渡部の手を握って、思

い出したのだった。
あの一瞬、「あれ?」と思ったのだけれど……。
「——え?」
ハッと我に返った。
エレベーターが、まだ一階に着かない?
いくらのんびりでも……。
下り続けている。——茜は急にひんやりとした空気に身を包まれるのを感じた。
「おかしいわ」
こんな馬鹿なことが——。
エレベーターが停った。
扉が開いて、茜は足を踏み出した。
これって……何?
そこは深い森の中だった。
しかし、木はどれも白く立ち枯れて、まるで白骨が立ち並んでいるかのようだ。
見上げると、広げた指のような白い枝の隙間から星空が覗いていた。
これは幻覚だわ!
「しっかりして!」
と、自分へ向って言うと、拳で頭を叩いた。
しかし、目の前の森は消えなかった。
「誰なの!」
と、茜は叫んだ。「誰が呼んだの!」
その声が木々の間を巡って、戻って来た。
「しっかりして!」
茜は自分に向って叱りつけるように言った。
怯えてはだめだ。これは現実じゃない。幻影なのだ。
今、私は病院にいる。病院にいる。
くり返し、自分に言い聞かせた。
これは「夢」だ。誰かに見せられている夢だ。
しかし、目の前の枯木の林は消えて失《な》くなりはしなかった。

大丈夫。――幻影は人を襲ったり傷つけたりしない。映画を見ているんだと思えばいい。

「大丈夫」

と、茜は口に出して言った。「私はここにいるわ。どんなことでもやってご覧なさい」

体が熱くなって来た。自分を勇気づけたことで、闘志が湧いて来たのである。

「私は逃げない」

と、目の前の闇に向って言った。

そう。あの武口に体を乗っ取られて、自分が操られ、人を殺すかもしれない、と思ったときの恐怖に比べれば……。

そのとき、木立の間から、ぼんやりと白い人影が現われた。やがてゆっくりとピントが合うように見えて来たのは、血にまみれた武口の姿だった。

茜は真直ぐににらんで、

「消えて！　あんたを怖がる理由なんかないわ！」

と言った。

武口の姿がフッとかき消すようにいなくなると、今度は武口の母親が現われた。

富田刑事の銃弾を受けた、血に染った姿だ。

「筋違いよ！　恨むなら自分の息子を恨んで！」

と、叩きつけるように言う。

すると――人影はかき消すように見えなくなった。

茜は固く両手を握りしめて、しっかり足を踏んばって立つと、

「誰なの！」

と、声を出した。「隠れてないで出てらっしゃい！」

低い笑い声がした。――この声。

茜がじっと探るように白い木立の奥を見つめていると、

「強くなったな」

と、その人影が言った。

「あなたは……」

「大人になった。大人の女にな」

と、姿が見えた。

「師匠……」

それは、天竜宗之助に違いなかった。

そんなはずはない！　天竜宗之助は死んだ。自分が葬式も出したのだ。

これは幻だ。

しかし、天竜宗之助は、ゆっくりと茜の方へ近付いて来た。生きていたころのままの姿で。

「来ないで下さい！」

と、茜は叫んだ。「近付かないで！」

「どうしてだ？　俺は死んだんだろう？　だったら平気だろう。違うか？」

天竜はニヤリと笑った。足もとで枯枝が鳴る。

本当に？――本当の肉体を持って、ここにいるのだろうか。

だめだ！　だめ！――怯えたら、つけ込まれる。

「師匠」

と、茜は真直ぐに天竜の目を見て、「霊媒は、生きている人間の役に立つためにいるんだ、と教えて下さいましたね。お忘れですか」

「お前はいい弟子だった」

と、天竜は言った。「しかしな、いい弟子になり過ぎた」

「師匠……」

天竜はもう茜の目の前、数メートルの所へ来ていた。手を伸せば届きそうだ。

「考えたことはないか。俺が生きている、と」

「ありません。師匠は死んだんです」

「どうかな？」

と、天竜は口もとに冷ややかな笑みを浮かべて、茜に向って手を伸した。

そのとき、何かが聞こえて来た。

救急車のサイレンだ。その甲高い音が、茜の目の前の世界に入り込んで来た。

「邪魔が入った！」

天竜が舌打ちすると、「また会うぞ、茜」

と言って、後ずさった。

歩くのではなく、吸い込まれるように正面の林の奥へ消えたのである。

そして——気が付くと、茜は病院の一階のフロアに立っていた。

正面玄関に救急車が停った。

看護師が駆けて来て、茜のそばをすり抜けて行くと、

「だめだめ！　こっちじゃなくて、裏へ回って！」

と、救急車のドライバーに怒鳴った。

救急車が動き出し、一旦外へ出て行った。

看護師が息をついて、

「慣れてないいんだわ。正面玄関につけるなんて……」

と、茜の方を見て首を振った。

「助かりました」

「え？」

「いえ、何でも」

と、茜は言った。「ご苦労さまです」

現実の音が侵入したことで、あの幻影は消えた。

——そうだ。幻はもろい。恐れることはないのだ。

自分へそう言い聞かせると、茜は病院を出て、深夜の道へと歩き出した……。

33　見えない檻

目が覚めたのは、もう夕方に近い時間だった。

「ああ……。疲れた」

ベッドに起き上っても、しばらくは動けなかった。

ゆうべの出来事が、茜をぐったりと疲れさせていた。むろん、師匠と会ったことだ。

ともかく、眠って、休んで、抵抗力を取り戻さなくては。

幸い今日はＴＶの仕事がない。

やっとベッドから出て、シャワーを浴びて、体が目を覚ます。

「お母さん……」

母の姿がなかったが、ダイニングのテーブルにメモが置いてあった。

〈美術展に行ってくるわ〉

そして、〈夕飯は何か買って帰るから〉と付け加えてある。

「呑気ね」

と、茜は苦笑しながら、それでも母が元気でいてくれることが嬉しかった。

冷蔵庫に、朝食が用意してあって、茜はコーヒーをいれると、電子レンジで温めて食べた。

親がいてくれるのはありがたいものだ。

ケータイの電源を入れると、予想通り、有沢真季からメールと留守電がいくつも入っていた。要は、

「ハワイロケの打合せ、今日できる？」

というだけのことなのだが。

直接しゃべると押し切られてしまうので、メールで〈今日は一日休ませて！〉と、送っておいた。

「これでよし、と」

伸びをしていると、玄関のチャイムが鳴って、出ると何と真季当人が下にいる。

「迎えに来たわ！」

「でも今メール……」

と言いかけて、「遅かった……」

「下で待ってるわね」

「そうだ。真季さんに見てほしいものがあるんです。上って来て下さい」

と、茜は言った。

――真季は部屋へ入って来ると、

「今、エレベーターの中でメール見たわ」

と言った。「打合せ、今夜の十二時でどう？」

「そうせっつかないで下さいよ」

「今夜中に決められれば、ハワイ往復、ファーストクラスで行けるの。明日になるとエコノミー」

「そんな無茶な……」

でも、結局今夜の打合せを承知してしまう茜だった……。

「――大吾君が？」

と、茜の話を聞いて、真季は言った。

「ええ。私の師匠の天竜宗之助を取材してたようなんです」

「そう……。でも、私は記憶ないわね。〈霊媒〉の取材なんて珍しいから、忘れないと思うけど」

「じゃ、真季さんが言いつけたわけじゃないんですね」

「取材は各自、面白いと思ったら勝手にやってるから」

「そうなんですか」

「もちろん、採用されるかどうかは分らないけどね」

「そんなものなんですか」

「よその局や番組じゃ、そんなことしてないでしょ。私は、ともかく『自分の目で面白いものを見付けなさい』って言ってたの。そうしないと、いつまでもキャスターとして育たない」

茜も、その真季の姿勢には感心した。

「もっとも、言いつけられた仕事だけで、ろくに寝られないくらい忙しかったから、面白いネタを見付ける余裕なんて、なかったかもしれない。でも、頭にそういう言葉が入ってると、何もない田舎町に行ったときだって、何か目にとまるものがあるかもしれないわよね」

「分ります」

と、茜は肯いて、「大吾さんが残した取材の資料を見てもらえますか？」

「ええ、見せてちょうだい」

茜は、真季にコーヒーを出しておいて、大吾の仕事部屋で見付けた資料を持って来た。

「――へえ。これがわざわざ隠してあったの？」

「そうなんです。〈極秘〉と書いてあって」

真季は資料に目を通して行ったが、

「――中身はまあ普通ね。大吾も、これじゃ採用されないって思ったんじゃない？」

「ええ、確かに私もそう思いました」

と、茜は肯いた。「でも、それならどうして〈極秘〉なんて書いて、隠してあったんでしょう？」

「それはそうね」

と、真季はメモを見直して行ったが、「――写真はなかったの？」

「え？」

「TVのための取材でしょ。〈絵〉になるかどうかが問題よ。大吾は必ず写真を撮ったと思うけど」

「そういえばそうですね」

見付けた資料の中には、天竜宗之助の写真が一枚あっただけだ。

「これが師匠？」

と、真季が写真を見て、「パッとしないおっさんね」

「その写真は師匠の少し前のです。もともと必要なときにはこれを使ってたんで、憶えてます」

「じゃ、大吾が撮ったんじゃないのね？」

「違います」

「やっぱりおかしいわね。少なくとも、写真の二、三枚、撮らないわけがないわ」

「そうですね……」

やはり、この資料には何か秘密が隠されているのだろうか？

「でも——茜ちゃん、私に何か隠してるんでしょ」

さすがの勘で、真季は言った。

「隠しちゃいません。話そうかどうしようかって迷ってただけです」

「同じでしょ」

「違いますよ」

「ともかく、何なの？」

「渡部謙介さんの病室に、麻美さんが現われたんです」

「忍び込んだってこと？」

「それが、渡部さんの話だと……」

麻美が〈霊〉のような姿で現われた、と話すと、

「どうしてすぐ知らせてくれないの！」

と、真季は目を輝かせた。

「でも、どういうことなのか分らなかったし……」

茜も、幻の林の中で天竜と会ったことは言わなかった。

話を聞いて、真季は、

「じゃ、また現われるかもしれないってことね？」

「可能性としては——」

「病室に隠しカメラを仕掛けましょう」

真季の言葉に、茜は唖然とした。

「そんなこと……」

「また麻美さんが現われたら、しっかり映像が撮れ

るじゃないの」

「だけど……。病院の許可も取らないと」

「そんなの大丈夫よ！　いちいち申請なんかしてたら、何日もかかる。病室にいるのは渡部さん一人なんだから、その了解さえ取れば平気よ」

自信たっぷりに言われると、そんな気になってしまうからふしぎだ。

それに、確かに渡部の身の安全も考えれば、カメラを設置するのはいい方法かもしれない。

「看護師さんは気が付きますよ」

「今は、本当に小型のいいカメラがあるのよ。必要なら、担当の看護師さんにちょっとおこづかいを……」

「それ、やめた方がいいです」

と、茜は言った。「カメラ、用意できるんですか？」

答えるより早く、真季はケータイを取り出した。

「ああ、私よ。——小型のカメラ、用意して。電波飛ばせるやつ。三十分したら局で受け取るから」

茜も、真季の行動力には舌を巻くしかなかった……。


一時間後には、茜と真季、そしてTV局のスタッフ二人が渡部の病室にいた。

医師と看護師が病室から出て行くのを、

「よろしくお願いします」

と見送って、真季は、「渡部さん。奥さんの幽霊に会ったんですって？」

と、ズバリと訊いた。

渡部は茜から話を聞くと、

「隠しカメラか！　それは面白い」

たぶん、こう来ると思ったのよね。——茜は、後を真季たちに任せることにした。

「スタッフを連れて来たわ」

と、真季が振り向いて肯くと、二人の男がバッグから小型のカメラやコードを取り出した。

「この病室から、電波を送って、表の車の中で見られるようにします」

と、真季が説明すると、渡部は、

「では、ちゃんとひげも剃っておかなくてはな」

「必要ないでしょ」

と、茜は呆れて言った。

「できるだけ、若く見える角度でカメラを設置してくれ」

と、スタッフに注文するのを聞いて、茜は何も言えなくなった……。

カメラを二台、設置することにして、一台は真季が持って来た花束をいけた花びんに。もう一台はベッドの足もとに置かれた長椅子の下から病室の入口を捉える。

「――これで大丈夫ですよ」

と、スタッフの一人が言った。

「モニターは？」

「待って下さい」

スタッフがバッグから、カーナビのようなものを取り出し、スイッチを入れる。「――どうです？」

茜も覗き込むと、画面を半分に割って、確かにこの病室の中がはっきり映っている。

「OKよ」

と、真季が肯く。

「ちょっと見せてくれたまえ」

渡部もそのモニター画面を見ると、「なるほど」と、カメラのある花びんの方を向いて手を振ったりしている。

「呑気ですね」

と、茜が言うと、

「君ね、この年令《とし》になると、死ぬのも怖くないんだよ。――少しいいかね」

「そういうこと言う人は長生きするの」

と、真季が言った。「じゃ、このモニターを車に置いて、この病院の近くで監視してるわ」

「真季さん、誰が見張るんですか?」

「スタッフの若いのを交替で、と思ってるんだけど」

「それじゃ、いざってとき、間に合いません。私、今夜はずっと車にいます」

「でも大変よ。明日は収録あるし」

「大丈夫です。——何だか、今夜現われそうな気がするんで」

「〈霊媒〉の直感ね! いいわ、じゃ、私も付合う」

「でも——」

「その代り、もう一枚、超小型の水着、着てくれない?」

「真季さん!」

「何だね、超小型の水着とは?」

「こういう話はよく聞こえるんだから!」

渡部は真季からハワイロケの話を聞くと、

「私が退院するまで延期できないのか?」

と、本気で訊いていた……。

茜は一旦帰ってから、夕食を母に任せて、TV局へ向った。

真季が待ち構えていて、アッという間にハワイロケの詳細を決めると、今夜の張り込みのスタッフを二人、引き連れて局の玄関へと向った。

「——やあ」

ちょうど玄関を入って来たのは富田だった。

「富田さん! どうしたんですか?」

と、茜が言った。

「近くに来たんでね。もしかしたら会えるかと思って。——もう帰りかな?」

「ちょうど良かったわ」

と、真季が言った。「これから張り込みなんです。ご一緒して下さる？」

「張り込み？」

「ええ、幽霊が出るのを待つことになってるんですの」

真季の話を聞いて、富田は、

「そんなことなら、どうして知らせてくれないんだ」

と、不服そうだった。「張り込みなら、こっちはプロだ。任せてくれ」

「心強いわ！　ね、茜ちゃん」

「でも……いいんですか？」

「ああ。僕も本物の幽霊というやつを見たいからね」

「武口のことを忘れないで下さいね。人間の犯人を見張るのとは違うんです」

「分ってる。しかし、今回のことは、ちゃんとけりをつけなくてはね」

と、富田は言った。

もちろん、茜としても富田がいてくれれば心強い。

結局、富田も一緒にTV局の車で病院へと向うことになった。

「病院は夜が早いですから」

と、茜は言った。「着いたら、そのまま監視に入りましょう。夕食は交替で」

「食べるものなんか、適当に買って来て車で食べればいい。張り込みのときは、飲まず食わずってことも珍しくないよ」

と、富田が言った……。

車を病院の近くの人目につかない所に停めると、早速モニターを見る。

「――なるほど、よく見える」

と、富田が言った。

「さあ、夜は長いわ」

と、真季は言った。

茜は時計を見た。

夜中の十二時になるところだった。

「――大丈夫かい？」

と、富田が言った。「少し眠ったらどうだ？　何かあれば起すよ」

「いいえ、平気です」

「幽霊はＴＶカメラに映るのかね」

「私も分りません。でも、渡部さんの様子を見ていれば分ると思います」

「なるほど」

茜は黙ってモニターの画面を見つめた……。

真季と、局の若い二人の男は車の座席を倒して眠っていた。

三人とも、横になると二、三分の内に寝息をたてていて、茜と富田を感心させた。

「これでなきゃ、ＴＶの仕事はつとまらないんだね」

と、富田は言った。

「そうですね」

二人の若い男は、どっちもかなり腕っ節の強そうなタイプだ。もちろん、〈霊〉を相手に、どのくらい意味があるか分らないが、心強いのは確かだ。

モニター画面を見ていると、十二時を過ぎたというのに、渡部はしっかり起きているようで、時々花びんに仕込んだカメラの方を見て手を振ったりしている。

「あれで入院患者なんですかね」

と、茜は苦笑した。

そして、真季が眠っているのを、チラッと見てから、

「富田さんにはお話ししますけど……」

と言った。「私、師匠の天竜宗之助に会ったんで

す」

「師匠？　しかし、亡くなったんじゃないのかい？」

「ええ。私が葬儀も出しました。でも……」

茜が、病院のエレベーターを降りた所で天竜が待っていたことを話すと、

「それは――幻なのか？」

「だと思います。救急車のサイレンで消えてしまったんですから」

「だが、誰かがその幻を作り出したんだろう？」

「そうなんです」

と、茜は肯いて、「それが誰なのか、分らなくて」

「今夜、病室にその誰かもやって来るかもしれないね」

「私……気になってるんです」

「どういうことが？」

「あの武口も天竜宗之助の弟子でした。そして、麻美さんのことも知ってた。――武口は死にかけたとき、私に乗り移りました。武口にそれができたってことは、当然師匠にもできたはずです」

「なるほど。――すると、君は確かに天竜宗之助の葬式を出しただろうが、彼は死ぬ間際に他の誰かに乗り移って生き延びたかもしれない」

「そうなんです。そうだとすると、師匠は死んでいないことになり、今度の一連の事件も……」

と言いかけて、茜の目はモニター画面に釘づけになった。

「どうした？」

「今、何か白いものが……」

病室の中が、ぼんやりと明るくなりつつある。

――茜は真季をつついて、

「起きて、真季さん！」

真季はパッと一瞬で目を覚ますと、

「出た？」

と訊いた。

「たぶんこれから……」

「起すわ。——こら、起きろ!」

局の二人の若者を叩き起す。

「どう?」

真季がモニターを覗き込んだ。

「はっきりは見えませんが……」

画面を見ていると、一旦明るくなりかけた病室の中が、また暗くなっているように見えた。

「これは……暗くなってるんじゃないわ」

と、茜は呟いた。「黒くなってる」

「それって——」

「北条秀行が死んだときのようです」

と、茜は言った。「私、病室に行きます」

「危くない?」

「仕方ありません。——一人、残って、何かあったと思ったら、車のクラクションを思い切り鳴らして」

「クラクション?」

「車を病院の前に着けて、鳴らして下さい。現実の音で、邪魔できるかもしれない」

「じゃ、ともかく車を出して!」

真季の部下の一人が車のエンジンをかけると、車を病院の門の中へ突っ込ませ、正面で停めた。

茜は車から出て、正面から入って行った。大きな扉はロックされているが、小さな戸が開く。

茜はエレベーターへと走った。富田も一緒だ。

「待って! 茜ちゃん!」

真季がビデオカメラを手に追って来る。部下の一人も一緒だった。

「真季さん、次のエレベーターで!」

と、茜は振り向いて言った。

「分った!」

茜と富田がエレベーターで上って行く。

「渡部が危い？」

と、富田が言った。

「分りません。行ってみないと」

エレベーターを降りると、病室へと走る。

「どうしたんですか？」

ナースステーションの夜勤の看護師が目を丸くする。

「渡部さんの病室で異常が」

と、茜は足を止めずに言った。「人を呼んで下さい！」

幸い、渡部のことも茜もよく知っている看護師で、

「分りました！」

と、手もとの電話を取った。

茜は渡部の病室のドアまで来ると、

「富田さん、ここで待ってて」

「しかし――」

「本当に危険かもしれない。奥さんや愛ちゃんのことを考えて下さい」

「分った。しかし、何かあれば入るよ」

真季たちが駆けて来るのが見えた。

茜は思い切ってドアを開けた。

病室の中は真暗だった。

「渡部さん！　無事ですか！」

と、茜が中に入って呼びかけると、ドアがバタンと音をたてて閉じた。

「やはり来たな」

と、声がして、闇の中に人影が浮かび上った。

「師匠……」

その声は天竜宗之助だった。しかし、浮かび上った姿は、麻美だったのだ。

麻美が、天竜の声で話している。

「師匠。――乗り移ったんですね、麻美さんに」

と、茜は言った。「自分の娘に、どうして――」

「娘だからこそだ」

と、天竜の声が言った。「俺にはまだやり残したことがあった」

「亡くなったとき、麻美さんはいませんでしたよ」

「連れて来た」

「連れて？」

「捜させた。そのためにずいぶん金も使った」

「じゃあ……」

「麻美は憶えていないさ。薬で眠らせて、夜中にお前がやすんでいるとき、雇った男たちが運び込んだ。俺は死の直前に麻美に乗り移ったんだ」

「なぜそんなことを……」

「俺の体はもう使いものにならなくなっていたからな。俺は健康な肉体が欲しかった」

「何も麻美さんでなくたって……」

「しかし、俺は麻美の中でじっと息を潜めていたぞ。あいつの人生を邪魔するのでなく、いずれこの男へと移るつもりだった」

「渡部さんへ？」

渡部と握手したとき、何かを感じたのは、そのせいだったのか。麻美を通して、渡部にも、どこか〈霊媒〉としての要素が具《そな》わったのかもしれない。

「ところが、そこへとんでもない奴が現われた」

と、天竜は言った。

「武口ですね」

「武口はろくでもない弟子だったが、もともと体の中に素質を持っていた」

と、天竜は言った。「だがその他に〈悪〉の素質も持っていたんだ」

「武口は――死にましたか」

「ああ」

と、天竜は肯いて、「お前はよくやった。奴に勝てるとはな」

「師匠……。何をするつもりですか」

と、茜は言った。「教えて下さい」

ドアの外では、

「茜ちゃん！　大丈夫？」

と、真季が叫んでいた。

「真季さん！　入って来ないで！」

と、茜は言った。

天竜が何を考えているのか分らない。今入って来れば、真季や富田にも危険が及ぶかもしれない。

「師匠……。〈霊媒〉は人助けだとおっしゃいましたよね」

と、茜は言った。「師匠は武口とは違うんです。欲を出さないで下さい」

「どういう意味だ」

茜は真直ぐに麻美の目を見つめて、

「師匠は死んだんです。そんなやり方で生きのびるのは間違っています」

と言った。

「お前は、俺に死ねと言うのか？」

「それが人間の自然な姿じゃありませんか。麻美さんの幸福を考えるなら、そうするべきです」

しばらく天竜は黙っていたが、やがて低く笑った。

「何がおかしいんですか」

「娘の幸福か。もちろん考えたとも」

「でも――」

「だから、亭主の喉をかき切ってやったんだ」

「師匠！」

「麻美は、亭主の浮気性に苦しんでいた。俺がやらなくても、自分がやっていただろう」

「そんな……」

「しかし、自分に戻ったとき、亭主が血まみれで倒れているのを見て、自分がやったと思い込んだ。止める間もなく、外へ飛び出した。そして通りかかった車にはねられたんだ」

「それじゃ……」

「頭を強く打った麻美は、自分が誰なのかも忘れて歩き出した。――しかし、渡部の妻には違いないからな。渡部が死ねば、財産は麻美のものだ」

「でも、殺そうとしたんですよ」

「他に犯人がいればいい」

「どういうことですか？」

「お前は武口に乗り移られてるとき、ホステスを殺したろう。もう一つの殺しも引き受けてくれ」

「私が？」

「二つの殺人を告白して、その窓から飛び下りる。それで麻美も幸せになる」

「師匠……。渡部さんを殺したんですか？」

「まだこれからだが、簡単だ。邪魔は入らない」

ドアのノブが回って、開けようとしているが、ドアはびくともしなかった。

「茜ちゃん！　開けて！」

と、真季が叫んだ。

「茜君！　大丈夫か！」

富田が怒鳴っている。

無理だ。ドアは天竜の力で閉ざされている。いくら力ずくでも開くまい。

「師匠。私はいやです」

と、茜は言った。「一緒に死ねと言われれば死にます。でも、師匠が罪を犯す手伝いに死ぬ気はありません」

「俺の言うことが聞けないのか」

「間違っているから聞けないんです。麻美さんを解放してあげて下さい」

突然、茜は息ができなくなって、喘ぎながらよろけた。――闇が、壁となって茜にのしかかって来る。

「師匠……やめて……下さい……」

茜は必死でもがいたが、とても押し戻せなかった。病室の壁に押し付けられ、体中が見えない縄でしめ上げられるような苦痛に歯を食いしばった。

「――俺は武口に教える代りに、武口から力を使って人を襲うことを学んだんだ」

と、天竜は言った。「お前などに逆らえるものか」

もう声も出ない。茜は意識が薄れて行くのを覚えた。

このまま……。このまま死ぬんだろうか？

すると――体にかかる力がフッと緩んだ。

茜は必死で呼吸をした。

「どうだ」

と、天竜が言った。「気が変ったか」

「師匠……。分りました」

「言うことを聞くか」

「でも――死にたくありません！」

と、茜は言った。「師匠、私に乗り移って下さい」

「何だと？」

「私に乗り移って下さい。私なら、麻美さんよりもずっと役に立ちます」

「お前に？」

「ええ。――麻美さんは思いのままにできます、乗り移っていなくても。私は武口に乗り移られてたんです。悪いことなら何でもできます」

天竜は笑って、

「俺は、人を操って悪事に手を染める楽しさを覚えた。金が入り、若い体が手に入れば――」

「私の方が若いし、健康です。TVでも有名です。利用するなら私の方が値打があります」

茜は、もし天竜がこの誘いに乗って来れば、乗り移られると同時に、窓へと走って、窓ガラスを突き破り、飛び下りるつもりだった。茜の体から抜け出す余裕を与えない。

そうすれば、天竜は茜と共に死ぬだろう。このまま殺されるか、天竜の言うなりになって死ぬより、どうせ死ぬなら、道連れにしてやる。

「師匠――」

「むだだ」

と、天竜は首を振った。「お前は悪事を愉しめる女ではない。それには真面目過ぎる」

「殺されるのはいやです！　それくらいならどんな悪事でもします」

「そうか」

天竜は薄笑いを浮かべて、「それなら――渡部を殺せ」

「え？」

「今、目の前で渡部の首を絞めて殺せ。そうしたら、お前に乗り移ってやる」

天竜が離れて、茜は動けるようになった。しかし、どうしよう？

渡部は意識を失っているようで、身動きしなかった。

「さあ、簡単だぞ。そんな年寄り一人、殺してしまえ」

殺す？――麻美を救い、天竜を葬るにはそれしかない。しかし、やれるか？

「どうした」

「今……今やります」

よろけながら、茜はベッドへと近付いて、渡部の顔を覗き込んだ。

さあ、やるんだ！　渡部も赦してくれるだろう。

震える両手を伸すと、渡部の首にかけた。傷ついた首を絞めて殺すのは簡単だろう。

再び出血すれば、そのショックだけで心臓が止るかもしれない。

汗が落ちる。――さあ、やるんだ！　それしか道はない。

「早くやれ」

と、天竜が言った。

「今……」

茜は大きく息を吸い込むと、指先に力をこめようとして……。

茜は崩れるように膝をついた。——できない！

「見ろ。お前は平凡な人間なんだ」

天竜がそう言うと、片手で茜の首をつかんだ。

——麻美のきゃしゃな手だが、凄い力で、茜を引張り上げ、宙に浮かせた。

「苦しんで死ぬか、言われる通りにして楽に死ぬかだ」

と、天竜が言った。「さあ、どうする！」

茜は息ができず、手足をバタつかせた。

しかし——再び意識は薄れ、目も見えなくなって来た。

死ぬんだ、と思った。でも、人間として死ぬ。悪魔として死ぬのじゃない……。

どうか——他の人たちが無事でいてくれますように。

茜の手から力が抜ける。

そのとき、病室のドアが開け放たれた。


そしてまぶしいほどの光が病室へ射し込んだのだ。

「誰だ！」

天竜が愕然として振り返った。「誰が開けた！」

茜の体が床に落ちる。そして茜は激しく咳込んだ。

「お前は誰だ！」

光の中から進み出て来た女を見て、天竜は怒鳴った。

「茜ちゃん！」

真季が駆け寄って来て、抱き起した。「しっかり！」

「真季さん……。逃げて。危いわ」

と、茜はかすれた声で言って、目を開いた。

白い光の中に立っている女性を見上げて、息を呑む。

「——お母さん」

と、茜は言った。

お母さんが？

どうして、ここにお母さんがいるの？

茜は立ち上ろうとしたが、天竜に奪われた体力は容易に戻らず、真季に抱きかかえられてやっと倒れずにいられる状態だった。

「お母さん……危いよ」

かすれた声で言った。

そこへ、富田が駆け込んで来た。

「茜君！」

「富田さん。――お母さん……」

と、茜は訴えようとしたが、言葉が出て来ない。

「お前は……」

天竜が、岐子と正面から向い合って、「お前は誰だ！」

と、もう一度訊いた。

「真季さん」

と、岐子は厳しい声で、「茜を連れ出してちょうだい」

「分りました」

「急いで！」

茜の体を富田と真季が二人で支え、病室から連れ出す。

「だめ……。お母さんを……助け出して」

と、茜は言った。

「ともかく君を救い出さないと」

と、富田は言って、「大丈夫。お母さんもきっと助け出す」

茜は、逆らう気力も失く、病室から連れ出された。

そして、茜たちが廊下へと出たとたん、病室のドアは叩きつけられるように閉った。

茜はハッとして、

「お母さん！」

と叫んだ。「早く！　お母さんを助けて！」

「分った！」

富田が茜を廊下に座らせておいて、ドアを開けようとしたが、ドアはびくともしなかった。

「——畜生！　開かない！」

富田がドアを力一杯叩いたり蹴ったりしたが、だめだった。

「誰か呼んで来るわ」

と、真季が言った。「大勢でかかればきっと——」

「だめだわ、もう……」

茜は立ち上ろうとしてよろけた。真季が急いで支える。

「お母さん……」

と、茜が弱々しい声で呼んだとき、病室の中で白い光が溢れて、ドアの下の隙間から洩れた。

そして、窓ガラスの割れる音がした。

「お母さん！」

茜はドアに向って叫んだ。「お母さん！」

そして——そのまま崩れるように倒れて、意識を失った。

34　悪夢の終り

闇はどこまでも深く、永遠に終らないように思えた。

まるで深海から水面に向って浮かび上ろうとするかのように、茜は必死で手足を動かし、もがいた。でも、頭上はいつまでも明るくならない。――もう息が続かない。

これ以上はとても……。もう……無理だ……。

「――茜」

という声がした。「茜。――目を開けて」

お母さん？　お母さんの声だ。

お願い！　私を引張り上げて。もう私の力じゃ、これ以上浮かび上れないわ。

お母さん。――お母さん。

「お母さん……」

と呼ぶと、

「茜、私が分るのね！」

と、母、岐子が言った。

「え？」

不意に視界が明るくなって、ぼんやりとした顔が見えた。やがてそれははっきりとした顔――岐子の顔になった。

「ああ……。お母さん」

「分る？」

「うん……。分るよ」

茜は、病院のベッドで寝ている自分を発見した。岐子が覗き込むようにして、そばに座り、茜の手を固く握っていた。

「お母さん……。私、生きてる？」

「当り前よ！」

岐子は微笑んで、「でなきゃ、私の顔を見てられないでしょ」

「うん……。まあ、それは理屈だね」

我ながら妙なことを言っている。「じゃ、お母さんも生きてるの？」

岐子は呆れたように、

「ちゃんと足はついてるわよ。見る？　あんたの脚ほどスマートじゃないけどね」

「見たくない。やめて」

岐子がスカートをまくり上げようとしたので、茜はあわてて言った。

そして茜は咳込んだ。胸が痛い。

「私……どうなったの？」

「肋骨《ろっこつ》にひびが入ってるって。体を痛めつけられたからね」

「ああ……。師匠にね」

と、思い出して、「師匠は……どうしたの？」

岐子は少し間を置いて、

「――安心なさい」

と言った。「もうこの世にはいないよ」

「じゃあ……死んだの？」

「あの人はもう死んでたんだよ。そうでしょ？」

「うん。でも――」

と言いかけて、「もしかして、麻美さんが？」

岐子はゆっくりと肯いて、

「そう。一緒に亡くなったの」

「あのとき、ガラスが割れたのは……」

「麻美さんが自分から窓ガラスを突き破って落ちたのよ」

「麻美さんが、自分で？」

「ええ。――天竜の力を抑えてね。ああするしかないって分ってたんだろうね」

「麻美さん……」

茜は目をつぶった。

「さあ。もう安心よ」

岐子の手が茜の額に当てられる。それは遠い昔から記憶にある「母の手」だった。

そこへ、いきなりドアが開いて、

「あ！　目覚ましたんだ！」

と、勢いよく入って来たのは、有沢真季だった。

「真季さん……。ありがとう、色々」

「何言ってんの！　こっちはビジネスよ」

真季は茜のそばへやって来ると、「すっかり元気そうね。これならハワイロケ、行けるね」

茜は唖然として、

「ちょっと待って下さいよ！　私、肋骨にひび入ってるんですよ！」

「水着くらい着たって大丈夫でしょ」

「でも、傷もあちこちに……」

「メイクで消すわ。それに後でも処理できるって」

「それって、タレント虐待です」

と、茜は抗議した。「お医者さんのOKが出ませんよ」

真季はニヤリとして、

「もう許可取った」

「ええ？」

「後で茜ちゃんの超ビキニの生写真あげる、って言ったら、『まあ無理しなきゃ大丈夫でしょう』って」

そんな無茶な！　茜は、母が何か言ってくれるかと思ったが、岐子はニッコリ笑って、

「私にもファーストクラスを取ってくれたのよ！」

——茜は絶望的な気分だった。

看護師がやって来て、

「先生からお話が」

「はい。——じゃ、茜、ちょっと行ってくるわ」

「どうぞごゆっくり」

と、茜はふてくされて言った。

「私も、退院の件、訊いてくる」

真季も岐子と一緒に出て行った。

「勝手にしろって……」

茜はやけになって呟いたが、あれはあれで、真季なりの思いやりなのかもしれない、とも思った。

恐ろしい体験の記憶から一日も早く立ち直ってほしい。真季はそう願っていたのかもしれない。むしろ、ビジネスが第一としても、二番目か三番目には、「茜のため」を思ってくれているかも……。

茜は、ゆっくりとベッドに起き上った。

そして、床に下り立つ。体のあちこちがミシミシ音をたてているかのようで、胸も痛かったが、それでも少しじっとしていると治まって来た。

窓へと歩み寄って、よく晴れた表を眺めた。

——病院の正面玄関が見下ろせる。

そこにTV局の車があった。真季が乗って来たのだろう。

あの車……。あれは、あのとき、渡部の病室を監視していた車ではないか。

茜は病室のドアの方を振り返った。

そしてロッカーを開けると、中に掛けてあったガウンを取り出し、パジャマの上にはおった。

病室を出て、左右を見回すと、エレベーターへと向った。一足《ひとあし》ごとに胸に響く痛みをこらえて、急いだ。

一階に下りると、正面玄関を出て、TV局の車に歩み寄り、中を覗いた。あのとき、一緒に来ていた男性が、運転席のリクライニングを倒して、居眠りしていた。

茜は窓ガラスを叩いた。男がびっくりして起きると、

「——ああ。どうしたんですか?」

と、ドアを開けて訊く。

「有沢さんが呼んでる。すぐ来いって」

「え?」

「早く！　あの人を怒らせると大変よ」

「分りました！　どこへ行けば？」

「私の病室。受付で場所を訊いて」

「はい。車は――」

「私、戻って来るまでここにいるから、大丈夫。行って」

「じゃ、お願いします」

　と、あわてて駆けて行く。

　茜は車の後部座席に入った。――あのとき、渡部の病室を監視していたモニターが、まだセットされている。

　果して映像は残っているだろうか？　茜は電源を入れた。

　母、岐子の話に、茜はどこか納得できないものを感じていたのだ。親子である。何か隠していることを敏感に感じた。

　あのとき、病室の中、閉じたドアの向うで何があったのか。もし映像が残っていたら……。

「――あった！」

　モニターに、麻美の手で首をつかまれ、必死にもがいている茜が映っていた。

　天竜の声が、

「苦しんで死ぬか、言われる通りにして楽に死ぬかだ。――さあ、どうする！」

　と言った。

　茜は自分がぐったりするのを見た。そのとき、病室のドアが一気に開いて、画面が光で真白になった。

「誰だ！」

　天竜の声。――画面が戻ったとき、母、岐子が立っていた。

　茜が廊下へ連れ出され、ドアが再び閉じると、暗い中にそれでも見分けられる程度に母と天竜が見えていた。

「お前は誰だ？」

と、天竜が言った。

「私を忘れた？」

岐子が、茜の聞いたことがないような口調で言った。「年令《とし》のせいかしら」

しばらく沈黙があったが、やがて天竜は、

「お前か！」

と、呻くような声で言った。「どうしてここにいる！」

「我が子を守るためよ」

と、岐子は言った。

「俺に逆らうのか？」

と、天竜が嘲笑《あざわら》った。「そんなことができると思ってるのか」

「あなたに逆らってるんじゃない。あなたのために言っているの」

「何だと？」

「あなた、分らなかった？　茜が弟子入りしようとして、あなたを訪ねて行ったときに」

「何の話だ」

「分ったはずよ。昔のあなたなら」

——天竜はまたしばらく黙っていたが……。

「まさか！」

と、天竜が言った。「お前の言っているのは……」

「そうよ。茜はあなたの娘」

と、岐子は言った。


駆けて来る足音。

そして車のドアを開けたのは、真季だった。岐子もすぐ後ろに立っている。

「——茜ちゃん」

「茜。見たのね」

と、岐子が息を弾ませながら、「有沢さん。だからお願いしたじゃありませんか！　録画を消して下さいって」

「すみません……」

真季がいつになくうなだれて、「どうしても、録《と》った絵はいつかどこかで使えるかもしれない、って思ってしまうんです。TV人間の習性なんです。

――ごめんなさい」

「お母さん」

と、茜は言った。「真季さんを責めちゃいけない。私、見て良かったわ」

「茜……」

「お母さん、いつ師匠と知り合ったの？」

「たまたまのことだったのよ」

と、岐子は言った。「近くの温泉に、全国の〈霊媒〉が集まったことがあってね。私はまだ二十一才だった。もちろん〈霊媒〉じゃなかったけど、小さいころから多少、人とは違うところがある、って感じてたから、好奇心で行ってみたの。旅館で、〈霊媒〉の実演っていうのをやってて、面白半分並んでみた。そのとき、天竜がたまたま私の相手だったの」

「でも……」

「私の手を取って、天竜は感電したように飛び上った。――後でぜひ話したい、と言われて……。まだ四十代の天竜はすてきだったわ。私は、言われるままに夜、あの人の部屋を訪ねた……」

「その夜に？」

「ええ。それこそお話のようだけど、たった一夜、私はわけの分らない内に天竜と契っていた。――翌朝目が覚めると、私は恥ずかしくて旅館を逃げ出したわ。それきり天竜とは会わなかった。でも――私は身ごもってたの」

「そんなこと、どうして隠してたの？」

「別に、わざわざ話すことでもないと思ってたのよ。あんたが特別そういう能力を持ってるとも思ってなかったし……。出て行ったときも、あんたはどこへ行くとか、何も言っていかなかったじゃない」

「そりゃそうだけど……」

「もちろん、あんたが天竜の弟子になったと知ったときはびっくりした。でも、天竜は私のことなど忘れているだろうし、放っておくしかないと思ったのよ」

岐子はため息をついて、「辛い思いをさせたね。あんたは危うく自分の父親に殺されるところだったのよ……」

「うん。——助けてくれてありがとう」

「よして。母親が娘を救うのなんて当り前じゃないの」

茜はゆっくりと車から降りると、

「真季さん、あの男の人、叱らないでね。私が嘘ついちゃったんだから」

「そんな心配いらないわ。私に怒鳴られるのなんて、みんな日常茶飯事よ」

「じゃ、も、もう叱ったのね？　気の毒しちゃった」

茜は岐子の手を握って、「お母さん……。ありがとう」

と言った。

「何のお礼？」

「私を産んでくれたこと、育ててくれたこと、私を守ってくれたこと……。すべてよ」

「そんなこと……。さあ、まだあんたは寝てなくちゃ」

「うん……」

茜は、岐子と手をつないで、病院へと戻りかけて、ふと足を止め、

「真季さん、その映像——」

「分ってる。消去しとくわよ」

「違うの。取っておいて。でも、もし番組で使うのなら、母の顔は分らないように処理してね」

真季の顔がパッと明るくなった。

「じゃ、使ってもいいのね?」

「でも、お願いだから背筋の寒くなるような大げさなタイトル、付けないでね」

と、むだとは思いつつ念を押すと、茜は母と二人、病院へと入って行く。

真季は早くもケータイを取り出していた……。


胸が痛んだ。

むろん、自分が天竜宗之助の娘だったと知ったことで、複雑な思いがあったし、死んだ麻美も自分の姉だったわけだ。

でも、それだけでなく、病室のベッドで横になっている茜は、肋骨にひびが入っているので、胸が痛かったのである。その現実の痛みは、内なる痛みをいくらか和らげてくれた……。

母、岐子が帰って行って、茜は少しウトウトした。

しかし、しっかり夕食は食べ、一人になって、また眠りかけていると——。

「君は逞しい」

と、声がした。

「え?」

「女は逞しい、と言うべきかな」

ベッドのそばに一色大吾が立って、茜を見ていた。

「あなたね……」

「君は強い。しぶとく生き抜いたね」

「それって、皮肉?——私が殺されかけたときも、助けに来てくれなかったじゃないの」

「僕は幽霊だぜ。人並みのことを期待されても困る」

「変なの」

と、茜は苦笑して、「まだこの世に未練がある?」

「あるとも」

と、一色大吾は真顔で肯くと、「君に生きてる内に会いたかったよ」

「大吾さん……」

「きっと僕らは恋に落ちてた。そう思わないか？」

「そうね……。でも、あなたは死んだ」

「そうなんだ。そして君はまだこれから何十年も生きる」

「不満そうね」

「そうじゃないが……。いずれ君は誰かと恋に落ちて結婚し、子供を産んで。――そう思うと、妬《ねた》ましくてね」

「幽霊がやきもちやくの？」

「それって当り前だろ。だからこそ『うらめしい』んだし」

「お願いだから、私の結婚式に化けて出たりしないでよ」

と、茜は言った。

二人はちょっと笑って、それからしばらく黙っていた。

「大吾さん……」

と、茜は手をさしのべた。

「ゆかりのことを、よろしく頼む」

「うん」

大吾は、茜の手を取ろうとして、

「いや、だめだ」

と、首を振った。「君を連れては行けない」

「え？」

茜はギョッとして、「私を道連れにできるの？」

「冗談だよ」

と、大吾は笑って、「そんなことができりゃ、とっくに連れてってるさ」

「全く、TVの人って……」

茜は、大吾をにらんで、「麻美さんが亡くなってしまったから、直接当人からは聞けないけど、あなたを殺したのは、麻美さんに乗り移った天竜宗之助だったのね」

「そうだろうな。僕は天竜にインタビューしたとき、写真を撮ろうとして、ひどく怒られたんだ。そこはTV人間でね、だめと言われるとどうしても撮りたくなる。うまく隙を見てシャッターを切ったんだが、後で見ると何も写っていなかった。いや、天竜の姿がただ黒い影になっていたんだ。逆光でもないのに」

「そのときは、もう武口の悪に染まっていたのよ、きっと」

「そう……。ただの霊媒にしちゃ、取材を迷惑がっていた」

「でも、なぜあれだけ時間がたってから……」

「僕は思い出して、また天竜のことを調べてみた。もう亡くなっていたが、どうも納得できなかったんだ。それで、北条まなみに頼んで、天竜の死後について調べさせた。きっと、天竜は僕が何か目的があって調べてると思ったんだろう」

「ね、あちらでワイドショーをやったら？　北条さんとコンビで」

「幽霊をからかわないでくれ」

と、大吾は苦笑して、「それに、彼女には怪しいところがあった」

「怪しいって？」

「丸山の愛人だったことは知ってるだろ？　でも、それだけじゃなかった。北条君は、ニュースの情報源について、本当は極秘にしなきゃならないことを、丸山を通して政府へ洩らしていた」

「そんなことを？」

「その報酬があったから、あんなマンションにも住めたのさ。僕はその証拠をつかもうと思っていた。——殺されてしまったんで、果せなかったけど」

「じゃ、北条さんが殺されたのは……」

「口封じに殺されたのかもしれない」

「でも——弟の方は天竜が——」

と言いかけて、「姉から、天竜のことを何か聞かされていたのね」

「おそらくね」

秀行が小田充子の店に忍び込んでいたのは、姉から手に入れた天竜についての資料を、あの店のどこかに隠していたからかもしれない、と茜は思った。

それが秀行の命とりになったのか……。

「でも、その北条さんの件は、調べる必要があるわね」

「君から、真季さんに話してくれないか。あの人なら、きっと圧力に負けずに調べてくれる」

「分ったわ。ちゃんと話す」

茜は、真季が丸山から「命が危い」と言われていたことを思い出した。

「あなたが天竜の資料を隠してたのは、ゆかりちゃんが見付けたりしないように、と思ってのことだったのね」

「あの子には幸せになってほしいからね」

と、大吾は言った。「ともかく――君とも、もう会えなくなるかもしれない」

「そうなの？」

「もう一度、ゆかりの顔を見てから行くよ」

大吾は少しベッドから離れると、ちょっとかしこまって、「――色々ありがとう」

と、頭を下げた。

「よして。泣きたくなっちゃう」

「お礼をしたいが、大したことはできないんだ。何か希望は？」

「宝くじの当り番号、教えて」

「そんなことできないよ。がっかりさせないでくれ」

「冗談よ。――会えて良かったわ。死んだ後でも」

「よし。じゃあ、君の痛みを僕が引き受けて行ってあげよう」

「そんなことできるの？」

「オプションでね」

「いたた……。笑うと胸が痛いのよ」

茜は笑って、

「うん。だから――」

フッと、大吾の姿が消えた。

「ちょっと――待ってよ」

と、茜は思わずベッドに起き上った。「そんな突然に……」

そして、起き上っても、胸が痛くないことに気付いた。深呼吸してみる。こわごわだったが――痛みはない。

「私の痛みを……」

茜はたった今まで大吾のいた空間に向って、

「――ありがとう」

と言った。

胸の痛みは消えたが、もう一つの「痛み」は悲しく燃え立った。そして、視界がボーッとぼやけて、気が付くと茜は泣いているのだった。

「――失礼します」

看護師が入って来て、茜はあわてて涙を拭った。

「そんなに痛む？　痛み止めの注射でもしましょうか？」

「いえ、痛くて泣いたわけじゃないんです」

と、茜は言った。「あの――私、もう何ともないんで、退院したいんですけど」

看護師が唖然とした……。

エピローグ

「茜ちゃん！　こっち、こっち！」

辺りに響き渡る声を上げて飛びはねているのは、もちろん有沢真季である。

週末ではあっても、特に連休というわけではないが、それでも成田空港は結構な人出だった。

スーツケースを引張った茜は、真季のおかげで周囲からジロジロ見られ、

「見て！　神崎茜よ！」

「ほら、変な〈霊媒〉やってる人よ」

といった声が聞こえて来る。

「『変な』は余計だ！」

と、ブツクサ言いつつ、「お母さん、ちゃんとついて来てよ」

と、何度も振り返る。

「大丈夫よ。子供じゃあるまいし」

と言いつつ、岐子は茜のそれの一・五倍はある巨大なスーツケースをせっせと引張っている。

「子供じゃないから心配なのよ」

真季の部下が二人、バタバタと駆けて来て、

「荷物、チェックインしますので」

「助かるわ、お願い」

岐子の分も持って行ってくれて、茜はホッとした。

「どこへ行っちゃったかと思ったわ」

と、真季がため息をついて、「パスポート、忘れてないでしょうね」

「大丈夫、母の分も持ってる」

――かの「ハワイロケ」出発当日である。

小田充子を殺したのが本当に茜だったのかどうか。

天竜はそう言ったが、記憶のない茜としては、その

可能性を忘れずに、ずっと胸の痛みとして持ち続けることになるだろう。

「あのカメラは?」

どう見ても取材のチームが茜を撮っている。

「ロケ風景の撮影。あ、カメラマンは先に現地に入ってるわ」

「わざわざメイキングまで撮るの?」

「当り前でしょ! 〈骨折を一瞬で治した霊能力!〉って、今凄い話題よ」

真季にかかると何でも話のタネである。

「それにしても地味ね」

と、真季は茜を眺めて、「エルサレムに巡礼に行くみたい」

「真季さんが派手過ぎるの。まだハワイじゃないんだから、そんな柄……」

「飛行機に乗りゃ、もう着いたも同然。——遅いわね」

と、キョロキョロしている。

「他にも来るの?」

「うん、ちょっとね……。あ、来た! こっちよ!」

茜は振り向いて目を丸くした。

ゆかりと、飯田あかりが駆けて来る。二人ともスーツケースを引張っているのだ。

「あなたたち……」

「ちゃんと許可もらった」

と、あかりが言った。

「ゆかりちゃん、大学は?」

「社会勉強も必要だって、担当教授が」

「でも——」

と言いかけて、「真季さん。また、や、ったのね!」

「茜ちゃんの生写真三枚で手を打ったわ」

「全くもう……」

ともかく、にぎやかな旅になることは間違いなさそうだった。

　――あれこれやっている内に搭乗の時間になり、一行はファーストクラスへ。

「ワーイ！　ファーストクラスだ！」

　と、ゆかりたちは大はしゃぎ。

「ちょっと。遊びに行くんじゃないのよ」

　と、茜は一応たしなめた。

　座席に落ちつくと、

「茜ちゃん、これ、見といて」

　と、真季がファイルを渡す。

　茜はそれをめくって、

「水着のカタログ？――これ、全部着るんじゃないわよね」

「一通り着てみてよ」

「だって――ちゃんと選んだじゃないの」

「状況が変ったの。来期のうちの局のポスターの真中に、茜ちゃんの水着姿」

「そんな……。着替えるだけで大変」

　と、ため息をつく。

　でも――まあ仕方ない。

　好むと好まざるとにかかわらず、今は茜もＴＶ人間なのだ。

「そうだ」

　と、飛行機が離陸体勢に入ると、真季が言った。

「茜ちゃん、春からのドラマに出演が決ったわよ」

「ドラマ？　私がお芝居するの？」

「大丈夫。あれだけ色々経験して来たんだから。何だってやれる！」

「そんな……」

「ちゃんと水着のシーンもあるから。絶対話題になる」

「はいはい」

　やれやれ、と思いつつ、新しい経験ができるということに胸をときめかせている自分がいた。

「まさか……」

TV人間の大吾が私に乗り移ったんじゃないわよね！

飛行機が滑走路に入り、一気にスピードを上げると、茜は隣で母が心配そうにしているのを見て、

「大丈夫、お母さん？」

と訊いた。

「考えてるのよ。——機内食、和食と洋食、どっちにしようか、って」

と、岐子は言った。

この作品は「ポンツーン」二〇一一年三月号から
二〇一三年十月号に連載されたものです。

GENTOSHA NOVELS

真夜中《まよなか》の散歩道《さんぽみち》

2014年4月25日　第1刷発行

著　者――――赤川次郎《あかがわじろう》
発行者――――見城　徹

発行所――――株式会社　幻冬舎
〒151-0051 東京都渋谷区千駄ヶ谷4-9-7
電話:03(5411)6211(編集) 03(5411)6222(営業)
振替:00120-8-767643

印刷・製本所――図書印刷株式会社

検印廃止

Printed in Japan
ISBN978-4-344-00938-7 C0293
幻冬舎ホームページアドレス　http://www.gentosha.co.jp/
この本に関するご意見・ご感想をメールでお寄せいただく場合は、
comment@gentosha.co.jpまで。